Et si Notre-Dame la nuit…

La collection *l'Aube noire poche*
est dirigée par Manon Viard

www.editionsdelaube.com

ISBN 978-2-8159-0928-0

Catherine Bessonart

Et si Notre-Dame la nuit…

roman

éditions de l'aube

À Christine.

« Mon système d'équilibre consistait en une amputation de ma personnalité par légitime défense. »
Boris Cyrulnik

1

Les doigts engourdis, Thomas essayait de peindre. Il se disait bien qu'il pourrait faire la même chose dans sa chambre, devant une carte postale représentant Notre-Dame, le style photographique qu'il avait choisi de donner à sa peinture lui offrait ce genre de possibilité, mais il avait du mal à se passer de l'avis des passants. C'était une sorte de drogue, un début de reconnaissance. Il admettait volontiers avoir besoin de ce regard pas toujours bienveillant, jamais hostile, de ceux qui ne fréquentent ni les galeries ni les musées, mais qui s'attardent naturellement sur les trottoirs et ne sont pas avares de commentaires.

Pour l'heure, le trottoir était désert. Personne n'avait osé affronter ce premier jour de froid. L'été s'était étiré, impudique, jusqu'à cette fin d'octobre et s'était enfin décidé, brusquement, à laisser la place à un hiver qui semblait prêt à occuper le terrain, s'octroyant le droit de se passer de transition. Il rangea ses pinceaux dans son plumier sur lequel l'enfant qu'il avait été et auquel il était resté fidèle avait gravé des prénoms de filles. Il classa ses gouaches par ordre de préférence des couleurs. Ça commençait toujours par le vert, il adorait le vert, la suite était variable, selon l'humeur du jour. Il fourra tout son attirail dans un sac en grosse toile qu'il venait de trouver aux puces en pensant à la petite Claudine, de deux ans son aînée, qui avait été son premier émoi sexuel et dont le nom occupait une place de choix sur le plumier pubère. Il caressa sa besace et jeta un dernier coup d'œil à Notre-Dame avant de disparaître rue de la Colombe. Il aurait adoré qu'une foule anonyme lui souhaitât une douce nuit mais de toute évidence les rares silhouettes qu'il croisait ne le remarquaient pas. Ce genre de réconfort viendrait sans doute avec le temps. Il ne devait pas être trop pressé : après tout, il n'était dans ce quartier que depuis quelques semaines et il avait beau travailler avec soin tout ce qui était rituel dans sa vie et accorder une importance maniaque aux habitudes, il n'avait jamais que vingt-neuf ans, dix mois et deux semaines. Non, il ne fallait pas être trop pressé !

Dans l'ascenseur qui le menait au quatrième étage d'un immeuble à peine bourgeois où il habitait dans un studio sans charme, il se prit à rêver à cette chambre de bonne dans laquelle il aurait dû vivre et qui lui aurait conféré le statut d'artiste maudit qui l'avait tant fait divaguer durant toute son adolescence. S'il n'en avait pas l'aura, il en avait pourtant les revenus. La bouilloire sifflait dans le coin cuisine, Thomas décachetait l'enveloppe, qu'il connaissait par cœur pour recevoir la même tous les vingt-huit du mois. Sa tante Noémie avait la générosité parcimonieuse.

Trois cent cinquante euros. Elle avait fixé le montant, il avait choisi la date.

Une tasse de thé à la main, il observait comme s'il les découvrait les photos de Notre-Dame qu'il avait punaisées sur tous les murs. Il y en avait partout. Notre-Dame sous tous les angles. Il se perdait dans les gros plans, prenait du recul avec les plans d'ensemble, retrouvait sa dimension d'humain avec les plans larges. Il fallait qu'il possédât bien son objet pour pouvoir le retranscrire sans hésitation, sans l'appauvrir du moindre état d'âme. Sur l'écran de sa télévision, un plan fixe de la cathédrale bégayait. Depuis le jour où il avait signé le contrat avec l'éditeur de reproductions des monuments de Paris, il avait acheté un lecteur de DVD et une série de films dans lesquels la cathédrale figurait au casting. Un arrêt sur image lui rendait la vedette dans *Notre-Dame de Paris*.

Il endossa le chèque de sa tante Noémie et se dit que c'était sans doute le dernier.

Quand il éteignit la lumière, Notre-Dame, sur l'écran de télévision, éclairait faiblement la pièce. Il était trop fatigué pour se relever. Il se tourna de l'autre côté et s'endormit.

*

Le bruit insolite de la scie à pierre résonnait dans la nuit. Trop bruyant ! Un grincement de lime lui succéda bientôt, plus sourd. Suspendus des mètres au-dessus du sol, des hommes s'affairaient. Si les acrobates semblaient experts, le cirque était inhabituel. Un dernier bateau-mouche balayait la scène d'un projecteur inopportun. Les artistes, figés par ce succès soudain, attendaient avec impatience de retomber dans l'oubli. L'embarcation parisienne s'éloigna. Sur le haut des tours, les ombres chinoises orphelines finissaient leur travail. Méthodiques, les hommes mutilaient les statues. La musique de la lime était devenue presque harmonieuse. Plus loin, à l'abri des regards, un homme s'intéressait à eux.

Sur le parvis, un aveugle passait avec son chien. L'homme aimait bien sortir la nuit malgré la réprobation de son entourage, qui trouvait l'exercice périlleux. Lui, au contraire, se sentait réconforté par cette heure tardive qui banalisait sa cécité. Affranchi de sa canne, il gambadait sur les quais, trottinait dans les ruelles et faisait la pige au temps en jouant à une marelle imaginaire dans les cours des vieux immeubles parisiens. Il avait le plan de Paris dans les jambes. Là seulement il était libre. Même Aristote, son chien, respectait cette juvénile indépendance que la nuit restituait à son maître. En retrait, l'animal suivait l'aveugle.

Quand le bruit s'arrêta, l'homme leva la tête. Rattrapé par cet ancien réflexe de voyant, l'aveugle n'osa pas rebaisser la tête tout de suite. Chaque fois que son corps le trahissait, il se sentait humilié. Alors il en profita pour imaginer les étoiles. Non loin de lui, Aristote, plein de compassion, en fit autant. Un gémissement lui échappa. Sourd à la sollicitude de l'animal, l'aveugle reprit sa marche, dépité. Le chien, qui lui avait laissé prendre de l'avance, finit par le rattraper.

Sur l'échafaudage, deux silhouettes qui s'étaient détachées du groupe regardaient l'homme et l'animal s'éloigner.

L'homme qui les espionnait actionna la molette des jumelles, mais le zoom était à son comble. Il devrait se contenter de ce que la technique lui livrait.

Les deux monte-en-l'air avaient terminé leur travail.

— T'es sûr qu'on a bien fait de le laisser partir ?

— Range ça !

L'homme referma son cran d'arrêt.

— Il a rien vu !

— Comment tu sais ?

— Il a rien vu, je te dis ! Il est aveugle !

L'homme lança un regard dubitatif à son complice, mais n'eut pas le temps de mener plus loin sa réflexion.

— Allez, faut pas traîner ici !

Non loin de là, dans un salon plongé dans la pénombre, une main posa sur un guéridon 1930 une élégante paire de jumelles.

*

Thomas se réveilla fatigué, avec cette impression désagréable de ne pas avoir dormi. Une mauvaise humeur grandissante le taraudait. Il lutta de toutes ses forces pour arracher au plus profond de son être une pensée positive. Sa mère carburait à la PPP (pensée positive permanente) mais ce n'était pas génétique. Lui, il était plutôt dépressif ces derniers temps et ce genre d'exercice lui demandait beaucoup d'efforts. Bredouille, il s'extirpa du lit pour aller éteindre la télé qui s'était lassée du plan fixe sur Notre-Dame et balançait une de ces émissions matinales qui, entre deux flashs d'info sinistres, distille une bonne humeur sucrée à coups de recettes de cuisine, de prévisions météo et d'horoscope.

Thomas hésitait entre un petit déjeuner et une douche. Il ne prit ni l'un ni l'autre.

Une fois dehors, il se sentit mieux. Il faisait toujours aussi froid, mais l'effet de surprise avait disparu. Ces derniers jours, il s'était perdu dans une série de grasses matinées accidentelles qui lui avaient presque fait oublier qu'il était du matin. Mais là, dans cet entre-deux mal défini, il se retrouvait dans son élément.

Il ouvrit son plumier avec détermination.

2

Le corps de la femme reposait dans une position naturelle, sur le côté, comme après l'amour. Il aurait voulu le mettre plus en valeur. Mais il n'avait pas le temps. Il devait se résoudre à l'abandonner. Il était loin de la perfection qu'il s'était fixé d'approcher. Il savait qu'il pouvait faire mieux.

Mais il y avait ces bruits de pas…

3

Agacé, le commissaire Chrétien Bompard referma son porte-cigarette. Il aurait dû le laisser chez lui. Il avait hésité, longuement. Il avait même rouvert la porte de son appartement pour aller le chercher alors qu'il avait décidé, quelques minutes auparavant, de le laisser sur sa table de nuit. Il aimait bien cet objet. Il s'y était habitué. Il fumait depuis vingt-huit ans et il avait cette espèce de boîte en faux croco, tantôt dans la poche de sa veste, tantôt sur son bureau, depuis bientôt vingt-cinq ans. Mais aujourd'hui, sa décision était prise, il arrêtait de fumer. Il était huit heures du matin, et alors qu'il ne fumait jamais avant onze heures sauf coup dur, il avait déjà ouvert son porte-cigarette une dizaine de fois. Cette attitude l'étonna.

Il avait déclaré qu'il arrêterait de fumer dès que Mathilde lui ferait un enfant. Mais le ventre de Mathilde était resté stérile et ses poumons à lui s'étaient progressivement encrassés. Depuis, sa femme était devenue son ex-femme et il se demanda soudain s'il n'y avait pas là un lien de cause à effet. Leur relation, après une étape douloureuse, s'était stabilisée dans une douceur mâtinée de sensualité. Il aurait certainement l'occasion d'aborder le sujet avec Mathilde. Il tripota à nouveau son porte-cigarette. Il se sentait anxieux. Ça ne pouvait pas être dû au manque de nicotine puisque d'habitude, à cette heure-ci, il n'avait pas allumé sa première cigarette. Il se raccrochait à ce principe qu'il estimait quasiment scientifique.

« À moins que ce soit purement psychologique. »

La décision même d'arrêter de fumer suffirait à le mettre dans un état d'anxiété inhabituel. Il abandonna cette direction, qu'il trouvait peu satisfaisante. Il y avait bien une autre piste, une explication totalement irrationnelle : chaque grande affaire à laquelle il avait dû faire face durant sa carrière de flic avait été précédée d'un grand moment d'angoisse. Il n'avait pas fait le lien tout de suite, mais, au fil des ans, il avait dû se rendre à l'évidence : il était dans une sorte d'état prémonitoire, une intuition mal contrôlée d'un danger à venir. Il n'avait jamais osé parler à quiconque de cette espèce d'aptitude qu'il avait à pressentir les catastrophes.

Son portable sonna. Dans l'immédiat, le cataclysme était plutôt un instant de bonheur, Mathilde l'appelait.

4

Thomas détestait cet endroit. Il s'était laissé guider à travers les couloirs par une silhouette morne qui lui avait demandé de patienter devant cette porte. Personne n'avait l'air très pressé d'écouter ce qu'il avait à dire. Dehors, à quelques mètres de là, un maniaque avait étêté une dizaine de statues, il disait dix mais il n'avait pas pris le temps de compter. À peine avait-il réalisé l'horreur qu'il avait remballé tout son barda sans s'accorder le temps de classer les couleurs, et s'était précipité au commissariat le plus proche où chacun semblait inconscient du drame qui se jouait. Qu'est-ce qui pouvait être plus urgent que le massacre des statues de Notre-Dame ? Qu'avaient donc à faire de si important tous ces fonctionnaires ? Qu'est-ce qui les empêchait de courir toute affaire cessante derrière les vandales ? Thomas comprit que sa pensée n'était pas cohérente : des vandales auraient jeté les têtes au pied de la cathédrale ou les auraient utilisées comme projectiles pour exploser quelques vitrines. Non ! C'était sans doute là le geste d'un amateur d'art. Il se redressa sur sa chaise, l'air de dire « chapeau ! », et s'affaissa aussitôt, dévoré par l'envie et la culpabilité, en imaginant les têtes des statues trôner sur la cheminée qu'il n'avait pas.

Il se frictionna la nuque, qu'il avait particulièrement raide, ce qui permettrait à sa mère de dire qu'il somatisait. Pour ne pas lui donner raison tout de suite, il préféra s'attarder sur une supposée mauvaise position nocturne et se promit de vérifier l'état du matelas. Il passa ses doigts une nouvelle fois sur son cou qui durcissait de minute en minute. Il n'y avait pas de doute, un torticolis s'annonçait.

Assis sur sa chaise, il sentit poindre un souvenir lointain. Aussitôt il organisa la résistance, il essaya de faire diversion, mais rien à faire, le travail de l'association d'idées était en route.

Il avait donc quinze ans et, sur une mobylette fraîchement volée, fendait la circulation, sans aucune retenue et sans casque, pour aller rendre visite à sa nouvelle fixation, son professeur de français qui avait un vocabulaire imagé, une poitrine généreuse et un sourire de salope. Le sourire de salope, il ne voyait pas très bien à l'époque ce que cela voulait dire ; c'était son copain Franck qui le lui avait fait remarquer d'un air entendu. Thomas n'avait pas osé poser de question, mais il avait noté ce je-ne-sais-quoi qu'il aimait bien dans le sourire de mademoiselle Lacombe.

Les deux représentants de l'ordre qui venaient de le sommer de s'arrêter et de descendre du véhicule ne semblaient pas très bien disposés à son égard. Le plus petit, un teigneux moustachu, semblait d'ailleurs mal disposé en général. Il eut beau leur expliquer qu'un cousin lui avait prêté sa mobylette, qu'il ne portait pas de casque, certes, mais que c'était bien la première et la dernière fois, il se retrouva au poste de police. Assis sur une chaise, entouré de grands gaillards décidés à lui faire regretter son incartade, Thomas avait l'air penaud. Et quand sa mère arriva, vêtue de noir telle une veuve sicilienne et aguichante, il devint sur-le-champ un adepte de l'auto-stop. Mais c'était trop tard, elle était là. S'il ne se souvenait plus des détails, la honte lui avait neutralisé les neurones : il avait clairement à l'esprit leur sortie triomphante du poste de police. Tout le commissariat était en émoi devant cette belle femme qui était venue arracher son fils aux griffes de la police. Elle avait sorti ses atouts calmement, un à un, la grande solitude dans laquelle elle vivait, la difficulté à élever un enfant seule, surtout un garçon, l'absence du père. Elle avait tout dit, tout raconté, tout sublimé, tout inventé.

Dehors, alors qu'elle était encore en larmes, elle s'était tournée vers Thomas et lui avait administré sa première gifle. L'adolescent, vexé, s'était réfugié dans le silence.

— Si tu refais ça, je te tue !

Et comme elle changeait de direction :

— Où on va ? questionna l'adolescent.

— Acheter une mobylette.

— Monsieur ! Monsieur !

Un homme en uniforme arracha Thomas à son adolescence :

— Le commissaire Bompard va vous recevoir.

5

Chrétien Bompard marchait d'un bon pas pour tromper, croyait-il, le froid qui lui glaçait les os. En réalité, il avait rendez-vous avec Mathilde. On ne peut pas tout contrôler dans la vie… Et puis, il se sentait toujours oppressé. Bien sûr, c'était sa première journée sans cigarette, bien sûr ces statues décapitées à côté de son bureau lui rappelaient l'Afghanistan, bien sûr le jeune garçon qui était venu faire une déposition à ce sujet lui avait tapé sur les nerfs, bien sûr il se demandait qui pouvait être à l'origine d'une telle opération. Mais il y avait autre chose…

Il sonna à la porte d'entrée. C'était un des gestes qui lui faisaient le plus de peine, sonner chez sa femme, enfin, chez son ex. Un jour, il faudrait qu'il lui demande un double des clés, comme ça, juste par amitié. Et puis, en toute bonne foi, il trouvait ça plus sûr ; ça pouvait être utile de confier le double de ses clés à un proche. Il les mettrait sur son trousseau. Évidemment il ne s'en servirait pas, au moins au début, et puis, petit à petit…

La porte s'ouvrit.

— Tu es en avance ou je suis en retard ? Elle était belle mais très en retard. Enroulée dans un peignoir de bain, les cheveux mouillés, elle lui souriait.

Il la suivit dans l'appartement. Quelque chose le chagrinait, qu'il ne parvenait pas à analyser.

Elle s'approcha de lui et regarda l'heure à son poignet. Elle avait toujours eu horreur des montres.

— Déjà ! Écoute, voilà ce que je te propose : on laisse tomber le ciné, je finis de me préparer et on va manger chinois. Comme ça on peut discuter sans se coucher à pas d'heure et en plus ça fait pas grossir.

Il aurait juré qu'elle avait jeté un coup d'œil réprobateur à son estomac. Il déboutonna nonchalamment sa veste. Généreuse, elle changea de sujet :

— On ira voir le dernier Almodóvar une autre fois.

Il détestait les restaurants chinois, mais il lui sourit.

Elle disparut vers la salle de bains.

Il craignait le pire. Mais après tout, quelle importance, il n'était pas pressé. Il se servit un whisky.

Mathilde réapparut.

— Sers-toi un whisky, j'en ai pour cinq minutes.

Il leva le verre qu'il avait dans la main.

Elle se dirigea vers sa chambre et, en la suivant du regard, il sut immédiatement ce qui le contrariait : le peignoir ! Ce peignoir, ce beau peignoir vert, trop grand, était un peignoir d'homme. Il ne lui était jamais venu à l'esprit qu'un homme – enfin, un autre homme que lui – puisse s'installer ici, partager le lit de Mathilde et laisser de-ci, de-là quelques affaires personnelles. Il jeta un coup d'œil machinal dans la pièce.

Rien de suspect. L'ex-mari calma peu à peu sa jalousie illégitime, mais le flic prit la relève. L'enquête allait être minutieuse, les preuves difficiles à rassembler. Chrétien trouvait le commissaire Bompard pathétique et décida de le forcer à s'intéresser à autre chose. La bibliothèque ! C'était un sujet rêvé pour s'éloigner de la vie sentimentale de Mathilde.

Duras y occupait toujours une place de choix. Ça faisait des années qu'il se demandait comment sa compagne, puis sa femme, et désormais son ex, pouvait s'intéresser à ce type de littérature alors qu'il n'avait jamais pu ouvrir un livre de la grande Margot sans qu'il lui tombât des mains. Il lui reconnaissait cependant un certain génie des titres, et tandis qu'il laissait courir son doigt sur les tranches de *Barrage contre le Pacifique*, des *Petits Chevaux de Tarquinia* et de *Moderato cantabile*, sa main s'immobilisa un instant sur *Son nom de Venise dans Calcutta désert*. Il tourna le titre dans sa bouche jusqu'à son appropriation. Il le répétait comme un mantra incompréhensible et obsédant. Il prit le livre dans sa main et l'ouvrit machinalement en pensant à Mathilde. Pourquoi n'avaient-ils jamais fait ce voyage à Venise dont ils avaient tant parlé ? Cela aurait peut-être sauvé leur couple…

— Tu aimes Duras, maintenant ?

Elle semblait heureuse de le voir. Aucune ironie dans ses yeux. Il se demandait ce qu'il pouvait lui répondre qui ne soit ni agressif ni ambigu. Il choisit le silence.

La soirée fut douce, la conversation intense et le menu léger. Il se promit de s'arrêter dans le bistrot en face de chez lui qui servait de délicieuses assiettes de charcuterie, ça lui donnait du courage. Il avala les crevettes vapeur en pensant à autre chose et, pendant que Mathilde se servait une autre tasse de thé vert, il commanda un autre pichet de côtes-du-rhône. Il en faisait une affaire personnelle.

Mathilde avait tout abordé, elle avait même disséqué le film qu'ils avaient renoncé à voir mais dont elle avait lu toutes les critiques, castrant là son désir d'aller le découvrir dans une salle obscure. Il en était au moment où la cohabitation homme-femme lui paraissait pour le moins énigmatique. Comment deux êtres aussi différents pouvaient-ils avoir des choses à faire ensemble, à part l'amour bien sûr ?

Il fit claquer la fermeture de son porte-cigarette vide entre ses doigts hésitants.

— Bravo ! Tu sais que la première journée est la plus difficile.

Elle qui n'avait jamais fumé avait néanmoins une idée sur la question, forcément.

6

Le lendemain matin fut barbouillé et comme Bompard en cherchait les causes, sa mauvaise foi, négligeant la piste du côtes-du-rhône, l'orienta vers les crevettes.

— Elles n'étaient peut-être pas fraîches.

— Pardon ?

À mieux le regarder, le divisionnaire non plus n'avait pas l'air très frais. Il avait le teint vert des lendemains de visites officielles.

— Vous m'écoutez, Bompard ?

Bien sûr qu'il l'écoutait ! Le discours était d'ailleurs assez habituel : le maire avait téléphoné, talonné par le ministre de l'Intérieur, enfin, son directeur de cabinet, et c'était déjà trop. Le ministre de la Culture lui-même avait fait part de sa vive émotion et son prédécesseur, ne voulant pas être en reste, n'avait pas hésité à faire part de son émotion tout aussi vive.

Se faire remonter les bretelles n'était pas son sport favori, mais contrairement à Louvel, le divisionnaire, Bompard ne se sentait pas profondément atteint par ce genre d'épreuve. Et tandis que Louvel prenait, comme le lui avait conseillé son homéopathe, une dose d'Arnica, qui était très efficace en cas de chute et ne manquait pas d'intérêt en cas de blessure narcissique, lui repensait à la vieille blague du psy qu'il avait consulté au moment de son divorce. Il se revoyait dans le cabinet de Braumann, en face de lui. Il avait bien essayé de s'allonger sous le regard bienveillant de cet homme austère, mais la position horizontale avait provoqué chez lui une série d'associations d'idées qui l'auraient propulsé dans une cure sans fin. Pragmatique, il avait donc opté pour quelques séances en face à face qui devaient lui permettre de digérer le départ de Mathilde sans pour autant avoir à baisser son regard de citoyen devant Dame Sécu. Et, justement lors d'une de ces séances, Braumann avait lâché une réflexion profonde sous forme de devinette :

— Quelle différence y a-t-il entre être impacté et être concerné ?

L'air inexpressif de Bompard à ce moment-là n'était pas très valorisant pour le commissaire, en qui abandonna aussitôt le souvenir. Mais la voix intelligente de Braumann le rattrapa :

— Ça vous arrive de manger une omelette au jambon ? Eh bien, sachez que la poule est concernée et le cochon impacté.

Chrétien Bompard ne fit pas tout de suite le lien entre ce qui avait été dit précédemment et l'intervention de son psychanalyste, ce qui ne l'empêcha pas d'en apprécier la finesse. Ce n'est que plus tard, lorsque ses relations avec Mathilde furent stabilisées, que Chrétien s'autorisa à se demander si la devinette de Braumann n'était pas tombée au moment où il était question de la douleur du divorce, de l'affliction de la séparation et de la mortification de la pension alimentaire.

Pour l'heure, le commissaire regardait le divisionnaire avec compassion et se félicitait, dans cette histoire d'omelette au jambon et de statues décapitées, de ne pas avoir le rôle le plus ingrat.

Il décida de ne pas partager avec ses hommes la dose de tension qu'il venait de recevoir. Il fallait bien justifier la différence de salaire qui les séparait, et puis il trouvait ça plus classe.

Dans son bureau, il fit le point avec ses deux lieutenants. Mathieu Piquet-Lamotte, que tout le monde au commissariat appelait Grenelle, devait trouver la piste d'acrobates pas très regardants sur la nature de l'exploit à accomplir et ayant pu se laisser séduire par la proposition. Alors que Frédéric Machnel, surnommé, les jours de grand désarroi, Match Nul – eh oui, on se marrait beaucoup au commissariat –, s'attellerait à la recherche des cinquante milliardaires dans le monde qui auraient une âme de collectionneur et seraient capables de commanditer une telle opération. C'était un fou des fichiers. Il en avait constitué sur à peu près tous les sujets. Il se mit au travail avec une délectation maniaque.

Comme il avait toujours cette barre sur le thorax, Chrétien Bompard décida de rentrer chez lui à pied. Il longerait les quais.

Il était sur le parvis de Notre-Dame où des flics en uniforme étaient chargés de veiller, toute la nuit, sur les têtes restantes. Neuf statues avaient été décapitées ; Bompard se demandait si le chiffre neuf avait un sens ou si les coupeurs de tête avaient été dérangés dans leur travail. Et bien que trouvant plutôt ridicule cette habitude de coller une équipe de flics sur les lieux d'un drame après coup, comme pour souligner le manque d'intuition de la police, il avait sacrifié ses réticences à la tradition. Il ne voulait pas prendre le risque de voir s'étaler toutes les statues de Notre-Dame étêtées à la une des quotidiens avec un titre du style « Elles s'étalèrent étêtées, mais qui va porter le chapeau ? ». Non, il fallait limiter les dégâts.

Bompard ne reconnut pas tout de suite la silhouette malingre de Thomas. Il s'approcha du peintre en pensant à autre chose et resta comme hypnotisé par la toile qu'il découvrait. Neuf statues décapitées en occupaient l'espace, qui était aussi dénué d'artifices qu'une photo d'anthropométrie. Seule fantaisie, les neuf cous étaient ensanglantés. Ces collerettes vermeilles sur ces statues en noir et blanc, hyperréalistes, avaient quelque chose de dérangeant.

C'est alors que Chrétien reconnut Thomas.

— Vous m'avez bien dit que votre truc, c'était l'art photographique ! s'étonna le commissaire.

— Ah, bonjour monsieur le commissaire ! Oui, c'est vrai qu'aujourd'hui, je m'égare, j'anticipe…

— Vous anticipez ?

— Je m'éloigne de mon style habituel. Ce que vous voyez là n'a rien à voir avec mon travail, mais parfois, c'est comme ça, des événements, une rencontre...

— Ne vous éloignez ni de vous-même ni de votre domicile, ça peut être dangereux. J'aurai sans doute d'autres questions à vous poser, coupa Bompard avant de se diriger vers les quais.

Il n'arrivait pas à comprendre pourquoi ce garçon l'énervait autant. L'artiste cherchait l'inspiration dans son espace de liberté à lui, et ça gâchait le plaisir qu'il avait à longer les quais.

— Qu'il aille au diable !

Il leva le col de son pardessus, fourra ses deux poings obstinés dans le fond de ses poches et partit à l'aventure, bien décidé qu'il était à suivre le cours de l'eau. Il se mit à marcher juste au bord du quai, à l'endroit même où tout corps en rupture d'équilibre se verrait propulsé dans l'eau.

— Arrête, Chrétien, ne fais pas ça, tu vas tomber !

Mathilde s'inquiétait. Il aimait bien ça. Il se demanda si, dans ses premières années, sa mère s'inquiétait quand le jeune Chrétien se mettait en danger. Sans doute, mais il ne le saurait jamais ; un grand voile blanc enveloppait ses huit premières années, il en avait pris son parti.

— Ne fais pas l'idiot, allez !

Il se retourna avec un air enfantin que peu lui connaissaient, mais redevint très vite l'adulte désenchanté et solitaire qu'il était. Personne ne s'inquiétait pour lui.

C'était donc ça, la nostalgie…

La voix d'Anne Sylvestre l'accompagna jusqu'au bout de l'errance.

« Je te disais, la Seine
Qu'on avait les yeux de la même couleur
Quand j'avais de la peine
Quand j'égarais mon cœur
Quand je trouvais la ville trop noire
Tu dorais des plages pour moi
Tu mettais ton manteau de soie
Et pour moi qui ne voulais plus croire
Et pour moi, pour pas que je me noie
Tu faisais d'un chagrin une histoire, une joie »

Mathilde disait toujours qu'il laissait traîner ses chaussettes un peu partout, mais elle était partie sans rassembler tout son univers et c'est ainsi qu'il s'était retrouvé avec la Sylvestre sur le cœur. Une espèce de corps étranger dont il ne pouvait plus se passer. Une greffe en quelque sorte.

Bompard rentra chez lui noyer son chagrin dans un whisky hors d'âge.

7

À quatre heures du matin, quand son portable sonna, le commissaire regretta aussitôt la série de whiskies qui l'avaient aidé à sombrer dans le sommeil.

Il se jura d'arrêter de boire, toussa à deux ou trois reprises pour s'éclaircir la gorge et répondit au téléphone.

Il raccrocha sur la voix horrifiée de Grenelle qui semblait avoir du mal à donner le change, et se donna cinq secondes pour trouver trois raisons de continuer à faire ce métier. « Faire en sorte que justice soit faite. » C'est la seule chose qui lui vint à l'esprit, alors il répéta les mots trois fois et se leva.

Mécanique, il traversa Paris.

Le corps de la victime était glacé, le sien aussi. Mais celui de la femme était sans tête alors que la sienne était près d'exploser. Il fixait, à ses pieds, le cadavre mutilé, figé, comme surpris, nu, recouvert d'une fine pellicule qui le rendait blanchâtre.

Il était bouleversé devant ce corps décapité. Même pas la possibilité de fermer les yeux de la morte…

Après le cou, ce qui l'émouvait le plus chez une femme, c'était le poignet ; alors il se pencha vers l'inconnue, effleura ses veines qui ne battaient plus et lui fit la promesse muette que justice serait faite.

Il observa sa posture longuement, sans rien dire, et se demanda pourquoi le bras droit de la femme était replié vers le haut, comme si elle avait cherché à le glisser sous sa tête. Il n'aimait pas ce détail.

— Qui nous a prévenus ?

— Un coup de fil.

— Anonyme ? Tiens…

— Pas anonyme du tout ! C'est un dénommé Jonas qui nous a avertis.

— Jonas ! Ben voyons… il va sur ses trente-sept piges. C'est que ça commence à faire !

— Hein ! Vous le connaissez ?

— J'ai bien connu son père, un dénommé Tanner.

— Si c'est important, vous m'expliquez, sinon…

— Quel âge tu avais, toi, en l'an deux mille ?

— Dix-sept ans. Pourquoi ?

— On devrait se méfier des gens qui n'étaient même pas nés en soixante-huit.

— Ah ! parce que vous… Eh, quand même…

— En gestation ! Inutile de noircir le tableau.

— Ah, vous me rassurez !

— Mais quand même… En gestation… Mes premières barricades…

Grenelle était habitué aux côtés abscons de Bompard. Il attendrait que ça passe.

De son côté, Machnel, aidé de deux collègues en uniforme, établissait un périmètre de sécurité.

— Et qu'est-ce qu'il a dit, Jonas ? Pourquoi il n'a pas voulu nous attendre ? Un rendez-vous, peut-être… ?

— C'est Machnel qui l'a eu.

Il ne se tourna pas vers Machnel, qui pourtant lui répondit :

— Il a rien voulu savoir. Il a dit que si on le cherchait on le trouverait à midi, place du Tertre. Il y est tous les jours.

— Encore un artiste !

— Pourquoi vous dites ça, patron ?

— Mais d'où tu sors, toi ?

— Ben, il faut pas oublier qu'il y a même pas huit mois, j'avais jamais mis les pieds à Paris.

— Bon, tu connais Pigalle, rassure-moi ! Ben, c'est à quinze minutes à pied, au nord de Pigalle.

À quelques mètres du cadavre, des bruits retinrent l'attention de Grenelle. Des rats ! Ils étaient là, prêts à festoyer. Contrariés par l'arrivée de Bompard et de ses acolytes, ils fixaient le commissaire… Machnel fendit l'obscurité de sa torche pour faire fuir les bestioles qui s'égaillèrent dans le chantier en poussant des petits cris aigus. La lampe du jeune lieutenant balaya le corps décapité avant de traquer les rongeurs qui s'étaient dispersés dans le hangar.

— Refais ça !

— Quoi ?

— Là. Ce que tu viens de faire. La lumière !

La vivacité d'esprit du lieutenant ne sembla pas satisfaire l'attente du commissaire qui lui arracha la torche des mains.

Il était là, éclairagiste lugubre. Une espèce de calme l'envahit. Le corps était maintenant au centre d'un halo de lumière. Le sang qui avait coulé sur ses seins lui dessinait une sorte de…

— Collerette. Merde ! Tu as l'adresse du peintre sur toi ?

— Quel peintre ?

— Le dandy qui se la pète avec son style photographique.

— Qu'est-ce qu'il a fait ?

— Il va nous le dire. Mais j'aime pas son côté multicarte.

— Multicarte ?

— Peintre photographe, déjà ça me gêne. Tu rajoutes à ça visionnaire et peut-être voyeur, voire pire, et alors là, ça m'explose. Bon, tu lui fais le plan convocation musclée !

— Maintenant ?

Le lieutenant regardait sa montre en pensant à sa couette.

— Tu traînes un peu devant un café noir croissants que tu passes en frais, tu vois que la vie n'est pas si dure, et tu le cueilles au saut du lit. Tu traînes pas trop. Si t'arrives chez lui quand il fait encore nuit, c'est bien.

— Mais c'est pas…

— Quoi ? Légal ? Tout le monde sait ça, maintenant. C'est bien. Justement, ça devrait l'impressionner ! Si en plus tu te la joues un peu shérif, électron libre, c'est parfait.

Bompard tournait déjà les talons.

— Alors, *dottore*, je vous écoute !

Le commissaire interpellait maintenant le légiste.

Machnel quitta le chantier au ralenti, la musique d'Ennio Morricone plein les oreilles.

Les premières informations que récolta le commissaire auprès de Fabbiani étaient décevantes. Le légiste avait besoin de temps ; Bompard en avait l'habitude. Il se contenterait donc pour cette nuit du jeune âge de la victime, moins de vingt-cinq ans, de l'absence apparente de lutte, de l'évidence que ce corps étêté avait été transporté dans ce chantier. Rien de très palpitant, et puis une réflexion un brin sexiste de Fabbiani lancée comme un pied de nez à la mort : « Si la tête était assortie au reste, elle devait être très belle. » Le légiste refermait soigneusement ses pots de prélèvements.

Le sac de la victime avait évidemment été vidé de toute identité. Pas de papier, pas de chéquier, pas de téléphone portable. Ni agenda ni répertoire, rien. Juste trois préservatifs, oubliés comme pour nous rappeler que nous avions affaire à un être vivant, sexué et… gourmand : les trois préservatifs étaient à la fraise.

Bompard rentra chez lui prendre une douche. Il voulait avoir les idées en place pour interroger l'artiste.

8

La main sur la poignée de la porte de son bureau, le commissaire vit le jeune homme debout, de dos, immobile face à la fenêtre.

Il alla s'asseoir comme s'il était seul, mise en scène qu'il avait mise à l'épreuve et qui avait toujours porté ses fruits, une façon de déstabiliser l'autre, de lui dire « tu n'existes pas, tu n'as aucune importance pour moi », le poussant ainsi à dire par la suite des choses essentielles pour être enfin reconnu. En ouvrant un dossier qui était celui d'une ancienne affaire et qui faisait donc de la figuration sur son bureau, Bompard se demanda si Thomas était en train de photographier mentalement quelques scènes qui ressortiraient dans un de ses tableaux.

Le peintre était maintenant assis face au commissaire qui ne le regardait toujours pas. Il commençait à se tortiller sur son siège en réprimant un bâillement. Bompard se demanda s'il avait dormi avec le bonnet de laine qu'il portait comme un lutin.

— Qu'est-ce qui se passe, commissaire ?

— Vous êtes un peu voyeur, non ?

Le commissaire planta son regard dans celui de Thomas.

— Pardon ?

— J'ai beaucoup pensé à ce que vous m'aviez dit sur votre art. C'est vrai que c'est intéressant, ce croisement entre la peinture et la photo.

— Je vois pas très bien…

— Vous ressortez avec le plus d'objectivité possible ce que vous voyez, vous êtes d'une précision incroyable.

— Je suis flatté que vous ayez eu envie de parler de mon travail de manière urgente. Mais m'envoyer un lieutenant chez moi, à six heures moins le quart, je me demande si…

Le commissaire fit glisser le téléphone qu'il avait devant lui vers Thomas. Il avait vu ce geste dans de nombreux polars, il aimait bien ce mélange de nonchalance et de détermination et si l'arapède qui lui faisait face avait un minimum de culture cinématographique, ça devrait l'impressionner. Bompard s'interrogea sur ce mot d'arapède qui lui avait traversé l'esprit et se dit qu'il avait été très certainement amené par l'étrange bonnet de lutin de l'artiste. Il continua à jouer sa partition et lâcha :

— Vous voulez téléphoner à votre avocat ? À moins que vous ne préfériez appeler votre maman ?

Vexé, Thomas s'enfonça dans sa chaise.

— Le corps d'une jeune femme a été retrouvé, cette nuit, rue Châteaudun. Vous connaissez ce coin de Paris ?

— Vaguement. Mais quel rapport avec moi ?

— Je vais vous expliquer et vous allez comprendre. Vous êtes un garçon intelligent, n'est-ce pas ? Ou plutôt non. Je vais pas vous expliquer, je vais vous montrer, c'est plus… frappant.

En disant ces mots le commissaire se leva, fit le tour du bureau et prit le téléphone.

— Elles sont prêtes ? OK !

Il resta quelques secondes tout près de Thomas qui semblait avoir du mal à respirer. Le corps du jeune homme se tassait sur la chaise. Grenelle fit une brève apparition et déposa quelques photos sur le bureau du commissaire. Bompard porta l'estocade.

Le commissaire mit sous le nez du jeune peintre une série de photos de la morte sous tous les angles.

Thomas eut un bourdonnement aux oreilles d'abord assez léger, qui s'intensifia très vite. Il toucha machinalement sa tête pour voir si elle était toujours là. Tout fonctionnait au ralenti, ses gestes, sa pensée ; il essaya de se lever pour refaire circuler le sang dans son corps, mais c'était impossible, il pesait une tonne. Lui vint alors l'idée que son comportement devait être extrêmement suspect ; il jeta un coup d'œil au commissaire qui, lui, ne l'avait pas quitté du regard. Combien de temps s'était-il écoulé ? Il devait absolument faire quelque chose, penser à quelque chose de gai ; il aurait pu y parvenir si le commissaire lui en avait laissé le temps. Mais ils avaient des intérêts visiblement contradictoires et Bompard lui brandissait sous le nez une dernière photo du cadavre. Thomas sentit chaque parcelle de son corps se durcir. L'idée folle qu'il était en train de se transformer en statue lui traversa l'esprit. Il porta lentement sa main à son cou, la tête était encore là, mais pour combien de temps ?

C'est alors qu'il tomba de la chaise. Il eut le sentiment de tomber très lentement et pensa à Piccoli dans *Les Choses de la vie,* qu'il était allé voir tout petit avec sa mère. Il souhaita du peu de forces qui lui restait connaître une fin plus heureuse. Chrétien Bompard, lui, eut plutôt le sentiment d'être dans un Charlie Chaplin, tant la scène se passa vite. Le commissaire n'avait pas eu le temps de rattraper le jeune homme qui gisait déjà à ses pieds, inconscient. Les deux hommes ne jouaient clairement pas dans le même film.

Fabbiani, qui passait faire son rapport sur la morte, donna un coup de main au vivant. Le légiste avait le sens des priorités et diagnostiqua une crise de tétanie.

— Examiner les vivants, ça fait un drôle d'effet. J'ai pas l'habitude, moi. Ça bouge, ça palpite, ça frémit, ça frissonne, ça transpire, ça vomit, ça éructe et j'en passe. Bref, c'est dégueulasse.

Thomas reprenait des forces à l'infirmerie du commissariat.

Dans son bureau, Bompard, lui, essayait de voir ce qui pouvait lier le peu d'éléments dont il disposait.

— Qu'est-ce qu'il a fait ?

— Rien, *dottore*, en fait je pense qu'il n'a rien fait. J'ai juste besoin qu'il m'explique où il puise son inspiration. C'est intriguant la pulsion créatrice, non ? Non ! Moi, ça m'a toujours questionné…

— Comme on n'est pas dans une discussion de salon, si je suis censé dire quelque chose d'intelligent, j'ai besoin que vous me donniez des pistes…

Les deux hommes se taisaient.

— Sinon, je peux, je peux vous faire quatre pages sur l'inspiration, j'ai quand même un bac littéraire. Mais je pense pas que ce soit ce que vous attendez de moi…

— On trouve dans un chantier, comme vous le savez, le corps d'une femme décapitée. Et comme vous l'avez remarqué, le sang qui coulait sur sa poitrine formait une étrange collerette. Vous me suivez ?

— Continuez !

— La veille, sur les quais, j'ai croisé notre ami spasmophile qui était en train de mettre la touche finale à un tableau représentant une série de statues décapitées qui avaient autour du cou une étrange collerette.

— C'est vrai que c'est questionnant !

— C'est pas tout. C'est lui qui est venu ici même déclarer que neuf statues avaient été décapitées.

— Notre-Dame, merde ! Il y a forcément un lien !

— C'est difficile de ne pas y penser. Mais quel lien ?

Bompard eut envie d'allumer une cigarette.

— Quoi d'autre ? Qu'est-ce qu'on sait de plus sur elle ?

— Sa mort remonte à vingt-quatre heures.

— Hum. Vingt-quatre heures après Notre-Dame… Et puis ?

— Pas grand-chose. Un tatouage, vous l'avez peut-être vu ?

— Non.

— En haut de la cuisse, sur la fesse gauche, une dame de pique.

— Une dame de pique ?

— Et puis, pas un poil. Elle est complètement épilée, jambes, aisselles, bras, pubis. Pas un poil !

— Mannequin, strip-teaseuse, danseuse de revue... À moins que ça fasse partie d'un rituel... Un rapport sexuel ?

— Rien !

— L'estomac ?

— Vide. Mais pas de carence. Elle semblait en bonne santé.

Il consultait son carnet.

— Ah oui, une dernière chose ! La pellicule sur son corps... C'est une crème pour traire les vaches. Je crois que ça a été retiré du commerce, il y a quelques années. Ce serait cancérigène... Ça s'est vendu vers la fin des années soixante-dix pour favoriser le bronzage. Les lois du marketing sont impénétrables !

Dans la salle d'infirmerie, Bompard regardait le jeune Thomas reprendre des forces. C'était évident pour le commissaire que le jeune garçon n'avait étêté rien ni personne. Il fallait juste trouver le lien, découvrir le rôle qu'il avait à jouer dans cette affaire. Sa peau blanc-bleu lui donnait un côté Dame aux Camélias. Ils restèrent à l'infirmerie, et c'est dans ce cadre inhabituel que Bompard poursuivit l'interrogatoire.

C'est là que Thomas parla pour la première fois du type qui lui avait commandé le tableau.

— C'est ma première commande, je suis pas près de l'oublier...

— Vous avez le nom du type, son adresse ?

— Ah non ! Il m'a payé en cash... Six cents euros, pas mal, non ? Je crois qu'il est pété de tunes. J'aurais dû demander plus.

— Comment ça s'est passé ?

— Il est venu me voir, il m'a dit ce qu'il voulait, il m'a donné cinquante pour cent à la commande, cinquante pour cent à la livraison. Un type très correct.

— Ah ouais... Et comment il est, ton type très correct ?

— Grand, très maigre, avec de grandes mains bien entretenues. C'était marrant, tout en parlant, il s'amusait avec une laisse, qu'il tournait dans tous les sens entre ses doigts.

— Quelle race ?

— Hein ?

— Le chien ?

— Euh, non, justement ! Il avait pas de chien. C'était marrant de le voir s'amuser avec une laisse alors qu'il n'avait pas de chien.

— Marrant... J'ai toujours rêvé d'avoir un chien. J'adore les chiens. Pas vous ?

— Ben...

— Vous avez remarqué d'autres détails ? Son style, ses vêtements... Des bijoux, une montre ? Les traits de son visage ?

— Un visage assez figé, mais des yeux noirs, vifs, très mobiles.

— Très mobiles…

Chrétien se demanda pourquoi ces mots le mettaient si mal à l'aise. Ça lui évoquait quelque chose, mais quoi ? Avait-il rencontré à un moment donné, dans sa vie, quelqu'un qui avait des yeux noirs très mobiles ? Il l'aurait juré, mais qui et quand ? Sa mémoire s'amusait avec lui. Comme un mot sur la langue refuse de se livrer, le visage refusait de sortir de la pénombre. Bien décidé à ne pas le laisser tomber définitivement dans l'oubli, il souligna avec insistance ces mots sur son carnet.

— Quoi d'autre ? Ses cheveux ?

— J'ai rien à dire là-dessus, il portait une casquette, une casquette à carreaux grise qui couvrait ses oreilles.

— Pas très tendance, s'exclama Bompard en regardant Thomas qui, de ses doigts nerveux, malmenait son couvre-chef.

Bompard, penché sur son petit carnet noir, griffonnait en silence.

— Mais que je suis con ! Vous pouvez le dessiner.

— Hein ?

— Le type ! Vous êtes peintre, non ?

— Justement, je suis peintre, pas dessinateur. Au fusain peut-être, je peux essayer. Vous avez des fusains ?

— Des fusains, et puis quoi encore ! Je peux vous prêter un crayon papier tout mordillé ou mon roller, mais attention, j'y tiens.

— Non, c'est pas possible. J'ai besoin de mon matériel pour peindre.

— Bon, d'accord, rentrez chez vous. Combien de temps il vous faut pour peindre ce type ?

— Je sais pas… Au moins quatre heures, mais sans modèle, je vous garantis rien.

— Tous vos souvenirs m'intéressent. Rentrez chez vous, je vous envoie quelqu'un de la maison pour récupérer le tableau dans quatre heures.

— Vous pensez que c'est l'assassin ? Non. Ne dites rien, ça pourrait me bloquer.

— C'est bien ce que je pensais, c'est fragile l'inspiration.

Le commissaire regardait l'artiste fébrile quitter les lieux et se dit qu'il aurait dû lui préciser que cette commande-là ne lui serait pas payée.

Ça y est, Bompard avait l'explication La barre sur le thorax, qui d'ailleurs avait disparu… Une sale affaire pointait son nez.

9

Il eut alors le sentiment, comme à chaque affaire de ce type, qu'il devait attendre le deuxième crime pour avoir des indications. Il savait par expérience qu'il ne pouvait rien faire pour éviter cette deuxième échéance. Cette idée lui était insupportable.

Quand il vit Machnel enfiler son blouson, Bompard lui emboîta le pas.

— Où tu vas ?

— Chez Bruno, avaler un sandwich. Ça vous dit, patron ?

— Et comment ! Mais on change de quartier.

— Ah bon.

— Il se pourrait même qu'on change de menu…

— Ah bon. Super.

— Enfin, je veux dire : qu'on n'ait pas le temps de manger.

— Sympa. Pourquoi ? où on va ?

— Voir Jonas…

— Ah oui ! place du…

— Tertre, et parfaire ta connaissance de Paris.

— Vous me trouvez inculte !

— Le type qui te traiterait d'inculte est celui qui te prendrait de haut parce que tu ignores le peu qu'il sait. Moi je préfère nous regarder, tous, avec nos petites connaissances, et me dire qu'à plusieurs, on sait beaucoup de choses.

Le ciel s'était dégagé et tous les touristes semblaient s'être donné rendez-vous place du Tertre. L'endroit était bondé. Le nom de Jonas semblait ne rien évoquer aux gens questionnés par Machnel. Le commissaire et son acolyte avaient déjà fait deux fois le tour de la place et Bompard était sûr que ces deux tours de manège n'étaient pas passés inaperçus. C'est d'ailleurs pour cette raison qu'il avait demandé au jeune lieutenant de l'accompagner, et il se demandait si Jonas avait eu un empêchement ou s'il était là, à les observer. Avait-il peur de se manifester ?

L'homme qui se dirigeait vers eux ne donnait pas l'impression d'avoir peur et s'il avait eu vingt-cinq ans en l'an deux mille, alors le temps s'était accéléré et l'an deux mille était déjà bien loin. Le vieil homme avait des yeux gris immenses et une peau caramel parcheminée. Il était magnifique.

— C'est moi que vous cherchez ?

— J'ai l'impression.

Jonas était un homme des voyages. Il se présenta rapidement, évoqua modestement son tour du monde à pied, juste pour expliquer qu'il ne tenait pas en place et qu'il avait du mal à rester enfermé.

Bompard ne lui fit pas l'injure de l'emmener au poste pour prendre sa déposition. Ils s'installèrent sur les marches du Sacré-Cœur ; c'était évidemment une idée de Jonas qui avait un faible pour le plein air. Le commissaire, lui, aurait préféré l'arrière-salle d'un bistrot sur la place mais il se dit, en regardant Paris faire la belle à ses pieds, que le dépaysement avait du bon. Il n'en perdait pas pour autant le fil de son enquête :

— Mais qu'est-ce que vous faisiez à quatre heures du matin dans cet immeuble en chantier ?

Une question toute simple qui entraîna les trois hommes sur les traces d'Alexandra David-Néel. Jonas expliqua qu'il avait suivi l'itinéraire de la célèbre exploratrice tantôt à pied, tantôt à bicyclette, tantôt en train, et qu'il en avait gardé le goût de l'errance et la répulsion du toit sur la tête. Le contraire pour lui de la sécurité. Il en profita pour ouvrir une parenthèse politique et critiquer le tout-sécuritaire et ses conséquences désastreuses, mais Bompard, vigilant, recentra le propos. C'est à regret que le vieil homme referma la parenthèse et précisa que depuis, et c'était là l'élément de réponse à la question posée dix minutes plus tôt par Bompard, il dormait dans une tente de haute montagne qu'il posait au gré de son humeur dans la capitale. Là, protégé par un sac de couchage prévu pour affronter une température qui pouvait descendre jusqu'à moins quinze, il passait l'hiver. Les touristes auxquels il faisait découvrir un Paris différent lui en étaient reconnaissants et leur générosité finançait chaque année l'idée fixe de Jonas. Et cette année, il était juste question de récupérer un camion humanitaire au sud de l'Égypte et de le livrer en Tanzanie. Il avait ensuite prévu de descendre jusqu'au sud du Mozambique, de traverser le pays pour rejoindre Madagascar et là, après avoir retrouvé deux compagnons de route, il affréterait un deux-mâts et remonterait vers l'Inde où il s'accorderait quelques jours avant de reprendre son bâton de pèlerin.

Le petit groupe de Russes avec lequel il avait rendez-vous venait juste d'arriver. Il les identifia immédiatement et se leva avec beaucoup de grâce :

— Encore une chose dont j'hésitais à parler…

— Je vous écoute.

— Mais vous risquez de me prendre pour un fou.

— Moi-même il m'arrive de me retrouver avec ce type d'étiquette collée sur le dos ; alors, en général je me méfie des jugements hâtifs.

— Ce soir-là, je n'ai rien remarqué, à part le corps bien sûr, mais je suis pourtant certain que quelqu'un était là et m'observait.

— Comment ça ?

— J'ai longtemps marché seul pendant des semaines, voire de longs mois, sans croiser l'ombre d'une âme, mais dès qu'une présence humaine se profilait, je la détectais très vite. Je vous dis ça parce que vous avez plutôt l'air ouvert pour un flic. Ce soir-là, quelqu'un m'observait. Et je peux même vous dire, mais ne me demandez pas comment je le sais, que le cœur de cet homme battait très lentement, étonnamment lentement.

— Ça veut dire qu'il a sans doute un mental très fort.

— C'est certain…

— Le yoga ?

— Le yoga peut-être, ou autre chose. Il existe plusieurs techniques pour développer ce genre d'aptitude. Mais en principe, quand on a expérimenté ce genre de chose on ne se met pas au service du mal.

— J'aurai sans doute besoin que vous m'éclairiez sur tout ça… On pourrait marcher tous les deux dans Paris. Sur les quais, par exemple.

— Avec plaisir ! Vous savez désormais où me joindre, enfin si je ne suis pas ailleurs, parce que, dans ce cas, je ne suis même pas localisable…

— Alors disons demain, c'est plus sûr.

— Tant que vous me tenez…

— J'ai rien dit de tel !

— Non, mais vous l'avez pensé.

— En fin de journée demain, ça vous irait ?

— À dix-huit heures devant Notre-Dame ?

— Parfait ! Ça me changera.

Bompard regardait Jonas s'éloigner et il pensa qu'il devait faire bon vivre dans les rêves de ce « clochard céleste ».

Plus tard, au commissariat, il feignait de savourer le café pourtant immonde lâché par le distributeur, histoire de se faire croire qu'il avait du temps devant lui. Il avait rendez-vous avec le divisionnaire et n'était pas pressé. Il connaissait les répliques de Louvel comme s'il les avait écrites. Il allait avoir droit à l'appel pressant du ministre, à celui mécontent de l'homéopathe, aux médias tentaculaires.

La porte s'ouvrit. Louvel l'attendait.

Tout s'était passé comme prévu, à la virgule près. L'entretien tirait vers sa fin ; c'est alors que le commissaire céda à la tentation de partager avec son supérieur ses angoisses, une attitude pas très chrétienne somme toute, le contraire de la compassion. Et comme il se levait, il se gratta la gorge ostensiblement.

— Quelque chose vous préoccupe, commissaire ?

— Dans la course aux Jeux olympiques, le dossier français n'est pas trop mal positionné… Ce serait regrettable que…

— Que ?

— Disons qu'un *Serial Killer* serait du plus mauvais effet.

— Pourquoi dites-vous ça, Bompard ? Pour pouvoir parler de *Serial Killer*, il faudrait que nous soyons en présence d'une série de meurtres… Vous êtes d'accord avec moi ?

— On aurait du mal à ne pas l'être.

— Alors pourquoi vous dites ça, Bompard ? C'est juste pour me gâcher la soirée ?

— Je ne sais pas, un sens extrême de la mise en scène, l'absence totale de hasard, on sent déjà un rituel poindre là-dessous.

— Vous m'emmerdez, Bompard !

— Bonne soirée, monsieur.

Bompard sortit du bureau de Louvel sans une once de mauvaise conscience, laissant son supérieur à ses granules contre les maux d'estomac.

10

Assis derrière son bureau, le commissaire attendait maintenant l'homme dont la visite était annoncée pour seize heures. Les témoignages spontanés intriguaient toujours Bompard, lui inspiraient même une certaine méfiance. Mais il n'avait rien d'autre à se mettre sous la dent. Il était seize heures et dans l'encadrement de la porte, une belle tronche de chien apparut. Il était magnifique, énorme, tranquille, tirant vers l'ours. Bompard, influencé par la pub dont l'animal avait fait l'objet et dont le slogan était « Aidez ce chien à devenir quelqu'un de bien », se demanda s'il devait lui offrir un siège mais la présence d'un homme mit fin à sa réflexion. Le maître du chien semblait observer la scène. Il souriait. Le commissaire fit asseoir l'aveugle et caressa le chien juste au-dessus de l'oreille. L'animal pencha la tête, la posant dans la main de Bompard.

Grenelle, l'air dubitatif sur la qualité du témoignage à venir, referma la porte du bureau du commissaire avant de s'éclipser.

— Vous êtes monsieur…

— Buenavista, ça ne s'invente pas !

— Je m'appelle bien Chrétien.

— Et vous seriez plutôt du genre athée ?

— Mécréant, tendance bouddhiste.

Buenavista raconta ses sorties nocturnes avec Aristote.

— Si vous voulez savoir à quelle heure j'ai levé la tête et donc à quelle heure le bruit de scie s'est interrompu, vous devez convertir l'espace en temps.

— C'est-à-dire ?

— Sachant que j'ai quitté mon domicile au départ du dernier client de la prostituée qui habite au-dessus de chez moi et qu'avant-hier nous étions mercredi et que le client du mercredi quitte toujours l'immeuble à deux heures du matin. Sachant par ailleurs que j'habite à sept cent vingt-neuf pas de Notre-Dame et que cette nuit-là, je suis allé directement sur le parvis. Sachant enfin que lorsque je marche avec entrain, je fais huit pas toutes les cinq secondes, vous devriez trouver, sans trop de difficultés, l'heure à laquelle les statues ont été décapitées.

Et comme il se levait :

— Ah ! N'oubliez pas de prendre en considération le temps qu'il m'a fallu pour ouvrir la porte de chez moi, m'assurer que j'avais bien la clé dans la poche, claquer la porte derrière moi, appeler l'ascenseur : ce soir-là il a mis huit secondes pour arriver. Il devait être au troisième, j'habite au quatrième. Mais en vous racontant tout ça, tout à coup je me dis que c'est curieux…

— Quoi donc ?

— Que l'ascenseur se soit arrêté au troisième…

— Le voisin du troisième sera rentré juste au moment où le client de la prostituée du cinquième partait. Quelle vie, dans cet immeuble !

— Mais non, justement, ce n'est pas possible ! Il n'y a personne en ce moment au troisième. C'est un couple de retraités, ils sont partis en cure.

— Alors…

— Je me demande si…

— Bon, écoutez, je vous laisse éclaircir ce mystère. Vous semblez avoir les aptitudes requises, et j'aimerais, si vous le voulez bien, que nous revenions au…

— Oui bien sûr, on en était…

— Au temps qu'il vous a fallu pour sortir de votre immeuble.

— De mon appartement au trottoir, soixante-quinze secondes.

— Vous comptez beaucoup…

— Je vais vous faire une confidence, commissaire : ça occupe l'esprit, ça m'aide à lutter contre mes fantômes. Quand je compte, je suis tranquille. Vous devriez essayer… Bonne chance, commissaire.

— Bonne chance à vous.

— Vous avez raison. À chacun sa nuit…

Il prit congé du commissaire comme si c'était à lui d'en décider, en expliquant sa grande méfiance à l'égard du temps, convention qui ne concernait selon lui que les voyants, et lui qui vivait dans la nuit préférait se fier à son horloge biologique. Il était seize heures trente-cinq et justement l'homme avait faim. Il quitta donc le bureau de Chrétien pour aller manger une omelette aux asperges. L'aveugle était végétarien.

— Et tourmenté, se dit le commissaire en cherchant la fonction calculatrice sur son portable.

Ça lui laissa quelques secondes pour penser à Aristote. L'animal aurait pu tomber plus mal ; certes son maître était végétarien, mais le fait qu'il ne l'ait pas affublé d'un sinistre sobriquet, genre Soja ou Rhubarbe, était quand même une preuve d'ouverture d'esprit.

Alors ! Cinq divisé par huit, multiplié par sept cent vingt-neuf ! La réponse s'affichait sur le petit écran. Notre-Dame avait été décapitée à… Mais il ne fallait pas oublier les soixante-quinze secondes dont Buenavista avait besoin pour atteindre l'ascenseur et, dans un deuxième temps, aller de l'ascenseur au trottoir. Il ne restait plus qu'à convertir les secondes en minutes :

— Neuf minutes, vingt-quatre secondes et des brouettes.

Bompard, une oreille collée à sa montre, écoutait le temps filer. Que s'était-il passé à deux heures dix cette nuit-là ? Des hommes, des grimpeurs singuliers avaient décapité Notre-Dame… Et alors ? Le lien ne se donnait pas.

Le commissaire se leva pour regarder par la fenêtre d'où il ne voyait pas Notre-Dame. Il laissa son esprit vagabonder. Cette nuit-là, aux environs de trois heures, ou peu de temps après, la vision de ces statues mutilées aurait provoqué un choc terrible chez un homme qui passait par là, un de type fragile qui n'était sans doute jamais passé à l'acte, mais qui, Bompard le craignait, ne s'en tiendrait pas là. La piste était maigre. Notre-Dame était un des lieux les plus encombrés de la capitale.

— C'est quand même pas un touriste qui est venu faire ça chez nous !

Même en éliminant les touristes, le coin restait très habité, des milliers de gens foulaient le périmètre ; le commissaire abandonna cette direction qu'il jugea trop embouteillée. Sans compter que l'assassin avait pu avoir un choc visuel, une sorte de déclic, en feuilletant son quotidien le lendemain. Chrétien jeta un coup d'œil sur les journaux du jour éparpillés sur son bureau. Eux aussi faisaient le rapprochement entre les deux affaires.

Grenelle entra dans la pièce, un gobelet dans chaque main.

— Un café, patron ?

— Et si nous avions affaire à un pervers polymorphe…

Grenelle, qui pratiquait le commissaire depuis bientôt cinq ans, savait qu'un début d'enquête est une chose sérieuse, que l'intuition y occupe une place importante et qu'il ne faut jamais interrompre le patron dans son élan.

Le lieutenant, un café dans chaque main, écoutait.

— Un café, patron ?

— Un joueur d'échecs refoulé, un chercheur contrarié, un mathématicien machiavélique, un raisonneur diabolique qui avancerait ses pions avec méthode, aujourd'hui une statue, demain une femme, aujourd'hui ici, demain ailleurs…

— Vous croyez, patron ?

— Je crois rien. Je cherche !

Grenelle s'en voulait d'être intervenu, mais il était trop tard : Bompard était de mauvaise humeur. Le commissaire avala son café froid en faisant une grimace et le lieutenant disparut dans les couloirs. Bompard se figea à nouveau devant la fenêtre de son bureau. Dans cette position alibi où il regardait sans voir, Bompard faisait le point. Femme de chair, femme de pierre, femme au cœur de pierre, vengeance d'un fils castré, d'un amoureux impuissant, d'un sculpteur inhibé, d'un macho mégalo, d'un collectionneur fétichiste… Boucher, sculpteur, assassin, artiste ? Bompard avait mal à la tête. Quand il entendit Grenelle tousser derrière lui, le commissaire ne sursauta pas ; il se demanda juste depuis combien de temps le lieutenant était là.

11

L'air était doux, qui donnait envie de flâner. Elle marchait pourtant à vive allure pour essayer de semer cette envie de rire qui menaçait à chaque seconde de la faire passer pour folle. Au bout de sa main droite, un plateau russe bleu flottait dans un grand sac en plastique, quelques grammes qui pesaient pourtant le poids des décisions qui changent parfois le cours de la vie. Elle allait suivre les conseils d'Élisabeth Green, sa nutritionniste.

— Quelle est votre couleur préférée ?

— Le bleu.

— Comme votre chambre… Votre chambre est bien bleue ?

— Oui, oui !

— Alors, en sortant d'ici, allez donc vous acheter un joli plateau bleu et des petites choses que vous pourriez avoir envie de manger.

— Je n'ai envie de rien…

— Alors, des aliments dont vous aimez la couleur. Composez votre plateau comme vous peindriez un tableau.

La jeune artiste peintre fut sensible à l'argument.

— Ne pensez pas aux déchets, aux souillures, aux excréments. Au contraire, vous allez rentrer chez vous et mettre en scène la nourriture, la magnifier, et si brusquement vous étiez prise d'une envie irrépressible de croquer une tomate cerise ou de dévorer un radis…

La thérapeute souriait et la jeune femme se demanda si elle était consciente de son charme.

Elle continuait :

— … eh bien, faites-le !

Devant la palette de fruits, ses doigts pianotaient dans le vide comme à la recherche d'un pinceau. Les couleurs de ces victuailles si longtemps méprisées lui semblaient aujourd'hui plus vives, plus éclatantes. Était-elle sur la voie de la guérison ?

Arrimée à l'étal de fruits, elle n'avait plus peur. La douce voix de la thérapeute chantait à ses oreilles.

— Installez-vous dans votre chambre, puisque c'est la pièce que vous préférez, ouvrez la fenêtre, il fait très doux aujourd'hui…

C'est vrai qu'il faisait étonnamment doux.

— Prenez votre guéridon en émail blanc. Vous avez bien un guéridon blanc ?

— Beige, il est beige.

Elle crut déceler alors un léger agacement sur le visage d'Élisabeth Green, qui ne supportait pas les fausses notes.

— Et vous vous installez à votre bureau, face à l'arbre que vous aimez tant.

À la caisse, le prix lui parut dérisoire. Elle se sentait pleine de gratitude à l'égard de sa thérapeute. Hypnotisée par le contenu de son sac qui pesait son poids de bonheur, elle bouscula un homme qu'elle n'avait pas vu ; il la suivait pourtant depuis plusieurs heures. Il lui avait emboîté le pas alors qu'elle quittait son domicile et l'avait escortée, à son insu, au gré de ses déplacements. Comme elle s'excusait, elle nota une absence totale d'expression sur son visage et se dit que si elle devait aider la police à faire le portrait-robot de cet individu, elle en serait incapable. Surprise par cette association d'idées mais refusant, par manque de confiance en elle, d'y accorder de l'importance, elle poussa la lourde porte de son immeuble, son filet multicolore à la main, sans savoir que c'était la dernière fois qu'elle faisait ce geste.

Immobile devant la porte, il remonta le col de son manteau, lui qui n'était pas sensible à la douceur de l'air, et laissa passer encore quelques secondes avant de franchir la porte à son tour.

12

La matinée avait quelque chose d'agréable. Bompard aurait eu du mal à expliquer pourquoi il se sentait aussi léger alors qu'objectivement il n'y avait pas de quoi se réjouir. Bon, c'est vrai, il entamait son troisième jour sans nicotine et c'était déjà une victoire même s'il avait toujours sa boîte en faux croco dans le fond de sa poche, qu'il traînait comme un doudou, mais il n'y avait quand même pas là de quoi afficher un air jovial. D'autant que les deux affaires de Notre-Dame s'enlisaient.

Rien de très nourrissant à se mettre sous la dent. Pas d'indice, pas d'empreinte, pas de trace, pas de témoignage si ce n'est celui d'un aveugle végétarien et celui d'un vieillard nomade. Pas de disparition déclarée. Pourtant, debout face à la fenêtre, Bompard échafaudait des plans avec le peu de données dont il disposait. Il essayait de donner du sens à cette mise en scène macabre, de faire un lien entre ces corps de femme étêtés, qu'ils soient de pierre ou de chair.

Il jeta un coup d'œil au portrait que Thomas était venu livrer en personne et qu'il avait aussitôt accroché sur le mur en face de son bureau. Drôle de portait-robot, magnifiquement exécuté. On y reconnaissait la précision de l'artiste, mais le modèle restait flou. Il avait l'impression d'avoir devant lui la photo numérique d'un fantôme, il pensa aussi à un feu follet ou au reflet insaisissable des vampires… Ces associations fantasques le surprirent.

Il s'attarda un moment sur les doigts effilés du modèle.

Quand Machnel déboula dans le bureau du commissaire, Bompard eut la sensation très forte qu'il allait enfin pouvoir avancer un pion.

— Je crois qu'on a quelque chose, patron!

L'impression se confirmait.

Machnel avait l'air content. Il expliqua, essoufflé, ce qui donnait plus de poids à ce qu'il allait annoncer et donc plus de prix à son travail, que, contrairement à ce qu'il avait déclaré la veille, il y avait peut-être un début de piste du côté des boîtes de nuit parisiennes.

Bompard se cala dans son fauteuil…

*

La lumière jouait à travers les rideaux de perles du Barberousse.

Chrétien Bompard aimait bien les rideaux de perles, sans doute parce qu'ils lui rappelaient immanquablement Anna Magnani qu'il s'attendait à voir surgir en combinaison noire, pieds nus, une mèche dans les yeux. Mais la comédienne se faisait attendre et le commissaire en profita pour examiner les lieux sans toutefois bouger de son tabouret ; il n'était pas là en visite officielle. Sa carte était restée dans la poche intérieure de son blouson. Il avait d'ailleurs hésité à demander à Machnel de l'accompagner et maintenant qu'ils étaient là tous les deux, il se disait bien que personne ne pourrait les prendre pour des touristes, même à Pigalle, même pendant les vacances de Toussaint. Ça n'avait aucune importance, dans ce temple de pacotille où la déco oscillait entre faux chic et vraie camelote. À étudier leurs reflets dans la glace, Bompard se demanda pourquoi Machnel et lui faisaient tellement flics. À quoi cela pouvait-il tenir ? Ça lui rappelait ses nombreux voyages avec Mathilde en Turquie, au Cambodge ou ailleurs, où, chaque fois qu'ils entraient dans un hôtel, un restaurant, un musée, on s'adressait à eux en français. C'était systématique et vexant. Ils s'étaient alors étudiés de la tête aux pieds pour savoir ce qui pouvait permettre aux autochtones de les identifier à coup sûr.

Fallait-il se résoudre à n'être qu'un flic franchouillard ?

— Qu'est-ce que je vous sers ?

— Qu'est-ce que tu bois ? Un whisky ?

— Oui.

— Deux !

— En service ? Je suis surpris…

— Vous regardez trop la télévision. Sec pour moi.

Le commissaire se brûla la gorge. Décidément, même le whisky était d'un goût douteux. Il repoussa son verre plein sur le comptoir laqué noir. Machnel, moins regardant, but le sien.

Comme le serveur n'était pas du genre bavard, Bompard, qui l'avait gentiment questionné sur la Dame de Pique, commençait à perdre patience. Il se décida à sortir de sa manche un atout, une carte qui lui apportait chaque fois entière satisfaction.

— C'est pas grave, lança-t-il, je vais remonter jusqu'à nos amis de la finance. Ils pourront sans aucun doute m'en dire plus que vous sur le patron de la Dame de Pique. Ce sera un peu plus long, mais j'ai tout mon temps.

Bompard s'éloigna du comptoir d'un pas leste tandis que Machnel essayait de se décoller de son tabouret. Le commissaire remonta la fermeture Éclair de son blouson en comptant mentalement jusqu'à cinq. Une habitude léguée par le jeune Chrétien et qui avait traversé les décennies sans prendre une ride. En principe, il ne fallait pas plus de temps pour que le vieux truc éculé portât ses fruits. Il pensa à Buenavista et à ses fantômes. Chacun comptait dans son coin, chacun ses raisons, chacun sa façon de rester debout sur la toupie. Lui, il s'accrochait avec obstination au fil fragile que continuait à lui tendre Chrétien junior, persuadé que l'enfant qu'il avait été était plus avancé, plus fort que l'adulte qu'il était devenu. Un jour, il saurait… Trois, quatre et accrochez le pompon !

— Je vous sers un verre, commissaire ? J'ai des choses à vous expliquer, lança une voix inconnue.

Bompard se retourna lentement, ce qui lui donna le temps de gommer le sourire satisfait qui éclairait son visage et qui pouvait en agacer certains. Les deux policiers faisaient maintenant face à un gabarit peu ordinaire, genre bûcheron du Grand Nord qui aurait laissé sa chemise à carreaux et sa hache au vestiaire. Mais les cheveux aussi roux que la barbe étaient bien là. Le regard avait dû être franc avant que la vie ne l'abîmât et le sourire courageusement commercial laissait suspecter un manque de calcium qui devait dater de la petite enfance. L'homme tendit une main pour le moment amicale. Bompard s'en réjouit.

Les trois hommes s'installèrent à une table en retrait. Le regard du commissaire s'arrêta un instant sur le couple d'amoureux miniature qui déclinait, de table en table, les positions du Kama-Soutra. Chrétien fit un rapide calcul à raison de vingt euros la figurine et vu le nombre de tables, le patron aurait pu se payer les services d'un professionnel qui aurait donné au lieu une enseigne plus inspirée. Mais le mauvais goût est une vraie culture, une façon de regarder le monde. Pour l'heure, Barberousse ouvrait une de ses meilleures bouteilles de whisky. À la tête de Machnel à la première gorgée, Bompard nota que son lieutenant appréciait la différence. Le commissaire, lui, appréciait qu'on se mette en frais pour l'acheter mais, conscient de sa valeur, décida, après avoir bu, de placer dès le lendemain l'établissement sur écoute. Il apprit ce soir-là un certain nombre de choses, que La Dame de Pique avait fait faillite, que Barberousse avait repris l'affaire, que bien sûr il était actionnaire de la première affaire mais que son nombre de parts était ridicule, qu'il ne fallait pas voir malice là-dessous, que les deux affaires étaient bien distinctes. Ah, et puis une dernière chose, que l'équipe des danseuses avait été renouvelée presque en totalité, qu'il en restait quatre dans la nouvelle revue et qu'elles avaient bien un tatouage sur la fesse gauche. Nikita Blues, Perle de Java, Lucky Lola et Sandy-Nuit-Blanche furent convoquées au commissariat le lendemain, à quatorze heures, grasse matinée oblige.

Quand il abandonna son jeune collaborateur dans la ruelle obscure, Bompard le sentit tourneboulé et il se prit à envier sa grande fraîcheur et sa dimension poétique.

Lui se contenterait de rentrer chez lui opérer une résistance passive à quelques souvenirs envahissants qui ne semblaient pas vouloir se résigner à tomber dans l'oubli. Mathilde occupait toujours le terrain.

13

Dans un pré d'un bleu vitrail, des vaches sans tête gambadent. Un peu plus loin, une silhouette noire semble veiller sur le troupeau. Un peu plus loin encore, appuyé à une barrière, Thomas prend une photo. Buenavista entre dans le champ par la gauche en hurlant, horrifié :

— Je ne veux pas voir ça !

Puis soudain, face caméra :

— Commissaire, vous ne pouvez pas m'obliger à recouvrer la vue.

Drrrrring ! Coupez !

Soulagé de sortir de son rêve, Chrétien décrocha.

— Désolé de vous réveiller, patron.

— C'est un plaisir.

Il n'y avait là aucune ironie. Il goûta un instant l'aspect reposant du premier degré.

— Je t'écoute.

— Ça recommence.

— Je dirais plutôt que ça continue, non ? Où ?

— Rue Ballu.

— Vous y êtes ?

— Je suis en route, on nous a appelés…

— Qui ?

— Une femme, elle est bouleversée.

— Quel numéro ?

— Pardon ?

— Rue Ballu.

— Ah oui. Au 36 bis.

Économie de mots, de gestes, précision, efficacité… Bompard traversait déjà la Seine, qu'il ne prit pas le temps de saluer malgré la grande affection qu'il portait à la vieille dame. Il était de plus en plus rapide. Il se prit à rêver au jour où il arriverait sur les lieux du crime avant le criminel – mais dans ce cas-là, ce serait lui le criminel. Son esprit déraisonnait, Chrétien n'était pas encore réveillé.

— Tout est en nous, restons vigilants.

Somnambule, il claqua la portière de sa vieille Polo break. Chrétien n'avait ni femme ni enfant. Pas de chien, pas de canne à pêche, pas de pied de caméra, pas de paire de skis, d'ailleurs il détestait le ski – pour tout dire, il détestait le sport en général. Non, il n'avait rien ni personne à transporter, pas le moindre cadavre non plus, mais il aimait les breaks, même s'il n'aimait pas particulièrement conduire.

— Comment il fait, lui, pour transporter ses cadavres ?

Machnel venait à sa rencontre. Il sortait de l'immeuble.

Il était pâle, il avait un cadavre d'avance sur le commissaire. Bompard le suivit au septième et dernier étage de l'immeuble. L'ascenseur était bien sûr en panne…

Sinistre ascension ! Pour calmer ses pensées qui se télescopaient, Chrétien se focalisa sur les chaussures de Machnel qui ouvrait la montée et put à loisir observer que celui-ci ne cirait pas ses boots.

À trop fixer les chaussures de son collaborateur, il regarda machinalement les siennes et réalisa que le lacet de sa chaussure droite était défait. Il mit alors son pied droit deux marches au-dessus de celle sur laquelle reposait son pied gauche et s'appliqua à nouer son lacet. Cette position le propulsa vers un Chrétien en culottes courtes occupé à la même tâche. L'enfant, qui avait peut-être cinq ou six ans, était très concentré. Soudain une voix se fit entendre :

— Qu'est-ce que tu fais ? Tu viens ?

— J'arrive !

Bompard ne bougeait plus, attentif à ce que lui livrait sa mémoire. Il essaya de dompter ses pensées et ses émotions, d'économiser ses mouvements, de garder son esprit ouvert et souple… Quand la lumière s'éteignit, il sut que c'était raté. Un étage au-dessus, Machnel qui avait pris de l'avance s'inquiétait :

— Ça va, patron ?

— Tu crois que j'ai peur du noir ?

— Je vous entendais plus.

— Je réfléchissais…

— Vous avez remarqué quelque chose ?

— Que tout petit, déjà je cirais mes chaussures !

Il résista vaillamment à l'envie de rajouter un « moi » tonitruant et fut très fier de lui. Il s'essuya le front d'un revers de manche. Il était en nage.

Quand il vit le chiffre quatre sur le quatrième palier, il se dit que quelqu'un devait lui faire une blague et rajouter un étage chaque fois qu'il en gravissait un. Il était épuisé.

Au septième étage, pas de minuterie. Pas l'ombre non plus d'une mutinerie.

Des lampes de poche étaient accrochées sur les portes résignées des locataires organisés. C'est pratique, pensa Bompard, ça permet de connaître le nombre de personnes à entendre dans la matinée. Sept lampes de poche, sept locataires, peut-être quatorze. À vérifier.

Les deux policiers s'enfoncèrent dans le couloir. Bompard examinait les murs. Si l'escalier lui avait évoqué ce qui pourrait ressembler, après dix séances d'hypnose, à un vague souvenir, le couloir circulaire, lui, lui était étranger.

Un rai de lumière s'échappait d'une porte entrouverte dans le coude du couloir. Bompard poussa la porte.

L'ampoule économique qui pendait au plafond éclairait faiblement le lieu.

Cette habitude qu'ont les morts de donner à voir leur dépouille, la nuit ! Elle était là, sœur jumelle de la première, qu'elle était allée rejoindre dans le même anonymat. Même mutilation, même mise en scène et même pellicule blanche sur tout le corps. Bompard pensa aux maux d'estomac du divisionnaire qui n'allaient pas aller en s'arrangeant.

Quelques détails différenciaient cependant les deux cadavres, rendant à chacun un début d'identité.

L'absence de tatouage sur le deuxième corps, la position : la deuxième femme était sur le dos, comme si l'assassin l'avait laissée glisser de son propre dos. Était-elle plus lourde que la première ? Et puis au bas du ventre, juste au-dessus des poils pubiens, la marque indélébile de la vie transmise, la cicatrice de la césarienne.

Bompard pensa à l'enfant qui venait de perdre sa mère... Le commissaire était à genoux près du corps sans tête quand les boots mal cirés de son collaborateur rentrèrent dans son champ de vision.

— Vous voulez entendre la femme ?

— Si seulement...

— La femme qui a découvert le corps.

— Ah oui, bien sûr.

Les deux chambres de bonne semblaient n'avoir été réunies que pour multiplier par deux la misère. Deux fois plus de cafards, deux fois plus de fissures dans les murs délabrés, deux fois plus de mètres carrés à chauffer. L'endroit était glauque et Chrétien Bompard avait froid. Il se sentait lourd et engourdi, la femme assassinée au bout du couloir ne facilitait pas les choses.

Le visage de la jeune femme qui lui faisait face était étrangement lisse. Le temps, pas plus que la misère, ne semblait avoir de prise sur elle. Chrétien crut même déceler dans son regard quelque chose de rieur. Le commissaire pensa assez vite qu'elle devait prendre des substances illicites pour tenir. Il restait là sans parler, à l'observer, ce qui aurait mis mal à l'aise le commun des mortels ; vint à l'esprit de Bompard que cela pourrait durer jusqu'au petit matin. Dehors le ciel était encore noir. Pour gagner du temps, pour trouver un début de stratégie, le commissaire se dirigea vers la fenêtre, figée, elle aussi, dans la crasse. Elle était fermée, c'était déjà pas mal ; le commissaire se demanda comment la jeune femme avait fait face à la canicule de l'été. Était-elle déjà dans cet immonde taudis ? Avait-elle pu ouvrir la fenêtre ?

Il se retourna : la jeune femme n'avait changé ni de position ni d'expression.

— Vous dites avoir découvert le corps à trois heures quarante-cinq. C'est bien ça ?

— Oui, c'est ça.

— Comment êtes-vous sûre de l'heure ? Trois heures quarante-cinq, c'est précis...

— Je n'arrivais pas à dormir alors je me suis levée, j'ai rangé un peu...

Très peu, pensa Chrétien qui s'abstint de tout commentaire.

— J'ai vu que la poubelle était pleine. J'ai regardé l'heure, il était trois heures trente. Les types passent à cinq heures. Alors voilà...

Son débit était plutôt fluide et sa voix très douce. Le tout avait quelque chose de monocorde.

« Une voix à lire du Duras », pensa Bompard. Qu'est-ce qui lui prenait ? Les références littéraires n'étaient pas sa tasse de thé et ce n'était ni le lieu ni le moment. Duras, en plus ! Sacrée Mathilde !

— L'ascenseur en panne ne vous a pas découragée ?

— Non.

— Vous descendez souvent la poubelle en pleine nuit ?

— Non.

Chrétien jeta un coup d'œil discret à la poubelle. Elle était vide.

Marina était très pâle. Ses cheveux roux ne réchauffaient pas son visage où des yeux bleus trop grands prenaient toute la place. Il ne posait plus de questions et elle se taisait.

C'est alors que de derrière le rideau élimé, dans le fond de la pièce, une petite voix se fit entendre :

— Maman !

Elle apparut dans la pièce comme un soleil noir. Sa peau caramel foncé était brillante, ses dents éclatantes, et elle aussi avait quelque chose de rieur dans le regard.

Bompard se tourna vers la mère et se dit que le sang devait mieux circuler dans ses veines. La jeune femme avait repris des couleurs.

— J'ai faim !

— C'est ma fille.

— Comment tu t'appelles ?

— Divine !

— En fait, elle s'appelle Ludivine, mais elle a encore un peu de mal avec certains mots… Elle est petite, elle n'a que trois ans.

— C'est pas grave, Divine, ça lui va très bien.

Quand Machnel apparut, Bompard se dit qu'ils faisaient tous les deux un drôle de boulot. Le lieutenant, lui, était toujours aussi blanc.

— Le légiste vient d'arriver…

— Ah ! oui, je viens !

— Je vais vous demander de venir signer votre déposition au commissariat. Seize heures, c'est possible pour vous ?

Elle s'était à nouveau figée.

Bompard était persuadé qu'elle avait menti, ou du moins qu'elle n'avait pas tout dit. Peut-être n'avait-il pas posé les bonnes questions.

— Au revoir, monsieur.

— Au revoir, Divine.

— Si tu veux m'acheter une poupée, t'as qu'à la choisir avec une robe rouge et des cheveux longs et noirs, d'accord ?

— Ludivine !

— Tu veux une poupée ?

— Eh oui. Paque que moi, je suis triste.

— Et pourquoi tu es triste, toi ?

— Paque Barbara est morte.

— Ludivine, tu embêtes le commissaire avec tes histoires.

— Tu es commissaire ?

— Eh oui.

— Et c'est quoi, commissaire ?

— C'est quelqu'un qui se bat contre les méchants. Mais qui est Barbara ?

— Ma poupée. Elle est morte cette nuit.

— Cette nuit ? Tu me la montres ?

— T'es docteur aussi ?

— Non.

— Ludivine, ça suffit ! Je te sers un chocolat chaud et puis tu vas te recoucher. Tu peux dormir encore un peu avant d'aller à l'école.

— Ah, c'est encore la nuit mais alors peut-être que je rêve… Peut-être que Barbara sera là, demain.

Le commissaire descendait l'escalier en silence. Il pensait à Divine et à Barbara. Il se demanda combien de temps met l'homme à oublier l'enfant qu'il a été.

Il avait laissé Fabbiani à sa sinistre tâche et se préparait à tremper des tartines beurre confiture dans un grand bol de café noir. Lui aussi avait faim !

Quand il franchit le seuil de la porte de l'immeuble, suivi par Machnel, une lumière bleue clignotait à l'angle de la rue.

Machinal, il s'exclama :

— Qu'est-ce que c'est ?

— Les éboueurs.

— Sans blague !

Ça l'énervait. C'était une question qui n'attendait pas de réponse, d'ailleurs ce n'était pas vraiment une question.

Il regarda sa montre. Cinq heures vingt.

— Tiens, ils sont en retard.

Il fit demi-tour dans l'immeuble. Machnel le suivait.

— Qu'est-ce qu'on fait ?

— Les poubelles ! Pourquoi ?

Elle avait vidé sa poubelle à trois heures et demie. Il était cinq heures vingt : s'il y avait quelque chose d'intéressant, ça devrait lui sauter aux yeux tout de suite.

— À moins qu'ils soient tous à moitié cinglés dans cet immeuble et qu'ils aient tous descendu leur poubelle entre quatre et cinq !

Il souleva le couvercle et une odeur fétide lui sauta aux narines. Jusque-là, rien que du très normal. Il avait juste une légère nausée. Quand il souleva le couvercle de la deuxième poubelle, il se tint un peu en retrait. On ne l'aurait pas deux fois.

Il repéra très vite le sac-poubelle de la jeune femme, son nom sur des enveloppes déchirées, quelques détritus ménagers, des mégots…

— Elle fume trop.

— Vous la suspectez, patron ?

— Mais non, bien sûr que non ! Qu'est-ce qui te fait dire ça ?

Encore quelques détritus, deux cadavres de bouteilles de vin bon marché et là, coincé sous un vieux téléphone, un bras de poupée.

— Ce doit être Barbara.

— Pardon ?

Sans savoir vraiment pourquoi, Bompard attrapa délicatement le bras de la poupée et soudain…

— Nom de Dieu !

Barbara était décapitée.

14

Barbara, dans un sac en plastique transparent, était sur la banquette arrière de la Polo break. Il ne manquait que ça : après les statues, les femmes, et maintenant une poupée. Pierre, chair, plastique…

Chrétien croisa son regard dans le rétroviseur, il avait une mine épouvantable, entre le décavé et le chien battu. Il pensa à Cesare, son concierge italien qui déformait toutes les expressions idiomatiques avec, lui semblait-il, un malin plaisir et qui l'aurait sans doute traité de chien abattu. C'était un garçon attachant, ce Cesare, un quinqua prisonnier de son passé révolutionnaire, un déclassé qui partageait son temps entre la cage d'escalier et l'écriture de polars politiques. Et son enquête à lui ? Coincé dans les embouteillages, il jeta un coup d'œil à la poupée décapitée et pensa à la nuque, au cou de Mathilde ; la barre sur le thorax réapparut aussitôt.

En composant le numéro de son ex-femme sur son portable, il se dit qu'il était ridicule. Mais ce n'était pas très grave, il était le seul à le savoir. Il trouverait bien un prétexte.

Il n'eut pas d'excuse à trouver, Mathilde ne répondait pas. Et comme la voix mécanique de la boîte vocale ne l'inspirait pas, il raccrocha sans laisser de message.

Il s'en voulait d'être toujours très attaché à Mathilde après quatre ans, trois mois et deux semaines de séparation. Pour se prouver que ce n'était pas si grave, il suivit un instant une paire de jambes qui traversaient.

Le galbe était bien dessiné, la cheville fine, le mollet rond. Il pensa aussitôt au creux poplité de Mathilde. C'était raté.

Le boulevard était complètement bouché : il avait dû faire cinquante mètres en vingt minutes. Les gens commençaient à s'énerver, les coups de klaxons pleuvaient, les insultes aussi. Les motos se faufilaient dangereusement entre les véhicules à l'arrêt, Bompard venait de se faire arracher le rétroviseur gauche par un motard qui l'avait en plus gratifié d'un bras d'honneur. Il avait bien sûr laissé le gyrophare à côté de son arme de service dans le tiroir de son bureau et n'avait rien d'autre à faire que de penser au creux poplité de Mathilde, cette partie du corps habituellement disgracieuse qui chez elle ne manquait pas de charme – le creux derrière le genou.

Les bruits de la rue se firent plus sourds, la pluie tombait sur les persiennes, mais le soleil ne semblait pas décidé à laisser la place, ce qui enveloppait les draps et le corps de Mathilde d'une chaude douceur. Ce fut un matin câlin beau comme un cliché. La bouche de Chrétien remontait derrière la jambe de Mathilde, il s'attarda un instant sur le creux derrière les genoux qu'il embrassa longuement. Il remarqua soudain deux grains de beauté juste sur le pli à l'intérieur du genou. Il fut bouleversé par cette découverte après toutes ces années d'intimité. Il pensa à l'océan…

— Mon creux poplité semble vous intéresser au plus haut point !

Elle se moquait. Poplité, poplité, poplité. Il s'était bien gardé de faire un quelconque commentaire, trop occupé qu'il était à poursuivre sa tâche mais, une fois seul, il s'était empressé de chercher le sens du mot dans un dictionnaire. Depuis, cette partie du corps était devenue chez lui une zone érogène. La définition du *Petit Robert* ne laissait pourtant pas de place au phantasme. *Poplité : qui a rapport, qui appartient à la partie postérieure du genou. Le poplité, muscle assurant la flexion et la rotation externes de la jambe.*

— Alors papa, on rêve !

Changement de décor.

— Tu le bouges, ton gros cul !

L'océan s'éloignait… Dans sa Kangoo bleu de chauffe, le type était nerveux. Il faut dire que devant Chrétien plus une voiture ne bouchait l'horizon et que le feu n'allait pas tarder à repasser au rouge. Le grincheux souligna son mécontentement en faisant crisser ses pneus et disparut.

Un peu plus loin, Chrétien se gara.

Barbara sous le bras, il composait le code de l'immeuble qui lui permettrait d'avoir accès à quelques informations, peut-être même à un début de piste. Une petite fille, trop grande pour être assise dans la poussette qui avait juste pour fonction de permettre à sa mère de téléphoner tranquillement à une vieille copine, l'observait. Son regard perplexe allait de Chrétien à la poupée décapitée. Avant de disparaître dans l'immeuble, Bompard lui sourit en pensant à Divine.

— Et elle, je me demande ce qu'elle a vu.

Quand il retrouva sa Polo, Bompard était de bonne humeur malgré la prune qui ornait le pare-brise. Ilvenait de confier Barbara à l'excellent Dubois. Cet homme pouvait faire parler n'importe quel objet témoin d'un crime. Si Barbara avait des révélations à faire, Dubois les entendrait, c'est sûr. Il n'osait espérer des empreintes, mais se contenterait d'un cheveu, d'une particule quelconque…

Quand il arriva au commissariat, les quatre filles étaient dans l'entrée. Ça suffisait à créer l'événement. Jamais les murs n'avaient enregistré autant d'allées et venues. Les quatre dames de pique plongeaient les représentants de l'ordre dans un désordre hormonal et primaire. Subitement, ils se sentaient tous une âme de valet de cœur.

Le commissaire les avait convoquées à la même heure pour qu'elles n'aient pas le temps d'échanger leurs impressions après chaque interrogatoire. Il ne savait pas vraiment ce qu'il cherchait mais il voulait se donner toutes les chances de le trouver.

Christiane Beaupardon, alias Nikita Blues, faisait face au commissaire. Son côté danseuse classique égarée dans le monde de la nuit émut Bompard. Ses cheveux tirés soulignaient la perfection de son visage pourtant sans fard. Bompard se demanda par quel détour elle avait échoué sur les planches de ce cabaret minable. Il ne lui posa pas la question.

Elle semblait sur la défensive.

— Vous êtes une ancienne de La Dame de Pique ?

— Oui.

— Le mot « ancienne » semble déplacé vous concernant.

— C'est pourtant le mot juste.

— Quel âge avez-vous ?

— Vingt-quatre ans.

— Il y a longtemps que vous travaillez dans le music-hall ?

— Quatre ans. Trois ans à La Dame de Pique et cette année au Barberousse.

— Et ça vous convient ?

— Qu'est-ce que vous voulez dire ?

— Le lieu vous plaît ?

— C'est important pour votre enquête ?

— Non, vous avez raison. Ne nous égarons pas. Combien de filles, enfin, de danseuses sont passées à la Dame de Pique ?

— Il y avait vingt-deux danseuses dans la revue qui est restée en place deux ans.

— Pourquoi deux ans et pas trois ?

— La première année, il n'y avait pas de revue mais une série de numéros.

— Il y a donc en tout et pour tout vingt-deux tatouages « dame de pique » dans la nature.

— Non, vingt-trois : une fille a été virée.

— Virée pour quoi ?

— Cocaïne.

Nikita Blues était directe, une qualité très appréciée du commissaire. Et elle reconnut sans difficulté qu'elle était incapable de communiquer le nom des vingt-deux danseuses avec lesquelles elle avait travaillé. Il ne fallait pas voir là une volonté de nuire à la bonne marche de l'enquête, mais plutôt un repli sur soi qui l'avait poussée à se tenir à l'écart du reste de la troupe.

Bompard devrait donc se passer de ses services pour retrouver vingt-deux dames de pique et redonner une identité à la morte. Sauf complications, ça devrait être enfantin, se dit Bompard qui reprenait espoir.

Machnel, ravi d'avoir à faire un saut au Barberousse, enfila son blouson en cuir avant même que Bompard ne dise un mot. Le commissaire ne fit aucune remarque sur la fébrilité de son lieutenant, même lorsqu'il remodela ses sourcils broussailleux à coup d'index et de majeur imbibés de salive. Toutefois, quand le lieutenant fit remonter sur le haut de son nez ses lunettes de soleil pour affronter la grisaille hivernale, Chrétien ne put se retenir.

— Eh ! sors couvert, mon grand !

— J'ai pas quinze ans !

— Ne me parle pas de ton âge, ça va me mettre de mauvais poil. File retrouver ces dames, et surtout, n'oublie pas de me rapporter au mieux un listing du personnel de La Dame de Pique, au pire vingt-deux noms même pas par ordre alphabétique, arrachés à la mémoire sans doute abîmée de notre ami le bûcheron.

— Hmmm. OK. À tout à l'heure !

— Ou à demain.

La déposition de Sandy Nuit Blanche et celle de Perle de Java n'avaient rien apporté de plus au commissaire, si ce n'est une migraine épouvantable due à la présence fortement parfumée de Sandy. Pendant que la jeune femme se balançait sur sa chaise, le commissaire avait l'impression d'avoir affaire à une môme qui se serait aspergée du parfum capiteux de sa mère.

Lucky Lola, la dernière des quatre, entra dans le bureau du commissaire comme dans un saloon. Chrétien se demanda aussitôt si elle avait attaché Jolly Jumper sur une place de parking. La jeune femme ne déplaça pas la chaise que le commissaire lui présentait pour s'y asseoir à califourchon. C'était déjà ça. Sous ses airs de garçon manqué, Lucky Lola était une jeune femme tout à fait réussie. Fallait juste dépasser les santiags, le gros blouson en cuir et le casque de moto. L'entretien se prolongeait et la carapace commençait à fondre : Lola n'était pas avare de confidences et raconta son désir de faire du théâtre, le cours Simon qu'elle fréquentait avec assiduité et le cabaret qui la faisait vivre. Ça ne lui posait pas de problèmes majeurs. Elle s'était organisée. Elle ne sortait jamais en quittant le Barberousse, ne se levait jamais après onze heures, mangeait beaucoup de fruits et de légumes, ne buvait pas d'alcool fort, craquait de temps en temps sur un verre de bon vin et, évidemment, était contre toute sorte de drogue, fût-elle douce.

Bompard pensa sans complaisance aux joints de ses années de droit et se dit que la jeune femme avait raison de se protéger si elle se sentait fragile. La rencontre avait été agréable, mais l'enquête n'avançait pas. Bompard se leva pour mettre un terme au bavardage de la jeune femme.

— Si quelque chose vous revenait, n'hésitez pas.

— Bien sûr !

Grenelle entra sans frapper.

— Oh, pardon ! je pensais qu'il n'y avait personne. Je mets ça sur votre bureau.

Il déposa une pile de clichés qui glissèrent sur le bureau. Lola s'approcha. Elle regardait la fesse tatouée tout en effleurant la sienne.

— Je…

— Oui ?

— J'avais oublié, je sais pas si c'est important pour vous, ça me revient en voyant cette photo.

— Tout est important, asseyez-vous.

Elle resta debout. Les deux hommes aussi.

— Parmi les vingt-deux nanas qui ont ce machin sur la fesse, il y en a quelques-unes qui ont un tatouage un peu différent.

— Qu'est-ce que vous voulez dire ?

— Le jour où le patron a décidé de nous faire tatouer, il a fait appel à un type dont c'est la spécialité.

— Un artiste ! lança Machnel qui envisagea un instant une reconversion.

— Le type a tatoué la majorité des filles, mais il n'a pas eu le temps de finir son travail. Il a décidé de faire ça en deux fois, mais le lendemain : personne. On n'a jamais revu le type.

— Quel con !

— Le patron a donc fait appel à quelqu'un d'autre et il y a quelques différences entre les deux tatouages.

— Tout est dans le coup de main…

— Et qui a signé ce tatouage-là ?

Le commissaire avança la photo vers la jeune femme.

— Le premier ou le deuxième type ?

— Le deuxième, je suis formelle. Il est un peu différent de celui que j'ai moi, et j'ai été tatouée le premier jour.

Machnel crut un instant qu'elle allait leur montrer la différence.

Bompard, qui semblait parfois lire dans les pensées de ses hommes :

— Tu te fais du mal ! Mademoiselle, pouvez-vous nous dire combien de filles ont été tatouées le deuxième jour ?

— Je sais pas, cinq ou six…

— Bien, je vous remercie. J'imagine que vous avez définitivement oublié comment s'appelaient les deux… artistes.

— Le deuxième, c'était… Romuald… Endor, non pas Endormi, quelque chose comme… Dormant… Oh ! je sais plus…

— Et le premier ?

— Le premier. Je risque pas de l'oublier. On s'est moqué de lui toute la journée… Théodore Frappard.

Elle amorça un léger rire qui s'éteignit tout de suite.

— En fait, c'est pas très drôle.

Il était dix-neuf heures quand Bompard quitta le commissariat. Il pensait aux quatre femmes qu'il avait interrogées, aux deux qui avaient été mutilées et qui attendaient dans un tiroir frigorifique de retrouver leur identité. Tout à coup lui revint à l'esprit que Marina n'était pas venue signer sa déposition. Elle était du genre inconscient. Poser un lapin à un flic dans l'exercice de ses fonctions peut vous causer un certain nombre d'ennuis…

Il y passerait le lendemain.

Mais comme il était boulevard Richard-Lenoir, sa barre au thorax se manifesta une nouvelle fois. Pourquoi attendre demain ? Il tourna brusquement avenue de la République, sans mettre le clignotant. Comment pouvait-il annoncer à ses frères humains ce qu'il ne savait pas qu'il allait faire un millième de seconde avant de le faire ?

C'est ce qu'il essayait d'expliquer au flic borné qui venait de l'arrêter.

Mais comme l'agent de police ne semblait pas très sensible à la logique, Bompard finit par sortir son atout majeur. Il détestait ça.

Comme il montrait son jeu, le flic se répandit en excuses et gratifia son supérieur d'un salut appliqué et grotesque.

— N'en faites pas trop, mon vieux, je suis ici incognito.

La silhouette du policier disparaissait dans le rétroviseur quand le portable de Bompard sonna. C'était Dubois.

15

Barbara avait parlé. Elle avait le même groupe sanguin que celui de la deuxième victime, ou, du moins, le sang séché retrouvé dans les plis de la jupe de la poupée correspondait au groupe sanguin du deuxième corps. Il faudrait attendre douze heures pour en savoir plus : Dubois le surdoué ne faisait quand même pas de miracle.

Si le sang sur la poupée était celui de la morte, ça voulait dire que Barbara avait assisté au meurtre. Est-ce pour ça qu'il l'avait décapitée ? Bompard, en pilote automatique, faisait le point. Et comment la poupée avait-elle pu échapper à la surveillance de Divine ? Divine.

Il accéléra.

Quand il arriva au septième étage, frais comme un sportif au plus haut de sa forme, l'ascenseur avait été réparé ; le commissaire eut l'impression désagréable que quelqu'un était tout près de lui, tapi dans l'obscurité. Rapide, il saisit la lampe de poche accrochée sur la première porte du couloir et balaya l'espace autour de lui. Personne ! « Ce n'est pas parce que tu ne vois pas une chose que cette chose n'existe pas. » Le commissaire pensa soudain à son grand-père bourguignon et antimilitariste qui était tombé, au lendemain de la Deuxième Guerre mondiale, sur un livre d'initiation au yoga dont il avait fait sa bible jusqu'à la fin de ses jours. Louis, c'était son nom, était venu à bout d'une hémiplégie invalidante grâce au yoga. Sa vie durant, il avait conçu une série de préceptes qu'il distillait sans parcimonie aucune et sans accorder le moindre intérêt aux quolibets que son comportement provoquait. « Ce n'est pas parce que tu ne vois pas une chose que cette chose n'existe pas. » Sacré Louis ! Bompard éteignit sa torche. Dans la pénombre, la chose et le flic étaient maintenant *ex æquo*. Il commençait à regretter cette fâcheuse habitude de sortir sans son arme et se mit à évaluer les chances qu'il avait à se lancer dans un corps à corps. Elles étaient d'une maigreur ridicule. Il lui restait la solution du bluff, il aimait bien ça. Certes il n'était pas armé, mais il était le seul à le savoir… Il n'eut pas le temps d'élaborer un début de plan : à quelques mètres de lui, une porte s'ouvrait.

— Où tu vas ? Je veux plus que tu te promènes toute seule dans ce couloir. Allez, viens ici !

— Non ! Je vais chercher Barbara.

— Y a plus de Barbara. Allez viens, rentre, qu'il fait froid.

— J'ai même pas froid !

— Allez, viens manger ta soupe.

— J'ai même pas faim.

— Je t'avertis, je compte jusqu'à trois et je téléphone au monsieur.

— À quel monsieur ?

— Au policier.

— À monsieur commissaire. Alors lui, il est très gentil.

Adossé au mur, scrutant l'obscurité, Chrétien Bompard souriait.

— Un, deux et…

— Hein, maman qu'il est gentil ?

Ludivine revenait vers sa mère.

— Allez, viens manger ta soupe.

La porte se refermait, la présence s'était évanouie.

Le commissaire fit le tour du couloir circulaire. Derrière la porte de Marina, le tête-à-tête mère-fille se poursuivait, un peu plus loin les scellés étaient toujours en place. Tout était normal.

Une fois dans sa voiture, Bompard réalisa qu'il avait embarqué la lampe de poche.

— Et merde.

Il glissa la torche dans la boîte à gants et, par peur de se l'approprier insensiblement, la ressortit aussitôt et la posa sur le siège du passager.

Bompard jeta un coup d'œil à sa montre, elle était arrêtée, ça n'avait aucune importance.

— Allô ! Mets un type rue Ballu. Qu'il soit bien en vue, en bas, devant la porte. Ah, dis-lui de faire une ronde au septième étage toutes les demi-heures, non, toutes les vingt minutes.

— Il y a un problème ?

Grenelle essayait de comprendre.

— Je sais pas ! Mais je me dis que si depuis trois nuits il y a un type en faction à Notre-Dame, on doit pouvoir faire aussi bien pour les humains, non ?

Bompard raccrocha sans dire au revoir. Il s'en voulait de s'autoriser de tels écarts et pensa que le pouvoir rendait con.

Pas fier de lui, il passa en première.

16

Ce soir-là, Bompard s'arrêta chez Boris : il avait faim. Il aimait bien le lieu et son côté comme à la maison, à condition bien sûr d'avoir un chez-soi chaleureux. Ce qui n'était pas son cas. Depuis le départ de Mathilde, il avait déménagé une demi-douzaine de fois sans parvenir à s'installer vraiment. Il avait même songé un instant prendre une chambre au mois dans un hôtel minable. Après tout, il avait juste besoin d'un lit où rouler en boule son chagrin. Mais il s'était ravisé, craignant de ne pouvoir jamais se redresser, et il avait fini par échouer dans le deux-pièces qu'un de ses lieutenants quittait pour cause de visée expansionniste. Et écoutant les conseils du futur père qui avait presque l'âge d'être son fils, il posa sa valise et se dit que sa vie ne pesait pas lourd.

Les semaines, les mois avaient passé, le provisoire s'était enraciné et son appartement était resté ce lieu neutre et sans vie dans lequel il avait emménagé un an plus tôt. Et la moquette vert gazon insolite et pêchue ne faisait que souligner le manque d'investissement du commissaire dans son lieu de vie. Alors, quand il avait une pierre sur le cœur, il allait se réfugier chez Boris, un vieux Russe qui avait fui l'URSS et que tout le monde appelait Maurice. Un modèle d'intégration, en quelque sorte.

Quand il posa son portable sur l'angle de la table du restaurant, Bompard se dit qu'il allait sonner et interrompre son repas. C'est sans doute la raison pour laquelle il se hâta de commander un magret de canard sans prendre le temps de lire la fin de la carte franco-russe, que du reste il connaissait par cœur, mais en demandant tout de même s'il était possible de changer les céleris pour de pommes de terre rissolées. Il avait horreur des céleris.

Il s'apprêtait à mordre dans le toast de rillettes de canard offert par la maison pour le faire patienter quand il vit le nom de Grenelle clignoter sur l'écran de son portable silencieux.

— Raté ! marmonna-t-il.

Il décrocha.

La voix de Grenelle était sans ressort, trahissant un puissant découragement.

Il n'avait pas encore vu le corps, il venait de recevoir un coup de fil de la cousine de la morte qui avait la clé de l'appartement de la victime et qui avait découvert le cadavre. La femme était sous le choc.

Bompard écoutait. Il reposa le toast de rillettes de canard, but d'un trait le verre de bordeaux qu'il s'était servi, nota sur un coin de la nappe en papier l'adresse que Grenelle venait de lui donner, 11 bis, rue de la Tour-des-Dames, et comme il se levait, il se servit un deuxième verre dans l'espoir d'y noyer sa colère. Il quitta la table sans avoir déchiré le coin de la nappe en papier.

— Je passerai régler demain.

La caissière avait l'air affligé.

— Si c'est pas malheureux !

C'était son expression favorite. Un jour, face à un couple de touristes russes qui contestait l'addition et devant son incapacité à se faire comprendre, elle s'était exclamée :

— Si c'est pas malheureux de travailler dans un restaurant russe et de ne pas parler russe !

Cette mauvaise foi qui tentait de transformer en coup du sort sa propre paresse avait beaucoup plu à Bompard qui n'hésitait pas à utiliser l'expression aux moments opportuns. Il avait chaque fois une pensée émue pour la caissière. Dans l'immédiat, rien ne pouvait le distraire de sa rumination morbide. La colère montait.

Quand il sortit de l'établissement, Bompard eut l'impression que la banquise s'était rapprochée de la rue du Chevaleret. Le froid avait pris ses quartiers d'hiver.

— Ah ! patron ! Comment va la vie, ce soir ?

Un sourire s'allumait sur le visage abîmé du vieux Léo.

À regarder dans les yeux la faiblesse de cet homme fatigué de vivre dans la rue, Bompard se redressa.

— Pas le temps de faire la conversation, mon sale boulot m'attend !

— Encore un salopard qui t'empêche d'être heureux.

Et comme le commissaire se dirigeait vers sa voiture :

— Ne lui laisse pas ce pouvoir, patron !

C'est alors que Bompard se dirigea vers le vieux qu'il prit dans ses bras. Léo eut l'impression que le commissaire pleurait mais il ne l'aurait pas juré.

— Tu as faim ?

Léo ne répondit pas.

— Bien sûr, tu as faim. Va voir Boris. Tu connais Boris ?

— Maurice ?

— Oui. Dis-lui de te faire réchauffer le magret de canard que j'ai commandé. Tu aimes, j'espère ? Et tu devrais retrouver une demi-bouteille, à moins que la caissière…

— Ah bon ? Elle picole, Yvette ? Merde !

Le vieux Léo souriait : Bompard se sentit moins seul.

Il démarra lentement. Malheureusement, les morts pouvaient attendre.

Il arriva devant un immeuble moderne en même temps que le légiste, et ils montèrent sans échanger un mot.

L'appartement de la morte, une sorte de loft, était gai, presque enfantin. Des fruits avaient été disposés avec soin dans toute la pièce. Bompard fit signe à ses hommes de rester à la périphérie de la macabre mise en scène. Il fallait d'abord observer et écouter ce que ce décor bariolé avait à dire. Le corps squelettique était magnifié par une couronne de clémentines, et un énorme potimarron s'était substitué à la tête. Une sorte de ficelle à rôti reliait entre elles des cerises dans une guirlande hors saison sans fin.

Personne ne parlait, les hommes ne lâchaient pas du regard le commissaire.

— Prends des clichés, plusieurs… Non, beaucoup ! Et varie les points de vue !

— Qu'est-ce que vous voulez dire, patron ?

Grenelle qui n'était pas photographe se risquait à demander des précisions.

Et, contre toute attente, Bompard lui expliqua calmement sa façon de voir les choses.

— Tu as sans doute déjà remarqué que, vu du point A, parfois on ne comprend pas ce que l'on voit, alors que du point B on a un début d'explication et que, du point C, tout devient limpide…

— Euh… peut-être…

— En fait, je veux un contre-champ parfait de la réalité de cette pièce. Ça va comme ça ?

— Moyen.

— Alors, pour être plus précis, tu vas et tu viens dans la pièce et tu prends des dizaines de clichés, et bien sûr plusieurs clichés de la même chose. C'est clair ?

— Heu !

— Bon… La citrouille, par exemple…

— Le potimarron, rectifia le légiste qui était un homme précis.

— Si vous le dites… Alors, tu prends le potimarron de gauche, de droite, de hauteur d'homme, de hauteur de chien et même vu d'avion.

— Un potimarron vu d'avion, tout un programme ! s'exclama Machnel.

— Bon, vous trouvez une échelle et vous arrêtez de m'emmerder !

Bompard était en colère. Il connaissait bien cet état – et ses hommes le connaissaient bien dans cet état. Tout était donc normal, ils pouvaient se mettre à travailler.

— Bon, on y va. N'oubliez pas, vous n'avez pas des mains mais des pinces à épiler, vous n'avez pas des pieds mais des pointes. Allez, les ballerines, en scène.

Ils restèrent là jusqu'à trois heures du matin, à étudier le moindre détail, à donner du sens au plus petit hasard. Contrairement aux deux premiers cadavres, celui-ci avait livré son identité, et quelques photos retrouvées dans un tiroir avaient même permis d'humaniser le potimarron.

La jeune femme était malade, ce corps décharné parlait de lui-même et la série de dossiers médicaux qu'abritait un petit coffre chinois ne fit que confirmer ses dires. Christel Lorient était anorexique.

17

L'homme se lavait les mains.

Le miroir sectionné ne renvoyait pas l'intégralité de son image. Seul son corps sec et souple se reflétait ; un corps maigre au bout duquel deux immenses mains de pianiste jouaient avec un savon.

Il se lava les mains longtemps, méthodiquement, se brossa les ongles avec application. Il s'essuya les mains avec le même soin et posa la serviette à côté de lui, sur le meuble de la salle de bains.

Le linge blanc recouvrit une torche.

L'homme ferma la porte du cabinet de toilette sans le moindre bruit. Il traversa son bureau avec la même élégance pour aller s'asseoir dans le fauteuil club tout près de la fenêtre.

— Je vous écoute.

Dehors la nuit tombait sur Notre-Dame.

— Tout ce sang, c'était horrible, j'ai pas compris tout de suite ce qui s'était passé. Il y en avait partout et cette odeur suffocante… Je savais pas quoi faire. Mais qu'est-ce que j'aurais dû faire, hein ?

L'homme se mit à trembler.

18

Machnel regardait la torche du septième étage de la rue Ballu posée sur le bureau de Bompard et se demandait si c'était une pièce à conviction. L'absence de film protecteur autour de l'objet lui fit penser que ça ne devait pas être le cas. Mais qu'est-ce qu'elle faisait sur le bureau du commissaire ? Bompard avait-il peur du noir ? Le jeune lieutenant souriait en déposant sur le bureau du commissaire le dossier sur les cinquante milliardaires susceptibles d'avoir commandité l'opération Notre-Dame. Il avait bien bossé, il était de bonne humeur.

Ce n'était pas le cas de tout le monde. Quand il ouvrit la porte de son bureau, le commissaire était visiblement d'une humeur de dogue. Faut dire qu'il sortait du bureau de Louvel et que ces tête-à-tête le rendaient rarement fou de joie.

— Qu'est-ce que tu fais là ?

— Le dossier…

— Celui que tu devais me rendre hier ?

— C'est beaucoup de boulot ! Mais il y a des pistes intéressantes…

— Je t'écoute…

Le côté réjoui par le travail bien fait de Machnel eut raison de l'humeur massacrante du commissaire. Il se cala dans son fauteuil pour écouter, attendri, les conclusions de son lieutenant.

— Sur ces cinquante types, je dirais qu'il y a trois – quatre peut-être – pistes sérieuses…

Bompard lui coupa l'herbe sous les pieds.

— Le Russe, le Chinois, le Koweitien.

Sans avoir planché sur le dossier, le commissaire arrivait aux mêmes conclusions que Machnel. Le lieutenant était bluffé.

— Moi qui croyais vous épater…

— C'est pour ça que je suis commissaire.

Machnel fit semblant d'être vexé. C'était un jeu entre eux.

— T'en fais pas, ton tour viendra, camarade ! Et la quatrième piste, tu penses à qui ? Attends, ne dis rien, on compte jusqu'à trois. Un, deux et trois !

Pour ne pas démobiliser complètement Machnel, le commissaire lui accorda un tiers de seconde d'avance et décida de laisser au jeune lieutenant la primeur concernant les États-Unis.

— Les États-Unis !

— Le Japon !

Il put ainsi feindre l'intérêt.

— Les États-Unis ? Tu les penses assez cultivés pour ça ?

— C'est de l'anti-américanisme…

— Primaire, je sais ! C'est peut-être pas idiot. Alors, disons qu'il y a cinq pistes. Tu creuses ces cinq directions, tu vois où ça te mène et tu me tiens au courant.

Le lieutenant avait une main sur la poignée quand il jeta un coup d'œil sur la torche posée sur son bureau.

Bompard répondit à son interrogation muette par une question.

— Dis donc, il y a toujours un type à nous, rue Ballu ?

— Oui.

— Et tout est tranquille ?

— Parfaitement tranquille. On arrête ?

— On continue.

Le commissaire semblait être à mille lieues de ce qu'il allait dire :

— Si tu peux y faire un saut, accroche ça à sa place. C'était juste un emprunt.

Il tendait la torche à Machnel, mais se ravisa.

— Oh ! et puis non ! J'irai moi-même.

*

Quand la vendeuse s'approcha du commissaire, il se demanda depuis combien de temps il n'avait pas mis les pieds dans un magasin de jouets. Il remonta le cours de sa vie d'adulte et dut admettre que la dernière fois qu'il avait poussé la porte d'une telle enseigne, le jeune Chrétien devait avoir neuf, dix ans et cherchait une cape comme celle de Zorro. Il entendit encore parfaitement la voix de crécelle de la vendeuse.

— Et pour le jeune homme, ce sera ?

Devant le rayon des poupées, il s'absenta un instant pour suivre cette vendeuse à la silhouette décharnée qui lui proposait une cape moins belle que celle de Don Diego de la Vega et trop chère pour ses faibles économies.

— Je peux vous aider ? Vous avez l'air perplexe…

La voix était suave et la silhouette plantureuse balaya aux oubliettes le justicier masqué, le sergent Garcia et sa vendeuse famélique.

— Vous cherchez une poupée ?

— Oui, mais pas n'importe quelle poupée.

Elle lui souriait et il eut tout de suite envie d'elle. Cette manifestation intempestive d'un désir soudain le réconforta : c'était bien fait pour Mathilde.

La poupée ne s'appelait pas Barbara mais Lucille, c'était écrit sur la boîte. Elle était quand même brune aux cheveux longs et portait une robe rouge ; ce n'était pas si mal.

Dans l'ascenseur, en appuyant sur la touche sept, Bompard pensa à l'assassin qui avait dû faire le même geste, et à ses longues mains. Pourquoi avait-il pris tant de risques pour venir déposer le cadavre à cette adresse ? L'ascenseur arrivait au dernier étage ; le lieu avait été passé au peigne fin, mais l'acharnement et le professionnalisme de toute une équipe n'avaient donné aucun résultat.

Le commissaire fourra la main dans la poche de son blouson pour en extirper la torche qu'il comptait remettre à sa place, mais il fut surpris en notant que sur la deuxième porte également la lampe de poche manquait. Il rendit à son clou celle qu'il avait empruntée et, après un temps d'hésitation à cause de Lucille, se décida à frapper à la porte voisine.

Il avait eu raison d'hésiter. L'homme improbable qui venait d'ouvrir la porte avait son regard vissé sur la boîte en carton que Bompard avait renoncé à dissimuler. La carte de commissaire que lui tendait Chrétien n'eut aucun effet sur son air hébété. Et comme il ne pouvait décrocher son regard du paquet cadeau dont le papier transparent laissait entrevoir une belle tête de poupée, Chrétien finit par lâcher :

— C'est pas pour vous.

Ça ne le fit pas rire, même pas sourire. C'était aussi bien. Sa bouche édentée faisait de la peine au commissaire. L'homme, esquinté par la vie, barrait ostensiblement l'entrée de sa chambre de son frêle corps. Il se mettait en frais pour rien : Bompard n'avait pas l'intention d'entrer dans son gourbi. Il lui laissa croire que sa tactique était efficace et se borna à lui poser deux ou trois questions dont il n'écouta pas les réponses.

Il était à peine présent. Laissant le vieux ânonner sa solitude et son aigreur, il était là à se demander comment l'assassin avait transporté le corps et si les pieds de la femme avaient frôlé les murs humides.

— Bon… merci.

Lucille sous le bras, le commissaire allait voir une petite fille qui l'attendait peut-être.

— Et bonne nuit.

Mais le vieux était d'humeur bavarde.

— De toute façon, cet immeuble est maudit !

Il criait comme celui qui sent que l'intérêt de l'autre est ailleurs.

— Oubliez tout ça ! lui lança Bompard qui s'éloignait.

— Comment oublier l'enfer ? Le diable passe toujours deux fois. Si tu veux, tu me convoques dans ton bureau et je te raconterai toute l'histoire.

Le vieux le tutoyait. Il n'avait pas dû parler plus de cinq minutes d'affilée à quelqu'un depuis longtemps et avait sans doute l'impression de converser avec une vieille connaissance. Pour éviter toute désillusion, Bompard le tutoya à son tour avant de disparaître.

— OK. À bientôt, camarade ! Dors bien.

19

Divine était heureuse et c'était bien comme ça. Lucille semblait avoir comblé ses attentes. À peine sortie de son emballage, la poupée se retrouva propulsée dans une aventure chaotique, sur un radeau de fortune, avec pour seul compagnon un vieux poupon unijambiste.

Des requins menaçaient l'embarcation, au loin le ciel grondait une promesse d'orage. La mer était maintenant très agitée, la mère de Divine aussi. Bompard surveillait d'un regard inquiet la jeune femme qui semblait attendre qu'on lui envoie une bouée. Elle avait l'air tellement secouée par la tempête à venir que Bompard renonça à lui faire remarquer qu'il l'avait attendue au commissariat. Il se sentait de trop et se demandait comment détendre sans le rompre ce moment ténu d'intimité.

Mais justement, on tambourinait à la porte avec une insistance avinée. La jeune femme devint encore plus pâle. Bompard, qui se détournait d'elle pour aller ouvrir, pensa à Coluche. Pâle, il voyait ce que cela représentait, mais plus pâle que pâle… Serait-elle encore là quand il regarderait une nouvelle fois dans sa direction ? Pour l'instant, il lui tournait le dos. Dehors, des poings butés continuaient à marteler la porte qui tenait vaillamment.

Sur le palier, vautré bien que debout, l'homme était violacé. Il regardait le commissaire, l'air hébété. Quand Bompard lui colla sa carte sous le nez, il prit d'un seul coup vingt centimètres, et deux ou trois secondes lui furent nécessaires pour mettre à exécution sa décision de déguerpir.

Tex Avery était déjà au bout du couloir quand le commissaire se précipita vers la fenêtre. Au passage, il nota un léger mieux chez Marina, des traces de vie sur ses joues translucides.

« Coup de sifflet de voyou », lui aurait dit sa mère qui avait essayé de lui inculquer les bonnes manières. Les doigts dans la bouche, Bompard était néanmoins heureux de constater que cette façon brutale de héler le quidam était toujours aussi efficace. L'homme en faction levait la tête. Bompard lui fit signe d'intercepter celui qui n'allait pas tarder à débouler.

— Direction le poste ! Appelle pour qu'on t'envoie un fourgon ! Tu le gardes au frais, j'arrive.

Elle avait changé de place. C'était en soi un événement. Marina était allée s'accouder sur la vieille table en Formica dans le coin de la pièce.

C'était le coin le plus éloigné du radeau. Bompard se dit alors qu'il devait y avoir quelque chose à attendre de ce déplacement. Il décida de se rapprocher de la table sans pour autant s'asseoir près de Marina : ça pouvait la heurter. Au passage, d'un geste étudié auquel Bompard s'efforça de donner des airs de réflexe, il alluma la vieille radio, si vieille qu'on était en droit de se demander si elle marchait toujours. Et comme Ludivine lui lançait un regard étonné, il se dit que les enfants étaient décidément très perspicaces et pensa avec mélancolie à tout ce que l'individu doit se résoudre à perdre pour devenir adulte.

— C'est comme dans les films, il y a toujours de la musique. Il n'y a jamais de grandes aventures sans musique. Tu as remarqué ?

Elle le regardait, émerveillée. Il n'eut pas le temps de se dire qu'il était malhonnête qu'elle était déjà repartie en pleine mer. « *When I grow too old to dream.* » La voix de Diana Krall envahissait la pièce et Bompard sut tout de suite pourquoi il s'appliquait à passer au large de cette musique qui l'avait tellement accompagné. La voix rauque occupait l'espace et le ramenait à Mathilde. Ils avaient tellement sillonné la capitale de leurs vingt ans en fredonnant, à tour de rôle, tous les standards de jazz qu'ils connaissaient que, des années plus tard, le risque était grand de voir les mélodies lui revenir comme un boomerang incontrôlable. La voix de Diana Krall couvrit à peine les cris du poupon unijambiste qui venait de perdre sa deuxième jambe. « Eh oui ! les enfants, eux aussi, sont cruels », se dit Bompard en se retournant vers Marina qui chuchotait.

Le commissaire eut le sentiment profond qu'il ne devait pas bouger. Il écouta, statufié, le déballage sordide des passes de la jeune femme. Elle était calme, sans émotion. Une ombre passa néanmoins sur son visage quand elle parla de Ludivine. Les rendez-vous avaient le plus souvent lieu pendant les heures d'école mais à deux ou trois reprises, devant l'insistance d'un client, la jeune femme avait dû trouver une solution. Elle expliqua la pièce inoccupée en face, son hésitation, le coup de balai passé à la va-vite pour enlever les toiles d'araignée, les coussins assemblés en guise de matelas, serrés dans son châle pour que l'enfant ait son odeur en cas de réveil. Elle raconta son haut-le-cœur quand l'homme transporta l'enfant endormie dans la pièce et déposa le corps confiant sur le matelas improvisé. La petite fille, qui avait une bonne nature, un sommeil profond et un solide instinct de survie, ne se réveilla même pas lorsque sa mère lui fit un baiser sur le front et la borda dans son vrai lit.

— C'était la première fois.

— Ça s'est renouvelé combien de fois ?

— Deux fois.

Elle attendait qu'il continue à poser des questions. Il ne disait rien, alors elle décida de laisser le silence s'installer. Il observait Divine qui venait de restituer sa jambe au poupon et pensa à l'assassin qui, lui, était dans l'impossibilité d'envisager toute forme de réparation. Il se dit que l'homme avait peut-être envie de se repasser le film à l'envers et d'en modifier le scénario. Il ne parvint pas à se fixer entre miséricorde et répulsion. La valse des sentiments l'amena même à penser à Madeleine, sa mère qui, un soir alors qu'elle venait lui souhaiter une bonne nuit, se pencha sur son lit d'enfant et déclara avec une certaine théâtralité :

— Quoi que tu fasses, je t'aimerai toujours, même si un jour tu as toute la société contre toi. Moi je serai toujours là et je t'aimerai toujours aussi fort.

Un amour au-delà du bien et du mal. Il repensa à l'assassin et se demanda si sa mère lui avait donné cet amour inconditionnel.

Ça y était : il avait des fourmis dans le pied gauche. Il balança imperceptiblement le poids de son corps sur la jambe droite. Il ne sentait plus sa jambe gauche. Il pensa au poupon unijambiste.

— Et la dernière fois que Divine a dormi en face, c'était mercredi dernier ?

— Oui.

Elle était très calme, comme si cette nouvelle version n'avait rien de nouveau, comme si elle avait toujours dit ça.

Des éclats de voix montaient de la cour. Bompard jeta un coup d'œil par la fenêtre. Deux policiers essayaient de faire monter dans le fourgon le type qui ne semblait pas décidé à se laisser faire.

— Et c'était lui le client, mercredi soir ?

— Oui.

Il resta le nez collé à la vitre.

Il continuait à regarder, quelques mètres plus bas, l'énergumène en train de se débattre.

Autour de la table en Formica, une aventure d'un autre type se nouait.

— Si vous remarquez quelque chose d'insolite ou quelqu'un, pas forcément menaçant mais juste étrange, une fausse note dans le paysage quotidien, n'hésitez pas à m'appeler : vous avez mon portable.

20

L'ulcère de Louvel s'était manifesté et le divisionnaire n'avait pas hésité à balancer son aigreur sur Bompard et ses lieutenants. Le reflux gastrique avait terrassé toute l'équipe.

Bompard essayait de remobiliser ses hommes, mais le point qu'il s'apprêtait à faire n'était pas en mesure de remonter le moral des troupes, il le savait bien.

— Alors, pour résumer la situation…

Dring!!! Sauvé par le gong! C'était Dubois. Le sang sur la robe de Barbara était bien celui de la victime. Machnel laissa à peine le temps au commissaire de raccrocher:

— Ça veut dire que la môme a vu l'assassin!

— Pas sûr. Elle a peut-être récupéré sa poupée après.

— Où? Dans la chambre où on a retrouvé la morte?

— Ou dans le couloir.

— Peut-être…

Bompard écoutait ses hommes. Il aimait bien les entendre douter à voix haute. Ça lui permettait d'y voir plus clair.

— Divine n'a pas vu le cadavre.

Les lieutenants regardaient Bompard, attendant qu'il en dise plus ; mais comme il se taisait, Grenelle risqua un timide :

— Vous en êtes sûr ?

— Sa mère le dit et je crois qu'elle a raison. La gamine est sereine, joyeuse.

— Tant mieux !

— En revanche, elle a peut-être vu l'assassin, mais si c'est le cas, il ne s'est pas montré effrayant… et ça, je ne vois pas comment.

— À moins que lui l'ai vue, et pas elle.

— Ce serait emmerdant.

Bompard entra en lui au plus profond comme chaque fois qu'il envisageait un scénario terrifiant. L'équipe, habituée, respectait ses absences. Il refit bientôt surface.

— On a toujours l'appartement ?

— L'appartement ?

— Celui qu'on avait mis à la disposition du témoin dans l'affaire des rapts d'enfants et des réseaux pédophiles.

— Faut voir s'il est libre : on n'est pas les seuls sur le coup.

— Il nous le faut ! C'est urgent !

— Et il faut faire une demande officielle…

— Assure-toi qu'il est libre ; je vais voir Louvel, ça ira plus vite.

Dans le bureau du divisionnaire, Bompard abattait ses arguments un à un. Louvel ne semblait pas disposé à se laisser ébranler facilement. Ça tombait bien, Bompard n'était pas prêt à renoncer à son idée de mettre Divine et sa mère à l'abri du danger.

À bout d'arguments, le commissaire lança celui qui devait faire mouche.

— S'il devait arriver quelque chose à Divine…

— Je croyais qu'elle s'appelait Ludivine.

— J'avais trois, quatre ans, et quand on me demandait mon nom, je répondais Trékien. Enfin c'est ce que mes parents m'ont raconté, je n'ai de mon côté aucun souvenir… Oui, Trékien, et n'y voyez là aucune provoc à l'égard de Dieu et consorts – juste des interférences physiologiques, à moins que ce soit neurologiques, je ne sais pas bien comment ça se passe.

— De quoi vous parlez, Bompard ?

— De l'acquisition du langage, monsieur, mais vous avez raison, c'est une autre histoire. Pour en revenir à ce qui nous concerne, s'il devait arriver quelque chose à Divine et s'il arrivait aux oreilles de la presse que la police avait renoncé à tout mettre en œuvre pour que la fillette soit hors de danger…

— Il n'arrivera rien. Et puis, comment la presse serait-elle au courant ?

— Je ne sais pas moi, une fuite. C'est déjà arrivé.

À y regarder de plus près, cela ressemblait à du chantage. Si Bompard chassa très vite de son esprit le mot, qu'il associait à une forme de lâcheté, il dut reconnaître que le procédé ne manquait pas d'efficacité.

Le divisionnaire prit trois granules d'Arnica et lui fit comprendre avec la raideur de celui à qui l'on vient de forcer la main que l'entretien touchait à sa fin.

Comme Bompard se dirigeait vers la sortie, il entendit le divisionnaire au téléphone.

— Nous réquisitionnons le deux-pièces, rue de Palestine… Bien sûr que c'est urgent… Deux semaines ou trois, peut-être plus.

Bompard ne put s'empêcher de sourire en ouvrant la porte. Et, même s'il tournait le dos à Louvel, il se dit que le divisionnaire devait le sentir et que ça devait l'agacer.

21

Planté sur le parvis de Notre-Dame, au bord de la catalepsie, Chrétien Bompard sombrait dans une introspection profonde à la recherche du détail qui lui avait échappé. Qu'est-ce qui s'était passé le 30 octobre ? Pourquoi ce passage à l'acte ? Pourquoi un être fragile était-il devenu un monstre ? Qu'avait-il vu ? Il repensa aux statues étêtées.

Pourquoi son entourage n'avait-il rien pu faire ? Vivait-il seul ? Le visage vers le ciel, les yeux fermés, tout à sa souffrance, il murmura :

— Pourquoi l'as-tu abandonné ?

Bompard ouvrit les yeux. Il semblait sortir d'un sommeil profond. Autour de lui les passants commençaient à se transformer en curieux. Lui ne voyait personne.

— Si seulement je croyais en Dieu…

Il regardait maintenant la cathédrale comme s'il la voyait pour la première fois et sans hésitation entra dans ce qu'il considérait plus comme un monument que comme un lieu de culte.

Il resta là longtemps, pénétré par l'humidité, écrasé par la foi des autres, à se demander comment éviter un quatrième meurtre.

— Je peux vous aider, mon fils ?

Une voix le ramenait à la surface.

Il ouvrit les yeux. Un prêtre le regardait avec une telle bienveillance que ça lui donna envie de pleurer. Il ne pleura pas. Peu de gens l'avaient regardé avec autant de bonté. Il pensa à sa mère et à Mathilde. Il se sentait seul.

— Quelque chose vous tourmente ?

— Un crime, enfin trois et peut-être quatre.

L'homme d'église devint encore plus aimant. Bompard fut ému par le paradoxe et pensa à Braumann qui parlerait sans doute de névrose de réparation. Dans l'immédiat, Chrétien préféra y voir la manifestation magnifique d'une vraie compassion.

— Souhaitez-vous vous confesser ?

L'espace d'une folle seconde, il souhaita ardemment être celui qui avait tué pour recevoir enfin tout cet amour, mais, se départissant de toute pathologie, il rendossa son costume de commissaire.

— J'aimerais surtout entendre la confession de celui qui les a commis… Commissaire Bompard !

— En quoi puis-je vous être utile ?

Le père Marcellin était juste de passage à Notre-Dame, un remplacement en quelque sorte. Son fief à lui, c'était le vingtième : il officiait dans la petite église de la rue d'Eupatoria. Bompard le raccompagna. Plus tard, l'homme de Dieu et l'homme de loi firent une halte dans un petit bar d'une rue chaude, derrière la place Gambetta. Là, accoudés au comptoir, les deux compagnons escortèrent la nuit avec dévotion, sans parvenir à noyer leurs doutes d'homme dans un sang du Christ qui ne manquait pourtant pas de corps. Celui de la fille qui accepta de partager avec Chrétien ce moment, qu'il préférait à tous, ce passage rapide où le jour prend le dessus sur la nuit, cet instant où tout redevient à nouveau possible, était lui aussi plein de générosité. Mais, malgré un savoir-faire incontestable et une ardeur à la tâche tout à fait louable, la fille ne parvint pas à ramener Bompard parmi ses frères humains. Il restait là, sur le bord de la route, laissé-pour-compte de la grande partouse fédératrice, exclu du plaisir pour cause de rumination morbide. Il ne pouvait plus voir un corps de femme sans se demander combien de temps encore sa tête allait rester vissée à son cou. Une autre question le hantait : l'assassin connaissait-il l'intimité chaude et humide de la femme, ou était-il impuissant ? Il se rhabilla. Il glissa un billet sur la table de nuit et se pencha vers la femme qui était restée au lit. Un baiser sur le front. Elle sembla trouver ça insolite, mais c'est tout ce qui lui vint.

— Fais attention à toi.

Elle était touchée par la formule.

— Toi aussi.

Il se dit qu'il devait avoir l'air en danger et qu'elle le sentait. Il lui sourit avant d'ouvrir la porte.

Déjà ailleurs, il n'entendit pas l'invitation sans assurance qu'elle lui lançait :

— Maintenant que tu connais l'adresse, tu passes quand tu veux.

Dehors, le jour semblait regretter de s'être levé.

— Où est-ce que je l'ai posé ?

Comme il cherchait son vieux break, une voix le fit sursauter :

— Je vous offre un café crème ?

— Non, mais un double café, je veux bien.

Le père Marcellin faisait partie de ces gens qui étaient là sans être pourtant arrivés et qui n'étaient plus là sans être pour autant partis. Ça lui donnait un petit côté magique qui n'était pas pour déplaire à Bompard.

— Vous êtes parti bien vite hier soir.

— Il fallait absolument que je dorme, sans attendre… Je suis monté me coucher.

— Vous voulez dire que vous avez dormi à l'hôtel ?

— Je vis dans cet hôtel.

— Et votre hiérarchie en pense quoi ?

— Elle s'en arrange. La vie dans le quartier est devenue plus tranquille depuis que je vis ici. Quand il a été question que je parte d'ici, une pétition a circulé. Votre nuit a été douce ?

— On n'a pas eu le temps d'en parler cette nuit. J'imagine que vous êtes pour le mariage des prêtres ?

— Bien sûr. Bien que n'étant que moyennement concerné…

Les yeux de Bompard questionnaient le prêtre.

— Je suis homosexuel.

Cet homme d'Église plaisait bien à Bompard. Il était droit, clair et parlait sans détour. Il lui sourit.

— Je voulais vous poser une question, cette nuit.

Les yeux de Marcellin attendaient sans impatience, avec une infime bonté.

— J'aimerais parler avec vous de la confession.

— Oui.

— Avez-vous déjà eu à confesser un assassin ?

— Oui.

— Combien de fois ?

— Deux fois.

— C'est difficile, hein ?

— Oui.

Les deux hommes se souriaient. C'est Bompard qui se leva le premier.

— Je vais devoir y aller.

— Le premier, c'était un homme qui avait tué toute sa famille. Il s'était enfermé dans un mensonge proche de la folie. Il souffrait beaucoup.

— Qu'avez-vous fait ?

— Je l'ai vu trois fois. Je lui ai conseillé d'aller à la police.

— Et ?

— J'ai échoué. Il s'est suicidé.

— Et le deuxième ?

— C'était plus compliqué. C'était un *Serial*, il était dangereux pour les autres et pour lui. Il fallait l'aider, enfin, je veux dire, concrètement.

— Qu'est-ce que vous avez fait ?

— Cette fois-là, c'est moi qui suis allé voir la police. Je sais, ça peut surprendre, mais je n'avais pas le choix.

Les deux hommes se taisaient comme peuvent le faire deux vieux amis.

— À quoi vous pensez pendant la confession ?

— Je ne pense pas, je reçois toute la souffrance et j'ouvre mon cœur. Et vous ?

— Moi, j'oscille toujours entre répulsion et compassion. C'est toujours comme ça avec moi. Entre le monstre et le saint, mais tel est le sort de l'humain. Non ?

— Réconciliez-vous avec vous-même.

— Pardon ?

— Apprenez à aimer votre côté sombre, ça ira mieux.

22

— Un an ! s'exclama Machnel.

— Un an, confirma Grenelle.

— Mais qu'est-ce qu'il a foutu pendant un an ?

— C'est bien la question que tout le monde se pose ! Lui, il appelle ça une année blanche, mais il en parle très peu.

— Et toi, tu sais rien ? interrogea Machnel, dubitatif.

— Pourquoi, je devrais ?

— Tu travailles avec lui depuis bientôt six ans, non ?

— À peine cinq. Mais on couche pas ensemble, tu sais.

— Tu es con ! C'est quand même incroyable.

— Tu débarques, toi !

— Quoi, je débarque ? Ça va faire neuf mois que je suis là… J'avais entendu parler de rien.

— Ça s'est un peu calmé. C'est par périodes, ça arrive par vagues. Il y a eu des articles de journaux…

— C'est génial. Il y a moyen d'y jeter un coup d'œil ?

— Je te retrouverai ça. On a dû les archiver…

— Et sur la Toile ? Il y a des sites qui doivent dire des choses là-dessus…

— Des choses oui, mais fiables, c'est une autre histoire !

Le jeune lieutenant s'installa devant l'écran.

— Alors Chré… tien Bom… pard. Voyons voir si on peut glaner des infos.

— Tu as rien d'autre à foutre ?

— Lâche-moi un peu ! Voyons s'il est bien référencé, le bougre. Bompard Chrétien. Alors… non… non… Ah !

— Quoi ?

— Écoute ça ! Site de rencontres pour fonder un foyer, Chrétien Bompard.

— C'est pas vrai !

— Écoute ça ! Chrétien Bompard est à l'origine de ce site…

— C'est un homonyme. C'est pas possible…

— Faut croire que non. L'éminent commissaire Chrétien Bompard occupe son temps de loisir, pourtant très réduit, à œuvrer à la reconstruction du couple et de la famille qui ont été bien malmenés dans notre pays depuis Mai 1968.

— Tu déconnes ! Je le crois pas ! Qu'est-ce que c'est que ce truc réac ?

Grenelle s'était déjà précipité pour voir de ses propres yeux ce que ses oreilles se refusaient de croire quand Machnel éclata de rire.

— Tu es con ! Tu m'as fait peur !

— Tu as flippé, hein ?

— Ben, ça m'emmerderait qu'il pète un plomb. C'est un mec étrange, mais je le vois pas militer pour le retour aux valeurs familiales. Lui, ce serait plutôt le genre chacun vit ce qu'il a à vivre : si ça n'emmerde personne, il y a pas de problèmes.

Machnel s'arrêta un instant sur l'écran :

— Si tu mets Bompard après chrétien, chrétien, catho, tu vois, tu peux en faire des caisses ! Chrétien Bompard et le sexe ou s'aimer pour la vie, le couple selon Chrétien Bompard, ouais, avec lui ce serait plutôt le temps d'une nuit.

— Non, je crois pas.

— Ah bon !

— Je pense qu'il est plutôt du genre très fidèle.

— Ah bon !

— Ça t'épate !

— Ben, il est pas mal comme mec, non ?

— Ah, je vois ta conception de la fidélité. Fidèle par manque de moyens… Super. En ce qui concerne Bompard, tu as tout faux, mon vieux.

— Ah bon !

— Et puis d'abord, tu arrêtes de dire « ah bon ! » Ensuite, je te signale qu'il va sortir du bureau de Louvel et qu'on a deux ou trois trucs à boucler.

— Putain, c'est pas vrai !

— On arrête de faire mumuse.

— Merde, c'est pas possible.

— On dirait un gamin.

Quand Machnel décrocha son regard de l'ordinateur, Grenelle comprit tout de suite que quelque chose de grave était en train de se jouer. Machnel était livide. Il se dirigea vers son coéquipier avec une certaine réticence qui ralentissait sa marche.

Grenelle se pencha vers l'écran et se redressa brusquement avec un léger mouvement en arrière. Machnel eut l'impression qu'il venait de recevoir un coup de poing en pleine figure.

Quand ils déboulèrent dans le bureau de Louvel, Bompard se leva sans un mot, blanc, tendu, en attente. C'était la première fois que ses lieutenants entraient dans le bureau du divisionnaire en ayant à peine frappé et sans avoir attendu la réponse. Avant même qu'ils aient ouvert la bouche, le divisionnaire chercha machinalement sa boîte d'Arnica dans le fond de sa poche.

Chrétien Bompard fut le premier à rompre le silence.

— Qu'est-ce qu'il y a ?

— C'est grave.

— Vas-y.

Bompard était tout en tension, prêt à bondir. Il attendait juste de savoir, où, sur qui et quand.

— On a trouvé ça, sur la Toile.

Grenelle lui tendit la feuille qu'il venait d'imprimer et qui commençait par ces mots « Bompard, l'homme à abattre ». Le commissaire ne dit rien, mais Grenelle aurait juré que le corps du commissaire s'était détendu l'espace d'une seconde, une façon de souligner le peu d'importance qu'il accordait à sa personne. Louvel lisait, plus lentement, par-dessus l'épaule de Bompard, Grenelle les observait, et Machnel légèrement en retrait observait les trois hommes.

Le temps semblait s'être arrêté.

Soudain, Grenelle qui n'avait pas lâché le commissaire des yeux eut l'impression qu'un mugissement sortait du plus profond de ses entrailles. Personne d'autre n'avait entendu, mais Grenelle était très attaché au commissaire.

Bompard dégaina son portable et appuya avec insistance sur la touche numéro un. Mathilde était la seule personne à avoir un raccourci sur son portable.

— Réponds ! Réponds ! Quel jour sommes-nous ? Mercredi ! Merde !

— Oui ?

Mathilde répondait.

— Tu as de la chance, j'allais juste…

— Mathilde, ne me dis pas que tu es au Louvre ?

— Si, pourquoi ?

— On y va !

Ses deux lieutenants lui emboîtèrent le pas.

— Avec qui ?

— Je te signale, mon cher, que nous avons divorcé il y a un certain…

Elle jouait les coquettes.

Ils étaient déjà dans la cour du commissariat.

Grenelle était au volant d'une voiture de fonction ; Machnel, lui, avait déjà enfourché sa moto.

— Tu as raison, ça va plus vite.

— Je vous parle pas de casque !

— Tu me parles pas de casque et tu roules comme tu as jamais roulé. Et toi, tu nous suis avec deux ou trois hommes.

La moto avait déjà disparu quand la voiture avec quatre policiers passa le portail du commissariat.

Derrière Machnel, Bompard, très peu intéressé par ce qui se passait autour de lui, était profondément concentré sur son échange avec Mathilde.

— Écoute-moi bien, Mathilde. Dans quelle salle tu es ?

— Des statues. Qu'est-ce qu'il y a ?

— Est-ce qu'il y a un groupe près de toi ?

— Deux ! Mais qu'est-ce qui se passe ?

— Tu vas faire exactement ce que je te dis et tout ira bien. Est-ce que parmi les deux groupes il y a un groupe d'Occidentaux ?

— Des Anglais.

— Très bien. Colle-toi à eux. Essaie de rentrer en communication avec deux ou trois personnes.

— Il y a une menace ? D'où elle vient ?

— Si je savais ! Fais ce que je te dis et tout va bien se passer. Tu as un foulard sur toi ?

— Dans mon sac.

— Mets-le-toi sur la tête. On ne doit pas voir tes cheveux. Fais ça naturellement. Tu ne dois pas donner l'impression de paniquer.

Elle dissimula, dans un geste qu'elle ne parvint pas à rendre naturel, son opulente chevelure.

— Si tu vois une personne isolée, à priori un homme, ne le fixe pas ; tu ne dois pas attirer son attention, mais garde-le dans ton champ de vision. Évidemment, tu restes jamais seule dans un coin, tu vas pas aux toilettes ; et si quelqu'un te demande un renseignement, n'importe quoi, tu dis que tu sais pas. Tu t'arrêtes pas, tu restes collée au groupe.

— Chrétien…

— Ne t'inquiète pas. On arrive. Si quelqu'un a un malaise, appelle des gens mais ne fais rien. Ne te penche pas sur quelqu'un à terre.

— Mon Dieu !

— Ça va aller. On est là dans cinq minutes. Mathilde, tu es là ? Mathilde ?

— Oui !

— Ne reste pas sans rien dire !

— Oh, non ! Y a un homme qui me regarde !

— Ne le fixe pas ! Où il est ? Il est loin de toi ? Ne le regarde pas.

— Mon Dieu, Chrétien, il avance… Oh, je ne me sens pas bien.

Bompard était en apparence très calme.

— Écoute-moi, tout va bien se passer. Il y a un gardien ? Comment il est ? Jeune ?

— Oui.

— Costaud ?

— C'est un grand Black athlétique.

— Va le draguer.

— Hein ? je vais pas y arriver !

— Bien sûr que si, fais-lui du charme, tu es belle comme tout !

— Oh, non, il a changé de place, il me regarde.

— Ne le regarde pas. Comment il est ?

— Je sais pas…

— Comment ça, tu sais pas ?

— Il est grand, maigre, élégant. Il a une chaîne à la main… une laisse.

— Putain, merde ! Ris !

— Quoi ?

— Ris, je te dis !

— Je peux pas.

— Ris ! Allez, ris ! Plus fort. Plus fort ! On arrive. On est sous la pyramide.

— Il est tout près !

— Où est le grand Black ?

— Derrière moi.

— Embrasse-le.

— Mais tu es fou !

— Alors gifle-le, mais fort : il va te neutraliser… Allez, courage, on est là dans trente secondes.

— Qu'elle décroche un tableau ! lâcha Machnel dans une tension extrême.

— Elle est dans la salle des statues !

Bompard entendit Mathilde hurler. Même au plus haut de leurs disputes, il n'avait jamais entendu un tel cri. Ça lui glaça les os. Ses forces décuplaient. Il avala l'escalier mécanique et la foule dans le couloir, bouscula un certain nombre de personnes. Il sentait monter en lui une violence qu'il ne connaissait pas.

Quand il arriva dans le grand hall, il la vit tout de suite. Neutralisée par le grand Black et entourée d'autres membres du personnel du musée, elle pleurait. Elle semblait en difficulté, mais Bompard la savait en sécurité. Il en profita pour scruter les lieux. Elle lui indiqua du regard la direction que l'homme avait prise ; il envoya ses hommes à sa poursuite. Soudain, un micro dans la mallette technique d'un guide retint l'attention de Bompard.

— Il marche comment ?

— Appuyez sur le bouton vert.

Bompard respira profondément avant d'appuyer sur le bouton vert.

— Arrête de courir. Tu te fatigues pour rien, feu follet. Tu sais que désormais, c'est juste une affaire de temps. Tu sais que tu as perdu. Tu me connais, mais moi aussi je sais des choses sur toi. Nous sommes désormais inséparables, deux vieux amis. Allez, mon vieux, ressaisis-toi ! Ton cœur s'est calmé ? Je sais que tu as un cœur de sportif.

Le temps de retourner sa veste réversible, de décoller sa barbe et de mettre une perruque, l'homme aux doigts effilés, désormais méconnaissable, se dirigeait vers la sortie en boitant.

— Ta respiration reprend son cours normal ? Tu devrais pouvoir sortir. Eh, retourne-toi de temps en temps, je serai jamais loin. Je serai même tout près, sous tes paupières. Moi aussi, je serai sous tes paupières. Une dernière chose, feu follet : si tu la touches, je parle pas de sa tête mais d'un seul de ses cheveux, je te tue, tu m'entends, je te tue mais avec une telle violence et une telle application que ce sera pour toi l'heure de la rédemption et pour moi celle de la malédiction : je serai maudit pour l'éternité ! Tu m'entends ?

Il s'était mis à hurler et tous les yeux des visiteurs du musée étaient braqués sur lui, même ceux des Japonais qui, s'ils n'avaient pas compris un seul mot, avaient ressenti parfaitement la violence des propos.

Bompard scrutait la foule qui, inquiète, n'avait d'yeux que pour lui. Tous le regardaient, sauf un homme, grand, raide, avec une veste rouge, des cheveux noirs, qui se dirigeait vers l'escalier roulant. Bompard le fixa intensément et reprit son souffle avant de hurler une nouvelle fois dans le micro. C'était le seul moyen de communiquer avec ses hommes.

— Grenelle, Machnel, il est là. À cinq mètres de l'escalier mécanique. Veste rouge, cheveux noirs, grand !

L'homme se mit à courir. Statufié, Bompard ne le lâchait pas du regard. Les deux lieutenants et leurs renforts rentrèrent très vite dans le champ de vision du commissaire. Mais peu de temps après, il les perdit tous de vue.

Quand il appuya sur le bouton rouge, Bompard sentit la fatigue s'abattre sur lui. Il était hors de question de s'y abandonner : les heures à venir étaient chargées. Il fallait trouver une porte de sortie avec la direction du Louvre. Vu la façon dont le grand Black regardait Mathilde, Bompard pensa que ça devrait pouvoir s'arranger sans qu'il ait trop de choses à dévoiler. Mais il allait falloir expliquer à Mathilde toute la situation et lui faire admettre que sa vie allait changer pendant un certain temps.

— Tu es en train de me dire qu'il va falloir que je mette ma vie, toute ma vie, entre parenthèses pour une durée indéterminée parce qu'il y a un malade dans la ville qui décapite des femmes et qui… qui… Qu'est-ce que je viens faire là-dedans, d'ailleurs ?

— Je t'ai déjà expliqué… C'est sans doute parce qu'il pense, parce qu'il sait que tu es la seule façon de m'atteindre vraiment.

Il avait l'air tellement abattu qu'elle n'eut pas le cœur à persister sur cette voie-là. Elle avait juste hâte qu'un point final soit mis à cette affaire.

— Chez moi, c'est pas la peine d'y penser. Mon adresse et le code d'entrée circulent sur le web.

— Mais comment c'est possible ?

— C'est très facile !

— Chrétien ! Qu'est-ce qu'il te veut ?

— M'intimider.

— C'est tout ? Et pourquoi ?

— Il sait qu'il est foutu et je suis à ses yeux celui qui aura sa peau… Alors, il attaque.

— Mais jusqu'où… Tu es en danger ?

— Pas plus que d'habitude.

Il lui cacha la prime offerte à celui qui le dégommerait.

Elle fit semblant de le croire. Elle se souvint de leurs années de vie commune ; tout lui revenait avec la force du présent. Elle pensa alors à la façon dont il l'avait accompagnée quand sa mère était morte, à sa présence silencieuse et puissante. Elle revoyait cette façon très particulière de faire semblant de ne pas voir qu'elle pleurait, « pour ne pas pleurer avec toi », disait-il, avant d'ajouter : « La compassion, c'est une histoire de dosage. Il faut bien contrôler, parce que, si tu souffres autant que celui qui souffre, celui qui a mal a encore plus mal. » Elle le regardait, elle savait exactement pourquoi elle avait tellement aimé cet homme.

— La campagne, carrément ! Mais je dois rester à Paris, moi ! J'ai mon boulot, ma vie… J'ai un gros projet qui est en train de se préciser. Ça fait des mois que j'attendais…

— Oh, c'est bien ! Mais tu peux peut-être retarder ton travail de quelques semaines.

— Quelques semaines ! C'est exclu. Vous n'avez pas un appartement à votre disposition en cas de coup dur ?

— On avait, mais c'est plus possible.

— Alors ?

— Ben, il y a quelques années, je t'aurais proposé de vivre à l'hôtel quelque temps. On aurait changé d'hôtel tous les jours. Exaltés par la situation, nous aurions fait l'amour toutes les nuits et…

— Qu'est-ce qui te prend ?

— Fais pas attention, je déraille en ce moment. On va trouver une solution. Je pense à un petit hôtel à deux pas du commissariat. Le mec qui tient ça est très sûr ; c'est un copain, un ancien de la maison. Et puis c'est tout près, je serai plus tranquille.

— Et toi, tu vas aller où ?

— Dans mon bureau. Je vais faire installer une banquette ça ira très bien.

— C'est pas ce qu'on fait de mieux.

— Tu sais, j'ai l'habitude, enfin disons que ça m'est déjà arrivé.

— Ah bon.

— Quand je suis parti de la maison, j'ai dormi trois semaines au bureau…

— Oh là là, ça va pas du tout ce soir, toi !

Elle le prit dans ses bras sans l'ombre d'une ambiguïté ; ça le désola un peu mais c'était quand même très agréable.

Quand toute l'équipe fit irruption dans la salle des statues, Bompard sut tout de suite que l'homme avait filé.

— Il s'est évaporé. Comment c'est possible ? s'exclama Mathilde.

— Comment il était habillé ? lui demanda Bompard pour toute réponse.

— En noir. Pantalon noir, pull noir et une grande veste noire.

Les hommes, qui s'étaient lancés à la poursuite d'un homme qui portait une veste rouge et une écharpe grise, attendaient la suite.

— Notre homme aime se transformer, se déguiser, changer de personnalité, et il est très habile pour ça. Je ne l'ai pas vu changer de veste. En ce qui concerne son aspect, nos certitudes sont minces. Il est grand, mince, leste. Ses mains sont grandes, effilées. Il a toujours une laisse avec lui…

— Oui, mais ça, il peut ne pas la prendre.

— Hum, pas dit. J'ai l'impression que c'est un tic, à moins que ce soit un toc.

— Hum… Qu'est-ce qu'on fait, patron ?

— Vous rentrez au bureau, vous faites des recherches sur le Web, et vous me trouvez l'hébergeur de merde qui accueille ce site qui pue. Vous partez avec la voiture de Mathilde que vous garez dans la cour du commissariat.

Il envoya les clés, que Machnel n'eut pas le temps de rattraper.

— On se retrouve dans une heure chez moi. D'ici là, je vais chez Mathilde chercher quelques affaires et puis on file vers sa nouvelle demeure.

— Vous y allez seul ?

— Ça va aller ! Je pense que là, il est sous le choc ; il va pas se manifester tout de suite – pas ce soir.

— Si tu m'informais de la suite des réjouissances, ça me ferait plaisir.

— Je t'explique tout ça en chemin. Allez, viens.

23

Bompard avait le sentiment désagréable de ne pas mener le jeu. Comme il entrait, suivi de ses deux acolytes, dans son immeuble, Cesare vint à sa rencontre.

— Votre voisine voulait absolument appeler la police. J'ai pensé que vous préféreriez être le premier sur les lieux et je vous ai laissé un message.

Bompard n'avait évidemment pas eu le message, ce qui ne l'empêcha pas d'apprécier le bonheur d'avoir un concierge amateur de thrillers ; ça facilitait pas mal les choses. Il avait donc eu de la visite. Bompard et son équipe montèrent l'escalier quatre à quatre. Cesare leur emboîta le pas. Bompard se retourna vivement et lui décocha un regard désapprobateur mais il en fallait plus pour faire changer d'avis un concierge italien, ancien révolutionnaire et de surcroît auteur de polars.

— Je resterai sur le pas de la porte, lâcha Cesare, la main solidement accrochée à la rampe.

La porte était entrebâillée. Bompard la poussa de la pointe de son vieux stylo mordillé.

— Un jour, on a été appelés pour un cambriolage, l'appart était dévasté, et vous savez quoi ? questionna Machnel.

— Le cambrioleur n'avait rien emporté. Pas le temps. Il avait juste pris un ordi, coupa Grenelle.

— Et un appareil photo. Mais comment tu sais ? interrogea Machnel, vexé.

— C'est classique.

— Ah bon ! Moi j'étais sur le cul... Un bordel pareil...

— Ici, c'est pas le cas, les interrompit Bompard. Je n'suis pas la fée du logis, mais quand même ! Alors vous sortez le grand jeu ! Si ce salopard a laissé une empreinte chez moi, vous me la trouvez.

Le regard de Bompard s'arrêta sur le cadavre d'Oscar, qui gisait sur la moquette vert gazon. Drôle de fin pour un poisson rouge ! En observant cette tache rouge sur ce vert éclatant, Bompard perçut là quelque chose de très gai. Il y avait un côté monstrueusement enfantin chez l'assassin. Il hésita à glisser Oscar dans une poche en plastique pour l'envoyer au labo et finit par le faire, machinalement, par habitude, en pensant à autre chose...

Il revoyait précisément la chevelure poil de carotte du garçonnet, collé à la vitrine d'un magasin d'animaux domestiques.

— Allez, viens ! On va être en retard, s'impatientait la mère.

— Oh ! maman, regarde ! Un poisson rouge. On l'achète.

— Un poisson rouge, et puis quoi encore ? Un canari, un lapin, un hamster… Ça suffit, non ?

La femme prit autoritairement son fils par la main. L'enfant se dégagea. Pour aller se planter une nouvelle fois devant la vitrine.

— Mais regarde, maman, comme il est triste. On peut pas le laisser comme ça.

— Il y a des tas de choses tristes dans le monde : il faudra que tu t'y habitues.

Elle arracha cette fois plus fermement l'enfant à ses rêves d'arche de Noé et se dirigea à pas pressés vers l'Abribus. Le petit roux se retourna plusieurs fois vers la boutique. Bompard, qui n'avait rien perdu de la scène, croisa le regard désolé de l'enfant. Se sentant immédiatement investi d'une mission, il se précipita dans la boutique et acheta celui qui allait devenir Oscar. Bompard était sur le trottoir avec Oscar dans un sac plastique, cette fois plein d'eau, mais l'Abribus était vide : le bus venait de passer. C'est à ce moment-là qu'il vit derrière la vitre, sous la tignasse rouquine, le regard joyeux d'un petit garçon empli de gratitude. Il leva le sac plein d'eau comme on trinque avec un ami. Le bus s'éloignait.

Bompard scella le petit sac où reposait le poisson rouge qui allait rentrer dans les annales de la police.

L'environnement de Bompard avait beau être minimaliste, il était à peine reconnaissable. Le commissaire vit néanmoins tout de suite l'atlas que lui avait offert Mathilde éparpillé dans les deux pièces comme si brusquement la planète avait explosé. Il retrouva la Chine dans la douche, les États-Unis dans le réfrigérateur, l'Asie du Sud-Est dans le matelas méticuleusement éventré. Le monde était en miettes. Comment fallait-il l'interpréter ?

— Il doit être dans un drôle d'état.

— Mais qu'est-ce qu'il cherchait ?

— Rien ! Ou plutôt si : à me montrer que je suis en son pouvoir. Il est en colère, mais pourquoi ?

Bompard se taisait. Son regard s'attardait sur les feuilles de l'atlas qui n'avaient pas été arrachées mais détachées. Elles n'étaient pas froissées.

— En colère, et en même temps assez distancié. Il a un certain contrôle sur lui, que de temps à autre il perd. Apportez l'atlas au labo. Ils trouveront peut-être quelque chose. Le fil qui tient les pages a été sectionné ?

Grenelle jeta un coup d'œil.

— J'ai du mal à dire.

— Dis-leur de l'examiner avec particulièrement d'attention.

— Qu'est-ce qu'ils cherchent ?

— Je sais pas… de la salive, un cheveu… Il a quand même pris son temps.

Bompard se retourna vers Cesare qui était resté dans l'encadrement de la porte, et avant même qu'il ait eu le temps de lui poser une question :

— Merde ! Mais c'est putain pas vrai !

— Quoi ?

— Un type en salopette bleue est venu vérifier l'état de l'ascenseur ; il venait soi-disant de la part du syndic. J'ai pas fait gaffe… J'aurais dû vérifier. Merde !

— Grand, maigre, un visage lisse ?

— Et merde ! Quel con je fais !

— Vous avez remarqué autre chose ? Cherchez !

— Une chaîne à la main.

— Oui. Quoi d'autre ?

Le gardien révolutionnaire était tellement concentré qu'il semblait en souffrir. Il cherchait si fort à se remémorer le moindre détail qu'on pouvait s'attendre à une matérialisation soudaine de l'assassin.

— Je suis preneur du plus petit détail.

— Sa peau. Assez inexpressive, maquillée peut-être, je sais pas…

Les deux lieutenants ne lâchaient pas des yeux le commissaire dont le visage ne trahissait aucune émotion. Lui regardait droit dans les yeux Cesare pour l'aider à extirper du plus profond de sa mémoire tout ce qui concernait l'individu.

— Des yeux très… qui bougent tout le temps et des cils blancs, tout blancs.

— Ah ! Le commissaire avait l'air content d'apprendre quelque chose de nouveau. Vous l'avez bien regardé…

— Oui, parce que j'essayais de le regarder dans les yeux, mais c'était difficile et j'ai horreur de ça. J'aurais dû me méfier, j'aurais dû vérifier auprès du syndic. À force de m'entendre dire que je suis parano, j'essaie de lâcher un peu. Tu vois le résultat. Putain !

Bompard pensa à la blague de Bedos : « Tout le monde me dit que je suis parano, mais c'est pas vrai. Un parano, c'est quelqu'un qui pense que tout le monde lui en veut ; moi je suis pas parano, je sais que tout le monde m'en veut. »

Il regardait Cesare avec beaucoup de bienveillance.

— Autre chose ?

— Non. Si… les yeux… verts, presque jaunes, magnifiques, presque irréels… Je pense qu'il portait des lentilles de couleur.

— Moi aussi.

Bompard se demanda si dans le passé Cesare avait eu à se grimer pour échapper à la police.

— Ses cheveux ?

— *Allora*, ses cheveux… je peux pas té dire… il portait une casquette, mais ça m'étonnerait pas qu'il soit chauve ; je dis ça *ma non lo so*.

Sa langue maternelle remontait : c'était sans doute l'émotion que faisait naître chez lui cette coopération inhabituelle.

— Merci, Cesare, j'imagine que cette collaboration n'est pas évidente, j'apprécie.

— C'est pas une collaboration, c'est de l'amitié ou quelque chose comme ça.

— J'enverrai un homme prendre votre déposition. Dans la loge, c'est mieux qu'au poste ?

— Je préfère. Ah, autre chose : il avait un oral, comment tu dis, une expression, une façon de dire…

— De parler, de s'exprimer.

— Oui. Plutôt soutenue.

— Par exemple ?

— J'ai remarqué qu'il utilisait le « ne » à la forme négative. Plus personne fait ça maintenant. Même pas « casse-toi, pauvre con ».

— Oh, mais lui, je suis pas sûr que ce soit un bon exemple.

Les hommes avaient bien travaillé. S'il avait laissé une trace de son passage, ils la retrouveraient.

Machnel avait envie de se détendre. Il ironisa :

— Vous n'avez pas la télé ? Ça m'étonne.

— Pour quoi faire ? Pour regarder des polars le soir ou des pornos la nuit ? Non, j'ai pas de télé et il ne me reste qu'un bouquin, un seul bouquin…

Il se mit à chercher le livre dans l'appartement, mais dut se rendre à l'évidence :

— Visiblement, il est parti avec. C'est étrange…

— Il sait donc lire.

— Ça, j'ai aucun doute là-dessus.

Bompard se tourna vers Machnel qui venait de terminer son relevé d'empreintes.

— Demain, tu fais tous les dermatos et les pharmacies de l'île de la Cité et des environs. Tu t'éloignes pas trop de Notre-Dame. Tu prends le portrait-robot et tu vois ce qu'il en sort, et tu te renseignes au sujet de cette histoire de cils blancs.

Les hommes avaient fait leur travail.

— Bon, maintenant laissez-moi. Avant de partir, n'oubliez pas de condamner l'escalier jusqu'au deuxième étage. Il y a peut-être des choses à glaner.

— Vous n'allez pas dormir là ? s'inquiéta Grenelle.

— Non.

Il n'en dit pas plus et les raccompagna jusqu'à la porte d'entrée, comme on le fait avec ses hôtes. Une fois seul, il se félicita de ne rien avoir laissé d'intime dans cet appartement et prit soudain conscience qu'il vivait dans un environnement neutre qui ne disait rien sur lui. Il repensa à tous ses disques de jazz auxquels il avait été très attaché et dont il s'était séparé avec soulagement au moment du départ de Mathilde. Trop fragile alors pour écouter de la musique, il s'était réfugié dans le bruit. Plus tard, quand ses plaies commencèrent à être moins béantes, ça se remit à chanter en lui, mais il continuait à se tenir à distance de toute chaîne stéréo. Il avait une sorte d'iPod interne qui fonctionnait aux associations d'idées et se mettait en route sans qu'on l'ait sollicité. C'était parfois difficile à affronter : il n'allait pas en rajouter une couche. Il s'éloigna de sa petite musique intime et balaya du regard son appartement saccagé. Son lieu de vie n'était qu'un lieu et rien de ce que Bompard aimait, pensait, était ne transparaissait entre ces quatre murs. On ne pouvait même pas penser qu'il était flic.

Mais lui savait tout ça, lui le connaissait.

24

Mathilde était encore endormie. Ils s'étaient retrouvés au bar de l'hôtel, à deux pas du commissariat. Bompard se plaisait à croire que les passants les prenaient pour des amants. Il était bien le seul à avoir ce type de pensée. Mathilde, elle, affichait un air boudeur.

— Ça va ?

— Non.

— Qu'est-ce qui se passe ?

— J'ai faim.

— Si ce n'est que ça…

Il se pencha vers la table voisine et s'empara d'une corbeille de croissants.

— Ils sont tout chauds.

— Aux huiles hydrogénées. Même pas en rêve.

Le ton était tellement grave qu'il faillit recracher la bouchée qu'il mâchait joyeusement.

— Ça fait des années que je ne mange plus de croissants.

— Ah bon ? Et qu'est-ce que tu prends le matin ?

— Des graines de lin et d'avoine broyées avec une cuillerée d'huile de tournesol bio, le tout mélangé à un demi-pot de yaourt de soja et saupoudré de copeaux de gingembre.

— Ah.

Il termina son croissant en pensant que ses matins célibataires avaient quand même du bon.

Elle reprit son souffle.

— Écoute, Chrétien, je pense que tout ça t'amuse.

— Qu'est-ce que tu racontes ?

— Si, si, je vois bien ton air réjoui. Moi, comment te dire pour être au plus près de ma pensée ? Moi, ça commence à m'emmerder copieusement !

— Bon.

— C'est tout ce que tu trouves à dire ? Écoute, Bompard…

C'était là une vieille habitude. Quand elle était en colère, quand elle lui en voulait, elle l'appelait Bompard.

Il aimait ça.

— Et si tu continues à afficher cet air amusé, je sais pas ce que je fais !

— Je sais que tout ça n'est pas drôle pour toi…

— C'est le moins qu'on puisse dire ! Ma vie est complètement chamboulée. J'ai plus de domicile, j'ai dû changer de portable, mettre ma vie professionnelle et privée entre parenthèses. Eh oui, j'ai une vie privée, figure-toi ! Et en plus je peux pas sortir sans me coltiner ton sbire. Si tu crois que c'est drôle !

— Je sais tout ça. Moi aussi, j'ai hâte que ça s'arrête.

— Mais combien de temps encore ça va durer ?

— Combien de temps ? Combien de mortes ? Je sais pas.

Voilà, la mauvaise humeur avait changé de camp, mais ses colères à lui étaient plutôt des dépressions, des gouffres dans lesquels il se laissait tomber. Il était malheureux. Elle s'en voulut.

Il se leva et sortit de la salle, le croissant sur l'estomac.

Elle se sentait fondre et eut juste le temps de se ressaisir quand elle le vit faire demi-tour.

Il lui tendit des clés de voiture :

— J'allais oublier. Je t'ai loué une voiture. Elle est garée devant l'hôtel.

— C'est la noire ?

— Oui.

— C'est sympa…

— Tu te sentiras plus libre. Quant au sbire en question, il s'appelle Richard. Il conduit très bien. C'est pas la peine d'essayer de le semer. Ça ne servirait à rien, et puis ce serait très con. Ça ne ferait que te mettre en danger. Ah ! et puis…

Il sortit un petit objet de sa poche.

— Tiens ça. C'est une sorte de microémetteur. Comme ça, tu seras reliée à Richard – donc à moi – en permanence.

— Tu sais, Chrétien, je crois que je réalise pas très bien.

— C'est aussi bien.

— Pardonne-moi pour tout à l'heure.

— Je suis désolé que tu sois mêlée à tout ça. Je fais tout ce que je peux pour te protéger sans t'étouffer pour autant. Richard n'est pas là pour te surveiller mais pour te protéger. Je ne suis pas un mari jaloux qui fait suivre sa femme, mais un ex-mari inquiet.

Ils se séparèrent sur le trottoir devant la voiture de location. Il lui demanda deux ou trois choses : de se faire teindre les cheveux et de changer de coupe, de lui téléphoner toutes les deux heures et de passer dans la journée à son bureau ; il avait quelque chose à lui montrer.

25

Il raccrochait. Mathilde l'avait appelé pour le prévenir de son arrivée. Il n'était pas surpris ; il venait de vérifier auprès de Richard, pour la deuxième fois en vingt minutes, où elle était et il l'attendait. Qu'elle soit liée à cette affaire le minait. Et l'autre le savait, bien sûr. C'était quelqu'un qui le connaissait parfaitement. À part une connaissance aiguisée par une rumination carcérale, il ne voyait pas ce qui pouvait permettre au tueur de le cerner aussi bien.

Il prit le téléphone et le reposa aussitôt. Il aimait bien s'imposer des déplacements, il avait l'impression qu'en marchant sa pensée devenait plus fluide. « On ne pense bien qu'au rythme de ses pas », répétait-il sans cesse. Il déboula dans le bureau de ses lieutenants.

— Ah ! je voudrais que tu cherches parmi tous les mecs que j'ai fait tomber. Tu cherches uniquement dans les peines lourdes, et si récemment il y a eu des sorties ou des évasions.

— Je repars quinze ans en arrière ?

— Oui, entre dix et quinze ans. Et tu cherches aussi si parmi eux il y a eu des suicides.

Grenelle se taisait.

Bompard répondit à ce silence interrogateur.

— Oui… la vengeance d'un proche. J'y crois pas trop, mais ne négligeons aucune piste.

Caché derrière son écran, Machnel s'étirait.

— J'ai un truc qui pourrait nous être utile.

— Je suis content que tu aies dit nous : tu aurais dit vous, je t'envoyais péter.

Machnel, nonchalamment, se pencha sur son clavier et se lança dans une explication lourde de détails dont les deux autres se seraient passés. Grenelle soupirait. Bompard inspira profondément. Il avait pris cette habitude depuis qu'il avait arrêté de fumer.

— Où est-ce que je l'ai foutu ? Merde.

— Bon ! Bompard s'apprêtait à retourner dans son bureau.

— Ah, ça y est, je l'ai… L'air réjoui, Machnel appuya sur une touche et l'imprimante se mit en marche.

Grenelle découvrait le document qui allait leur faire gagner du temps.

— Ça a du bon de bosser avec un maniaque !

Bompard s'était penché sur la liste de tous ceux dont il avait croisé la route et qui moisissaient derrière les barreaux.

— C'est beau comme un CV bien rempli et sinistre comme une nécrologie.

— C'est votre parcours professionnel, patron.

— Faut croire.

— En tout cas, c'est grâce à vous que toutes ces ordures moisissent en prison.

— Hum.

— Et ça c'est important.

Grenelle essayait de le revigorer. Sachant qu'il était observé, il se redressa en sortant pour lui faire croire que ça avait marché.

Et sans se retourner, il lâcha :

— Merci, Machnel. Et quand ton connard de commissaire te traitera de glandu, faudra pas oublier de lui dire que c'est pas parce que tu fais pas ce qu'il fait que tu bosses pas.

Derrière son bureau, Bompard griffonnait maintenant sur la liste. Il venait d'éliminer plutôt spontanément le nom de celui qui avait purgé ses dix-huit ans pour avoir tué sa femme infidèle et son amant. Il se souvint de l'avocat de la défense, dépité de ne pouvoir plaider le crime passionnel à cause des tortures que l'homme avait fait subir à son rival avant de l'exécuter. Lorsque le juge s'était adressé à l'accusé lors du procès, lui demandant : « Pourquoi un tel acharnement ? », l'homme avait répondu très simplement, d'une voix claire : « Parce que je voulais qu'il souffre comme il m'avait fait souffrir. » Dix-huit ans ! Le commissaire égrainait les trophées dont il n'était pas fier. Ses associations d'idées le menèrent dans une cour d'assises. C'était la première fois qu'il assistait à un procès. Un homme avait été tué à bout portant sur son lieu de travail par sa femme, qu'on avait retrouvée prostrée à côté du cadavre, un fusil à canon scié à la main. Elle aurait tué son homme, qui l'humiliait, la battait, la terrorisait, lors d'une dispute, décrochant le fusil de chasse qui ornait les murs du salon ; son avocat aurait pu plaider la légitime défense – alors qu'il se retrouvait là avec un homicide avec préméditation, un assassinat. Le canon qu'elle avait pris le temps de scier avait scié la branche sur laquelle son avocat ne pouvait plus asseoir sa défense. Le jeune étudiant en droit qu'il était comprit ce jour-là qu'en matière de justice, la forme était tout aussi importante, voire plus, que le fond. Il renonça, ce jour-là, au rêve de devenir celui qui défendrait la veuve et l'orphelin. Il s'était fixé un modèle et travaillait avec acharnement pour l'atteindre. Mais ce jour-là quelque chose se déplaça, et il se dit qu'il serait plus utile sur le terrain. Il décida alors de devenir flic, un bon flic. Et il y travaillait toujours, estimant que, par définition, un idéal ne s'atteignait jamais. Il était allé assister au procès avec une dénommée Mathilde, étudiante en fac de cinéma, qui lui plaisait bien.

— Comment tu me trouves ?

Et justement, elle l'arrachait à ses gribouillages. Quand il leva la tête, il fut propulsé dans un petit bistrot derrière le tribunal qui abritait les chimères des jeunes de l'époque. Il s'autorisa quelques secondes pour rebaisser la tête avant de la relever une nouvelle fois. Non, il ne rêvait pas. La Mathilde d'il y a vingt ans était bien là, devant son bureau. Elle avait troqué sa chevelure fauve de femme sûre de sa beauté contre une coupe courte, ébouriffée, d'un brun plus naturel.

Elle le regardait, amusée.

— Qu'est-ce que tu en dis ?

— Tu es belle comme tout.

— Merci, et méconnaissable, j'espère. C'est quand même le but de l'opération !

— Moi je te reconnaîtrais…

Elle ressemblait étrangement à la jeune femme dont il était tombé amoureux. L'avait-elle fait exprès ? Il était troublé.

— Ça va ?

Il revint à l'enquête.

— Écoute-moi bien. Derrière toi, il y a le portrait-robot du type du Louvre.

Elle esquissa un rapide mouvement de tête, comme un réflexe pour éviter un danger.

— Attends. Écoute-moi. Avant de te retourner, tu vas mobiliser tous tes souvenirs. Tout est important. Tout ce que tu as ressenti m'intéresse. Tout ce que tu as perçu de lui…

Elle frissonnait.

— Maintenant.

Elle essayait de gagner du temps. Il la prit dans ses bras. Elle le fixa longtemps.

— C'est lui, mais il avait une barbe.

— Une barbe ? Mais tu ne m'en avais pas parlé !

— Ça me revient à l'instant. Une barbe très noire, bien délimitée, comme on dessine une barbe sur un personnage quand on ne sait pas dessiner. Tu vois ce que je veux dire, sans un poil au-dessus…

Elle pensa à un rasage méticuleux fait par un obsessionnel, mais s'abstint de tout commentaire. Lui penchait plutôt pour la fausse barbe. Il garda ses impressions pour lui.

Elle continuait à fixer le tableau.

— C'est vrai qu'il a la peau très claire…

Elle s'était rapprochée de la toile. Elle n'avait plus peur. Le pouvoir avait changé de main. Elle l'examinait. Bompard l'observait.

— Il y a même quelque chose de figé sur sa peau ; son visage a quelque chose de…

Elle cherchait ses mots.

— Un manque d'expression…

— Qui serait dû à quoi ? Essaie d'associer.

— Je ne sais pas, ça donne une impression étrange, irréelle…

— Mais pourquoi ?

Il la poussait dans ses retranchements ; elle finit par dire ce à quoi il pensait :

— On dirait qu'il a été opéré, enfin je veux dire, une opération de chirurgie esthétique.

Il se demanda si elle aurait eu cette idée sans son aide et quelle importance il fallait lui accorder.

Pourquoi aurait-il eu besoin d'une intervention chirurgicale ? À qui voudrait-il échapper ?

— On dirait qu'il porte un masque ?

— Un masque.

Il pensa à Braumann. Elle était ailleurs.

— Tu te souviens du *Passager de la pluie* ?

Bien sûr qu'il se souvenait… Il se souvenait surtout qu'ils n'avaient pu voir la fin du film pour cause de désir subit et incontrôlé qui leur fit faire des excentricités dans la salle noire et les priva du dénouement du thriller.

Bompard se demandait si c'était lui qui avait provoqué cette séance torride ou si…

— Je ne pensais pas à ça !

— Tu lis dans les pensées maintenant ? Tu ferais un bon flic.

Elle lui décocha un sourire complice.

— Je pensais au type qui viole Marlène Jobert, enfin son personnage dont le nom m'échappe… Il portait un truc sur le visage.

— Oui, c'était un bas. Il est quand même pas allé au Louvre avec un bas sur la tronche ?

— Bien sûr que non ! Mais il avait comme une pellicule sur le visage…

— Tu veux dire comme quand tu te faisais un masque purifiant au concombre.

Il avait envie de se détendre, pas elle.

— En fait, je pense plutôt aux films étirables. Tu vois ce que je veux dire ? Ce qu'on utilise, qu'on met sur les bols dans les réfrigérateurs… Tu vois, quoi… pour protéger les restes.

Il avait un vague souvenir. Depuis qu'il vivait seul, son réfrigérateur ne servait qu'à entreposer des packs de bières et régulièrement une pizza entamée s'y éternisait avant de finir à la poubelle.

Avant de partir, elle revint à plusieurs reprises sur le côté lisse du visage, et elle aussi parla de la mobilité des yeux. Elle évoqua la laisse qu'il faisait glisser entre ses doigts comme un chapelet grec. Elle parla aussi d'une extrême maigreur, osa le terme d'élégance.

Devant le commissariat, le fidèle Richard l'attendait.

26

L'homme aux mains effilées était installé à la terrasse chauffée du bar-tabac, en face du 2 bis, rue d'Athènes. Il savait qu'il prenait des risques en s'éternisant dans un lieu mais il devait absolument savoir qui habitait dans cet immeuble. Il devait bien y avoir une jeune femme au 2 bis. Il l'attendrait.

C'est à ce moment-là qu'il vit passer un aveugle avec un très beau chien. Le chien, déviant de sa route, se dirigea vers lui.

— Qu'est-ce que tu fais, Aristote ?

Le chien reniflait les mains effilées et s'attarda un instant sur la laisse.

L'aveugle sentit une présence, mais comme personne ne se manifestait, il continua sa route.

— Allez, viens. On rentre à la maison.

L'homme continuait à faire glisser sa laisse entre ses doigts, en regardant Aristote et son maître s'éloigner. Alors que sa respiration se faisait à nouveau régulière, il se dit que cet homme était le contraire de lui, qu'il ne voyait rien mais était vu de tous alors que lui, à qui rien n'échappait, s'approchait de la transparence.

Et elle sortit du 2 bis, en éclatant de rire, au téléphone. Tout de suite, il détesta son rire.

La jeune femme était radieuse, elle se sentait belle, presque amoureuse.

— Mais enfin, comment c'est possible ? Tu l'as jamais vu !

— Faux ! J'ai vu sa photo. Des cheveux bouclés, des yeux noisette, une bouche bien dessinée.

— Une vraie pub pour un fromage de chèvre.

— Il est super. La beauté pure…

— Ou virtuelle.

— Oh, ça va ! Tu vas finir par me porter la poisse.

— C'est pas mon genre. Tu devrais te méfier. Internet, c'est quand même pas très sûr. Il y a un paquet de barges sur la Toile…

— Oh, tu sais, des barges, il y en a partout. Et moi, je le suis pas tout à fait ; et si je lui ai filé le nom de ma rue, je lui ai quand même pas donné le numéro. Faut pas croire !

— Ah, tu me rassures !

— Bon, c'est vrai que je lui ai dit que j'habitais en face d'un traiteur grec…

— Tu es folle, ma Lili.

— Mais il y en a deux dans la rue…

— Tu sais quoi, tu m'épuises !

— Laisse-moi regarder s'il est pas là, en train de m'épier. Il n'a peut-être pas pu attendre le rendez-vous de ce soir.

— Mais tu l'as dans la peau, c'est pas possible ! Alors ?

— Quelle horreur ! Il y a un type qui n'arrête pas de me mater, mais c'est pas lui, je peux te dire : il a vraiment une sale tronche.

— Qu'est-ce que tu en sais ?

— En tout cas, c'est pas avec lui que j'irai au Bal à Jo ce soir.

— Bon, allez, la belle. Non seulement tu m'épuises, mais tu épuises mon forfait. À ce soir ! Bisou. Eh ?

— Oui ?

— Avant de t'encombrer d'un pâtre grec, vérifie s'il sait danser la salsa. Sinon ça vaut pas le coup.

— Trop tard pour ce genre de préoccupation, on se retrouve là-bas !

Sur le trottoir, elle riait tout seule. Elle esquissa un pas de danse, fourra son portable dans sa besace et disparut à l'angle de la rue.

Il la suivit du regard. Il attendrait qu'elle revienne. À la recherche d'une contenance, il saisit le journal oublié sur la table voisine. Et comme il feignait l'intérêt pour les nouvelles du monde, passa, à quelques mètres de lui, un homme jeune, aux traits parfaitement dessinés et aux cheveux bouclés, qu'il ne vit pas.

27

Bompard n'arrivait pas à se tranquilliser. Et même sa longue discussion avec Albert le Sage, le désormais patron du petit hôtel qui allait héberger pour un temps Mathilde et sa mauvaise humeur, n'était pas parvenu à calmer son inquiétude. Le Laotien, qui avait fait ses classes à Marseille, commençait à en prendre ombrage.

— Dis donc, fils, tu veux qu'on se fâche ou quoi ?

Pourtant, Bompard avait beaucoup d'affection pour cet homme au physique de maître zen et à l'accent pagnolesque.

— Tu as raison, je peux quand même pas dormir sur le petit canapé dans l'entrée de ton hôtel… L'idée venait de lui traverser l'esprit.

— Non, tu peux pas, non. La maison n'a pas de quoi se payer un veilleur de nuit.

— Et si je te faisais ça à l'œil ?

— Là, tu commences à m'emmerder.

Maître Albert perdait sa belle sérénité.

— Et en plus tu me vexes… Tu crois que j'ai perdu la main depuis que j'ai quitté la maison ou quoi ? Tu sais faire des fusées ?

— Des fusées ?

Il lui tendit une feuille de papier :

— Oui, des fusées.

Bompard s'exécuta.

— Et tu l'envoies en l'air. Tu sais, comme quand tu étais môme.

La fusée avait à peine décollé qu'elle fut fauchée en plein vol par la lame aiguisée d'un cran d'arrêt qui la crucifia sur la porte d'entrée, à l'autre bout de la pièce.

Bompard écarquilla les yeux, admiratif. Albert plissa les siens avec malice.

— Alors, est-ce que je suis digne de veiller sur ta douce ?

Bompard, qui n'avait même pas vu son ami sortir le couteau de sa poche, répondit par un sourire.

Mais Albert, avide de compliments, ne comptait pas s'en tenir là.

— Sinon, je peux encore te montrer ce que je sais faire avec un Sig Sauer.

— Un Sig Sauer. Tu veux dire que tu es parti avec ton arme. Mais qu'est-ce que c'est que ce bordel ? Comment tu as fait ça ?

— Lao Tseu a dit : « Ouvre ta main, ferme les yeux et donne. Si, quand tu ouvres les yeux, ta main est toujours pleine, alors garde ce que tu voulais donner. »

Bompard se méfia de la citation de Lao Tseu revue par Albert, mais fut rassuré sur l'efficacité de celui qui désormais veillerait sur le sommeil de Mathilde.

Et justement elle arrivait et, malgré les contraintes que lui imposait l'affaire, semblait de bonne humeur.

Il avait toujours aimé cette joie de vivre hors norme qui reprenait rapidement le dessus et la mettait, à ses yeux, dans la catégorie des êtres exceptionnels.

— Bonjour Albert !

Maître Albert inclina la tête en caressant machinalement la poche de sa veste de tai-chi en lin noir, dans laquelle il avait juste eu le temps de ranger son couteau

Les yeux de Mathilde se posèrent sur la fusée déchirée.

— Je vous prépare un thé vert ?

— Oh, Albert, vous êtes un ange.

— Pour vous servir.

— Oui, oui… Un ange qui aurait pactisé avec le diable.

— Mais de même que le vide n'existe qu'au regard du plein, l'ange ne serait rien sans le démon.

Le sage marseillais avait lâché sa vérité en s'inclinant avec beaucoup de grâce. Mathilde s'éclipsa dans sa chambre en promettant de revenir très vite. Bompard eut l'impression un bref instant d'être attablé à la table de vieux amis. Richard, qui était resté en retrait, appuyé à la porte d'entrée, crut déceler un sourire sur le visage fatigué du commissaire.

Quand Mathilde revint, l'ambiance avait changé. Bompard n'eut pas le temps de s'interroger sur l'impermanence des moments de grâce. Le thé vert refroidissait sur la petite table en bois. Richard était rentré dormir. Albert vaquait à ses occupations. Elle surgit de sa chambre, avec cet air réjoui qui l'avait tellement séduit des années auparavant.

— J'ai le droit d'être contente ou c'est pas possible ?

— Mais bien sûr que c'est possible. C'est même recommandé. À quoi bon continuer s'il n'y avait pas, même dans les périodes les plus sombres, un coin de ciel bleu ?

Il pensa à Semprún qui regardait son morceau de ciel bleu à Buchenwald, et à sa grand-mère à lui, qui avait rencontré, dans ce même camp, l'amour de sa vie, la douce Myriam avec laquelle elle avait partagé une longue vie d'amour. Il avait adoré ces deux femmes. Elles reposaient au cimetière de Montmartre. Il irait leur rendre visite bientôt.

— À quoi tu penses ?

— À ta joie. Alors, qu'est-ce qui se passe ?

Elle parla sans s'arrêter du contrat qu'elle devait signer le lendemain et pour lequel elle s'était tellement battue. Elle se réjouissait d'avoir enfin pu convaincre un producteur de la suivre dans cette série de portraits de transsexuels, s'attarda un instant sur Hicham qui venait de changer de sexe et qu'elle avait accompagnée pendant plus d'un an, avec sa caméra, son magnéto et son cœur. Elle était tout à son travail, en parlait avec passion ; il s'en voulut de ne pas l'avoir écoutée davantage.

La fusée déchirée qui avait échoué dans le cendrier, sur la table, le ramena à la raison pour laquelle ils se retrouvaient là, chez Albert.

— Qu'est-ce qu'il y a ? Elle avait remarqué l'ombre qui avait barré son visage.

— Ça va apparaître sur Internet ?

— Quoi donc ?

— Ton contrat.

— Ah ! Euh… Je crois pas. Pas de mon côté en tout cas. Pourquoi ?

— Il vaudrait mieux pas. Si personne n'est au courant, tu vas peut-être pouvoir faire ton boulot.

— Trop aimable.

Sa bonne humeur avait laissé place à de l'agacement.

— Mathilde, personne ne doit connaître tes déplacements, tes habitudes, ton emploi du temps. Si tu vas plus de deux fois par semaine au même endroit, il faudra changer d'itinéraire et modifier en permanence tes heures de rendez-vous.

— C'est gai !

— Non, c'est pas gai, non ! C'est même très chiant, mais c'est comme ça. On n'a pas le choix.

Elle ferma les yeux trois secondes, les rouvrit, posa sa main sur les siennes et le fit parler de l'enquête.

— Ça avance, bien sûr, mais pas assez vite. Et puis, il y a… Je sais pas comment t'expliquer ça… C'est une idée un peu folle…

— De quoi tu parles ?

— Tu vois, j'ai l'impression que je le connais, ce type.

— L'assassin ?

— L'assassin.

Elle ne s'était pas exclamée « tu es fou » ou « mais qu'est-ce que tu racontes », elle avait juste dit « l'assassin ? » pour vérifier et maintenant elle ne disait plus rien. Mais tout était ouvert, alors il continua.

— C'est curieux, tu vois, mais chaque fois que je découvre quelque chose le concernant, je suis surpris au début, et très vite ça me devient familier.

L'ambiance devint brusquement très lourde ; il décida de changer de sujet.

— Et ça évoque quoi, Notre-Dame, pour une mécréante comme toi ?

Enfin, il essayait.

— Le kilomètre zéro.

Elle avait répondu sans réfléchir.

Il accrocha tout de suite.

— Quoi ? C'est quoi cette histoire de kilomètre zéro ?

— Tu connais pas ça ? Mais tout le monde connaît !

— Sauf moi. Tu m'expliques ?

— Ben, c'est le point à partir duquel toutes les distances en matière de route sont calculées. On fait ça dans pas mal de pays, tu sais.

— Ah, oui.

— Et en France, le point zéro est le parvis de Notre-Dame.

— Notre-Dame… le point de départ, le commencement. Pourquoi ça m'est tellement familier tout d'un coup alors qu'il y a deux minutes je n'en avais jamais entendu parler ? Tu vois. Qu'est-ce que je te disais ?

— Ta mémoire te joue des tours, mais je vois pas…

Mathilde l'observait, inquiète.

Il se leva.

— Je suis désolé, Mathilde, je vais pas pouvoir prendre un dernier verre avec toi.

— C'est pas plus mal : je vais me coucher tôt. Il faut que j'aie les idées claires, demain. Même si c'est quasiment signé.

Bompard devait partir, mais la présence de son ex-femme et sa fatigue menaçaient sa détermination. Il s'ébroua. Et au moment de s'arracher à l'emprise de Mathilde, la poche de son blouson, comme pour le retenir, s'accrocha à l'accoudoir du fauteuil qui se renversa, entraînant dans sa chute la chaise quié tait à ses côtés. Maître Albert surgit dans la pièce comme s'il avait encore des choses à prouver et disparut aussi vite.

Bompard remit tout en place.

— Mais qu'est-ce qui se passe, Chrétien ? Je te sens tout bizarre ! Tu veux pas qu'on parle un peu ? Je te sens tellement…

— Pas maintenant, Mathilde, il faut que j'y aille.

— À cette heure-ci ! Mais où ? Je suis désolée d'être si intrusive, mais je m'inquiète pour toi. Cette affaire te bouffe !

— Tu as tous les droits, et tu ne seras jamais assez intrusive… Enfin, pour répondre à ta question, je vais voir un psy.

— À cette heure ?

— Il n'est pas conformiste. Et ne t'inquiète pas, ici tu risques rien : comme tu as pu le remarquer, Albert veille sur toi.

Il l'abandonna à son thé vert, lui fit un baiser amical sur la joue qui ne correspondait en rien au bouillonnement de ses émotions, et disparut.

Seul dans la rue, Bompard pressa le pas. Braumann n'était peut-être pas conformiste, mais il était quand même près de vingt-trois heures et bien sûr il ne l'attendait pas.

Quant à Mathilde, elle dut se rendre à l'évidence : même le rendez-vous du lendemain qu'elle avait si longtemps espéré ne parvenait pas à la rendre légère.

28

Braumann l'accueillit comme on accueille celui qu'on attend. Ça plut à Bompard qui allait pouvoir être direct.

— C'est urgent !

— Quoi d'autre que l'urgence pourrait vous faire débouler dans mon cabinet à pareille heure ? J'allais me servir un whisky. Je vous en offre un ?

Il posa les deux verres sur son bureau, qu'il servit copieusement. Braumann était d'une nature généreuse.

— Mais je vous en prie, asseyez-vous.

Bompard s'assit et se releva aussitôt.

— Ça vous ennuie si je reste debout ? Je crois que je préfère.

— Comme vous voulez.

Bompard se mit à marcher dans tous les sens dans le bureau de Braumann et il parla longtemps. De temps en temps, il se taisait et s'immobilisait. Tout était sorti dans le désordre. Les femmes étêtées, Mathilde menacée, son enfance voilée. Et puis il lâcha quelques mots sur son année blanche.

— Est-ce que vous pensez que vous pourriez tuer quelqu'un, enfin je veux dire : assassiner quelqu'un ?

— Oui, bien sûr que oui, sinon je n'aurais jamais choisi ce métier.

Ce fut la première intervention de Braumann. Bompard avait répondu sans prendre le temps de réfléchir. Le silence pourtant lourd ne lui pesait même pas. Il était planté au milieu de la pièce, immobile. Il pensa à Marina ; tout comme elle, il pouvait se laisser sombrer. Il dévisageait Braumann qui, lui, avait installé la distance qui convient, celle qui permet aux patients d'être face à eux-mêmes.

Bompard se demandait si, derrière son bureau, l'homme était plus avancé que lui sur les questions de l'âme. Allait-il pouvoir l'aider à comprendre pourquoi il se sentait de plus en plus proche du tueur ? Il avait joué avec le feu pendant toutes ces années, faisant ami-ami avec des tueurs sanguinaires, mais c'était une technique, une façon de se mettre dans la peau de l'autre, de se glisser dans les méandres de sa psychologie pour être au plus près de ses intentions, coller à ses pensées, prévoir ses actes… Mais cette fois, c'était différent : c'est l'autre qui venait vers lui, l'aspirait. Bompard perdait le contrôle.

— C'est difficile à expliquer, j'ai l'impression que je le connais, qu'il est sous mes paupières.

— Sous vos paupières… Oui ?

Cette façon de répéter ses derniers mots l'horripila.

— Je suis désolé, mais je suis en train de réaliser que je vous fais perdre votre temps, et, ce qui est beaucoup plus grave compte tenu de l'enjeu, de perdre le mien. Je n'ai nullement besoin de faire ce travail avec vous… Oui, je sais, c'est encore à voir…

Comme il était resté debout pendant le rendez-vous, au moment de quitter son hôte, il eut envie de s'asseoir.

— Je n'ai rien dit de tel. Accordez-moi encore quelques minutes.

Il s'assit.

— Je voudrais juste vous parler de quelque chose qui me semble important et qui est peut-être une clé… Je pense que vous souffrez d'un profond complexe de culpabilité.

— Oui, je sais, et d'une solide névrose de réparation.

Chrétien se souvenait de ses premières séances avec Braumann.

— Vous avez une bonne mémoire.

— C'est un minimum pour un flic.

— Il y a quelque chose chez vous qui s'est enkysté, qui relève, je pense, de cette année que vous appelez blanche.

Déjà Bompard était debout. Il s'était levé comme on dégaine, mais Braumann avait tiré le premier. Ne lui restait plus que la solution de repli.

— Je n'ai aucune envie d'en parler : je ne suis pas là pour ça. J'ai pas le temps.

— Il faut savoir le prendre.

— C'est impossible ! Des femmes meurent.

— Vous n'y êtes pour rien.

— Vous ne comprenez pas. Sortez de votre grille d'analyse, laissez tomber les sentiments de culpabilité et autre névrose de réparation…

Bompard était déjà dans le corridor quand Braumann le doubla sur la droite et s'interposa avec fermeté entre lui et la sortie.

— Qu'est-ce que vous attendiez de moi ?

Braumann ne lâchait pas le morceau.

— Je ne sais pas… Quand Mathilde est partie, vous m'avez… Enfin, n'en parlons plus.

Bompard se dégagea de la présence de Braumann. Il était maintenant devant la porte et tournait le dos au psychanalyste.

— C'était idiot, on ne lève pas le voile sur les premières années de sa vie comme ça.

— Et pourquoi c'est maintenant que ça doit se faire ?

— Parce que ça a un rapport avec l'enquête. Ne me demandez pas pourquoi.

Braumann n'avait rien demandé et Bompard était déjà dans l'escalier. En descendant, il sentit le regard du thérapeute sur lui, ça le réconforta. Il s'arrêta.

— Vous pourriez m'accompagner dans un lieu ?

— Quel lieu ?

— Un lieu qu'il me semble connaître, mais je sais pas, quand j'avance, ça s'éloigne.

— Quand ?

— Très vite.

— Appelez-moi !
— Merci !
— Bonsoir !
Il se sentit plus léger en dévalant l'escalier.

29

La nuit était noire, le corps de la femme livide. Accord parfait entre la mort qui avait dépossédé la victime de toutes ses couleurs et le décor. Les colonnes de Buren se dressaient, irrespectueuses. Un pinceau dans une main, un sac plastique dans l'autre, les hommes en blanc, concentrés, faisaient leur travail.

Bompard les observait en fredonnant un air qu'il ignorait connaître.

« Le Palais-Royal est un beau palais où les jeunes filles sont à marier… Mademoiselle Julie est la préférée de monsieur Crétin qui veut l'épouser. Dis-moi oui, dis-moi non, dis-moi si tu l'aimes. Dis-moi oui, dis-moi non, dis-moi oui ou non. Nooooon ! »

Un refus comme un cri, qui avait sorti Bompard de sa torpeur. À ses côtés, Grenelle attendait. Il avait l'habitude de ces sortes d'absences et il était très attentif, persuadé que quelque chose d'important pour l'enquête se tissait. Le retour de Bompard parmi les hommes le déroutait cependant un peu, et cette fois-là particulièrement.

Le commissaire chantait.

« Le Palais-Royal est un beau palais où les jeunes filles sont à marier… »

Il chantait faux, mais persistait.

« Dis-moi oui, dis-moi non, dis-moi si tu m'aimes, dis-moi oui, dis-moi non, dis-moi oui ou non. »

Devant l'air ahuri de Grenelle, il s'arrêta.

— Bon, je vais pas continuer : je vois bien que ça pourrait te bloquer. Et loin de moi cette idée ! Et puis, on n'est pas dans un sujet de comédie musicale. Un drame musical, peut-être, mais le genre n'existe pas. Il faudrait peut-être le créer.

Il divaguait. Il n'osait pas regarder le corps de la femme, nu, à ses pieds. Il avait honte. Honte de ne pouvoir arrêter la folie meurtrière de cet homme. Honte de n'avoir pu la protéger. Honte d'avoir des états d'âme.

— Quel luxe !

— Quoi donc, patron ?

— Les états d'âme… et quelle prétention !

Il se pencha enfin sur le corps nu de la femme qu'il avait fait recouvrir d'un drap. Accroupi à ses côtés, il lui tapotait la main qui dépassait, comme pour s'excuser. Il se remit à fredonner.

— Comme quoi, on peut avoir envie de chanter et être triste… Quelqu'un m'a dit un jour : « Ce n'est pas parce que je suis gai que je suis optimiste. La gaieté est une forme de politesse. » C'est intéressant, non ?

— Si, si.

— Même si j'arrive pas à l'appliquer, je trouve ça intéressant. La gaieté est une forme de politesse.

Alors, c'est quoi, ce truc de Palais-Royal ? Je vois bien que ça te dit rien. Quel âge tu as, Grenelle ? C'est chiant, les jeunes.

— Je vais essayer de vous trouver ça. C'est une comptine, c'est ça ?

Et alors qu'il s'apprêtait à glisser le bras de la jeune femme sous le drap, il vit, à l'intérieur de son poignet, six lettres en partie délavées.

— SSPBAJ ! Ça évoque quelque chose pour toi ? questionna Bompard.

— Rien du tout.

— Bon. On va voir ça…

Grenelle, son portable au bout des doigts, s'appliqua à faire quelques clichés du poignet de la morte pendant que Bompard scrutait les environs.

— J'ai l'impression que je suis intimement lié à cette série de meurtres.

— Hein ! Mais comment ça ? C'est pas possible.

— Ne t'inquiète pas, je suis pas en train de te faire un remake de docteur Jekyll et Mr. Hyde… Mais il y a juste quelque chose que je sens sans pouvoir m'expliquer quoi. Comme si j'avais la réponse sans le savoir.

Il s'éloigna précipitamment, comme s'il devait absolument bouger.

— Où vous allez ?

— Essayer de comprendre.

Il s'apprêtait à se rendre au guichet réservé aux visiteurs. Si le Palais-Royal avait un passage secret, il existait bien un guide amoureux du lieu qui serait capable de lui en révéler la présence.

— Et moi, qu'est-ce que je fais ?

— La routine. Tu boucles le jardin pendant vingt-quatre heures. Les hommes quadrillent le terrain. Ils cherchent… je ne sais quoi, et d'ailleurs je pense qu'ils ne trouveront rien, mais peut-être que je dis ça parce que…

Le commissaire regardait en l'air.

— Il est parfait, ce salopard. À croire qu'il vole.

C'est à ce moment là que Bompard s'aperçut que les statues qui dominaient la scène du crime avaient, elles aussi, perdu la tête. Huit au total.

— Et merde ! Envoie deux hommes là-haut. Tu en choisis deux qui ne soient pas vertigineux, comme disait ma grand-tante qui n'était pas lettrée. Je veux un relevé d'empreintes, des clichés et un compte rendu détaillé sur le travail de la scie sur la pierre.

— Mais c'est la même équipe, s'étonna Grenelle.

— Bien sûr. Mais j'aimerais savoir après combien de types on court. Même si c'est la même équipe, ce sont peut-être pas les mêmes artistes qui ont œuvré ce soir. Et alors, si on pouvait me rapporter un mégot de cigarette, je serais fou de joie. Mais plus personne ne fume aujourd'hui. Même les malfrats ont peur pour leurs éponges. Les truands se boboïsent, les bobos s'encanaillent… Drôle de monde… Et l'autre feu follet qui, je dois le reconnaître, ne manque pas de grâce… Mais regarde ça ! Pas une trace, rien, comme s'il n'était pas passé par là. Comme si les cadavres arrivaient par la voie des airs. Que ce soit dans un chantier, une chambre de bonne désaffectée, un appart de bobo ou un magnifique jardin, il y a toujours un respect de l'environnement. Rien n'est renversé, rien n'est souillé, tout est à sa place, regarde autour de toi. Même pas une trace de sang… Seul le corps déroge aux habitudes du lieu. Comme s'il avait été déposé par un ange.

— Hum, drôle d'ange.

— Oui, drôle d'ange… Et aucun détail n'est négligé : c'est un grand maniaque, un véritable obsessionnel. Qu'est-ce que c'est que ça ?

Il se dirigea vers un morceau de plastique dur, noir, qui brillait à la base d'une des colonnes.

— Moi aussi je peux être maniaque. Demande aux hommes d'envoyer ce truc au labo.

Un signe de Grenelle, et un homme en blanc chaussé de bottes blanches se pencha pour récupérer l'objet qui n'était pas encore un indice.

— Va dans mon bureau, fais des photos du portrait-robot et distribue-les aux psys… À ceux qu'on connaît, ceux avec lesquels on a l'habitude de bosser. Occupe-toi de tout ça ; moi, je reste là un moment.

Bompard attendait beaucoup de l'entretien avec le gardien du jardin. L'homme ne lui apprit rien d'essentiel. Pas de passage secret pour accéder la nuit au jardin public. Bompard était déçu. Il était assiégé par des impressions, mais toujours pas de souvenir précis et toujours ce sentiment de participer à un jeu de piste.

Il repensa à son entrevue avec Braumann ; allait-il aider son enfance assoupie à reprendre des couleurs ?

Il était persuadé que ça l'aiderait à comprendre l'assassin. « Il est peut-être là, le passage secret », se dit-il en quittant le gardien.

Il pleuvait dru sur le jardin du Palais-Royal sans qu'il se soit rendu compte qu'à un moment précis il avait commencé à pleuvoir. Comme s'il avait toujours plu. Alors que ses hommes étaient sur le point d'emporter le corps, il réalisa qu'il était trempé. Il regardait les deux pieds de la femme qui dépassaient du drap s'éloigner. Il était hypnotisé par ces pieds nus, fragiles, pâles. Il eut une envie irrépressible de descendre le drap sur eux, de les mettre à l'abri. Alors il trouva un prétexte, s'approcha des brancardiers, leur dit une banalité et en profita pour descendre le drap comme on borde un enfant. Il était profondément découragé. Il n'avait même pas le réflexe de se protéger de la pluie. Lui vint à l'esprit qu'il était en train de plonger dans une dépression sans fond. Ça ne le rendait pas triste. C'était comme ça. S'il ne pouvait rien faire pour toutes ces femmes, autant rendre les armes tout de suite. Il sombrait comme un vieux rafiot qui a fait son temps. Grenelle qui était de retour lui jeta une bouée.

— Allez, capitaine, je vous offre un grog.

— Il m'en faudrait bien deux ou trois.

— Autant qu'il vous faudra.

Au troisième grog, toute menace de naufrage s'était envolée.

Au cinquième grog, la culpabilité commençait à se dissiper.

Au septième, Bompard devisait quasiment sereinement sur la duplicité.

— Tu vois, au fond, c'est simple… Ce type, c'est moi.

On aurait mis de force Grenelle dans une salle de dégrisement que le choc n'aurait pas été plus fort.

— Fais pas cette tête. C'est juste mon côté sombre…

30

Derrière son bureau, perplexe, Grenelle ne pouvait décrocher son regard de l'écran de son portable. Il essayait de donner du sens à ces lettres photographiées sur le poignet de la victime du Palais-Royal. En vain. Il manquait d'inspiration et les anagrammes lui résistaient. SSPBAJ. Même la piste des sigles était une voie sans issue. Il avait passé pas mal de temps sur le Web, à la recherche d'une société quelconque dont l'enseigne pourrait avoir un rapport avec ces six lettres mystérieuses. Et le souvenir douloureux de la dizaine de grogs avalée la veille n'améliorait pas la situation.

— Eh ben ! Tu es aussi expressif qu'une poule qui aurait trouvé un couteau, lança Machnel en claquant la porte du bureau.

— C'est vachement branché comme expression. Mon grand-père disait ça quand j'étais môme et que je calais devant mes devoirs de math. Et déjà, à l'époque, ça faisait vraiment démodé.

— Et si ça redevenait tendance ?

— Hein ?

— J'ai envie de créer une assos pour remettre dans l'air du temps les vieilles expressions oubliées. J'ai déjà le slogan, « Soyez vintage, parbleu ! » Qu'est-ce que tu en penses ?

« Sspbaj », se répétait Grenelle en s'efforçant d'ignorer le dernier délire de son coéquipier.

— Tu aimes pas. Je vois bien. Si tu pouvais me trouver une expression pour me le dire… Genre… Oh, j'ai pas d'idée… Tu connais « vachement bath » ? Eh ben, si tu aimes pas mon slogan, tu trouves l'équivalent en négatif. Tu comprends ?

Sspbaj. Grenelle s'entêtait jusqu'à la crispation, mais rien ne venait.

— Hein ? De son côté également, Machnel s'obstinait.

— Si je te dis « tu commences à m'emmerder », est-ce que c'est assez vintage ?

— Ah non, pas du tout ! Je voudrais pas te vexer, mais c'est pas du tout vintage.

— Et « j'en ai rien à foutre » ?

— Bof.

— « Rien à battre, rien à cirer, je m'en tape le coquillard. »

— Ah, le coquillard ! J'aime bien, je note.

— Machnel, merde !

— D'accord, d'accord, d'accord ! J'ai compris. Tu seras pas membre, c'est tout.

— Membre ?

— De mon association.

— Stop !

— D'accord, mais je…

— Stop !

— OK.

Voyant que toute tentative de divertissement était très mal vue, il décida de se détendre tout seul et prit le portable de Grenelle dans l'idée de faire un mah-jong.

— Et laisse mon portable !

C'est alors que, la tête penchée sur le mobile de son coéquipier, Machnel déchiffra tranquillement les six lettres.

— Soirée spéciale Bal à Jo.

— Quoi ?

— Soirée spéciale Bal à Jo.

— C'est pas vrai ! Baj. Bal à Jo. Putain ! Ça fait des heures que je cherche !

— Ben, c'est pas ma faute. Ça me revient à l'instant.

— Ah ouais ! s'exclama Grenelle en enfilant son blouson.

— Où tu vas ?

— Tu peux dire « on » !

— D'accord. Mais ça répond pas à ma question.

Docile, il enfila néanmoins sa veste rétro fraîchement acquise.

— On va danser un rock, mon beau. Et c'est toi qui mènes : j'espère que tu assures.

31

La revue du Barberousse n'avait pratiquement plus de secret pour les hommes de Bompard, surtout en ce qui concernait les mensurations, les grains de beauté et autres caractéristiques physiques. Mais malgré leur application à reconstituer un listing d'après les informations livrées parcimonieusement par Barberousse lui-même, le premier cadavre était toujours en quête d'une identité. Sur les vingt-trois danseuses, vingt et une avaient été retrouvées. Et parmi les deux qui n'avaient pas répondu présente à l'appel, l'une était dans un tiroir frigorifique. Où était l'autre, et surtout, qui était qui ? Le sort des deux absentes, Isabelle Dumoulin et Lolita Berge, était lié. L'une était vivante, l'autre pas. Il fallait absolument retrouver la trace de celle qui avait toujours la tête sur les épaules.

— Alors ?

— Rien.

— Comment ça, rien ? Tu as cherché partout ?

— Partout.

— Il faut croire que non. Tu as suivi la procédure ?

— Évidement. La Sécu…

— Et alors ?

— Ben rien, elles ne sont pas mortes, enfin officiellement : pas de décès déclaré. Elles sont en bonne santé, pas de remboursement depuis plus de deux ans.

— C'est bien, c'est pas elles qui creusent le trou.

— Les adresses qui datent de deux ans ne sont plus d'actualité. Et l'enquête de voisinage n'a rien donné. On a fait tout ce qui est mutuelles, banques, associations, pages blanches.

— Et les opérateurs portables ?

— Rien ! Pas de trace de ces deux femmes. Pas un opérateur ne les a vues passer.

— Qui n'a pas de portable aujourd'hui ?

— Les fauchés…

— Et encore ?

— Les réacs.

— Hmmm…

— Les vieux.

— C'est pas vrai, j'en connais qui…

— Les sourds.

— Réfléchis, entre les vibreurs et les textos, il y a moyen de communiquer…

— Les muets…

— Bof… Muets, silence, vœux de silence, de chasteté… Mais oui, les communautés religieuses…

— Ah, merde ! J'avais pas pensé à ça.

— Et sur Facebook ?

— Rien.

Bompard se leva. Il tournait maintenant le dos à ses lieutenants. Grenelle ne le lâchait pas du regard,

Machnel était déjà sur Internet à la recherche des congrégations religieuses dans la capitale.

Sans se retourner, il divagua sur l'emploi du temps d'une jeune femme qui aurait travaillé au Barberousse. Il s'attarda sur le rythme de ses journées, sur le type de personnes qu'elle pouvait rencontrer, se questionna sur ce qui pouvait la préoccuper, sur ce que pouvait être désormais son gagne-pain. Il se retrouva très vite dans les réseaux de prostitution. Il s'en voulut vaguement de l'association d'idées un peu brutale et eut une pensée amicale pour les quatre jeunes femmes qui étaient venues déposer. Pour échapper à sa mauvaise conscience, il se tourna vers ses acolytes.

— Comment et où elle a rencontré ce salopard ? Bon, Grenelle, tu prends une photo du tatouage et tu vois ce que tu peux obtenir dans tout ce qui concerne de près ou de loin la prostitution dans et autour de la capitale.

— Oh ! la chance, s'exclama Machnel, qui ajouta, pour justifier sa lourdeur : je l'ai dit parce que vous attendiez que je le dise.

— C'est pour ça qu'il faut changer souvent d'amis : les vieux amis vous empêchent d'évoluer, lâcha, bourru, le commissaire.

Il se décolla de la fenêtre et traversa sans raison le bureau. « Et en plus j'ai envie d'une cigarette », pensa-t-il. Au même moment, Grenelle qui l'observait se fit la même réflexion.

— Quant à toi, Machnel, tu cherches les communautés religieuses sur Paris.

— Ça change l'ambiance…

— Oui, c'est un autre genre mais c'est pas mal non plus. Et puis comme ça tu seras plus près de Dieu, ça peut être utile.

— J'aurais préféré être plus près de ses seins. Et vous savez comment je l'écris…

— Joli !

— Non, Grenelle ! Tu devrais pas l'encourager. Bon, revenons à ce qui nous préoccupe. Tu fais les congrégations religieuses et tu vois si une disparition a été signalée.

— J'imagine que je prends pas de photo du tatouage…

— Non. Quoique… on ne sait jamais.

Le portable de Bompard sonnait.

— Oui… Et c'est maintenant que vous réagissez… Je vous envoie quelqu'un…

Il raccrocha, excédé.

— Bon, une bonne nouvelle.

— Ah bon, j'aurais pas cru, s'étonna Grenelle.

— C'est à cause des cigarettes. Notre ami le bûcheron a retrouvé des photos de ses différents spectacles. C'est bien.

— Eh ben, c'est un rapide, lui ! À croire qu'il a quelque chose à cacher !

— Faut voir.

Machnel enfilait déjà son blouson.

— C'est con. J'aurais pu y faire un saut.

— On a compris que pour sauter, tu étais pas le dernier. Bon, tu passes au Barberousse, tu récupères les photos, tu nous les ramènes. Ce sera plus facile pour vous de retrouver l'identité d'un corps étêté avec un visage.

— Vous serez mon palier de décompression. Et après, je file chez les nonnes.

— C'est ça, elles te donneront peut-être un supplément d'âme…

32

Plus tard, les photos plus ou moins dénudées étaient étalées sur le bureau du commissaire. On avait maintenant un cadavre à deux têtes. Bompard laissa sa jeune équipe à ses commentaires salaces et se demanda si vingt ans plus tôt, il était aussi con. La réponse étant affirmative, il cessa de se questionner et rappela à ses lieutenants que les congrégations de la capitale attendaient leur visite ; les hôtels borgnes, eux, s'en seraient passés aisément. Ils abandonnèrent à regret leurs clichés pour donner quelques coups de fil.

Quand il sortit du bureau de ses lieutenants, Bompard était nerveux. C'était la troisième fois qu'il regardait sa montre en trente secondes.

— Deux heures cinq, merde. Qu'est-ce qu'elle fout ?

Quand le téléphone sonna, il reconnut tout de suite la sonnerie *Nostalgia* qu'il avait associée au nom de Mathilde.

Il décrocha vivement.

— Merde, Mathilde ! C'est pas un jeu ! Deux heures, c'est deux heures, c'est pas deux heures cinq.

Tu as pas l'air de réaliser. C'est pas un jeu, insista-t-il. En cinq minutes il peut se passer un tas de choses… Tu peux te retrouver bâillonnée dans le coffre d'une voiture ou je sais pas, moi, pire encore. Allô, tu m'entends ? Allô !

— Chrétien, j'en ai ras-le-bol !

— Allô ?

Elle avait raccroché.

Il était seul en train de hurler dans les couloirs du commissariat. Il se demanda combien de temps cette affaire allait durer. Lui traversa l'esprit qu'il pourrait lui trouver un coin plus sûr, à la campagne, dans une ferme ou un couvent. Il savait d'avance qu'il avait intérêt à peaufiner son argumentation. Dans un premier temps, il allait lui demander de téléphoner toutes les heures, c'était plus sûr.

Machnel et Grenelle déboulèrent dans le couloir. Ils venaient de découvrir l'identité de la morte. La piste des congrégations avait fini par payer. Bompard se dit qu'elle allait peut-être pouvoir commencer à reposer en paix.

— On revient, patron ; on file à la congrégation et on revient avec un max d'infos.

Bompard se demanda ce qu'ils s'attendaient à trouver. Une lettre de menace signée par l'assassin, avec de belles empreintes et un numéro de téléphone, au cas où le programme ne conviendrait pas à la belle ?

Le commissaire était persuadé que l'identité des victimes n'aiderait pas l'enquête à avancer. Pour lui, ces femmes étaient interchangeables.

— Elles ont juste eu le tort de croiser ce fou furieux.

Il était debout, dominant une carte de Paris dépliée sur son bureau. Il fixait sans les voir les artères, les monuments, les stations de métro de la capitale. Il prit des aimants et étala la carte sur le tableau blanc.

Il s'exclama soudain :

— Bien sûr, les femmes n'ont rien à nous apprendre. Elles sont mortes pour rien, juste parce qu'elles étaient là. Mais les lieux, les lieux nous parlent… Il faut savoir les écouter…

Plus tard quand les lieutenants firent irruption dans le bureau, ils trouvèrent Bompard hypnotisé par le plan de Paris.

— Tout est parti de là…

Il encadra Notre-Dame au feutre rouge.

— On est bien d'accord ?

Il leur parlait comme s'ils ne s'étaient pas absentés. Ils prirent le train en marche.

— Bon, quand vous entendez « Notre-Dame », vous pensez à quoi ?

Ils se taisaient, conscients que Bompard parlait avec lui-même.

— À une dame, à une femme, à une île… Le corps de la femme, c'est ce qu'il reste quand on enlève la tète. D'accord ? Alors l'île, le corps de la femme, le pied marin, l'homme de mer… Bof. Poésie de pacotille. Ensuite, on se retrouve rue de la Colombe, ou plus exactement rue des Ursins, chez notre artiste.

Il encadra avec insistance le coin et, sans se retourner vers son équipe, posa des questions sur l'identité de la première victime. Les hommes étaient déçus : ils revenaient avec peu de chose, le nom qui avait été confirmé et deux ou trois détails sur la jeune femme. La petite étiquette accrochée à la cheville gauche du cadavre de la jeune femme ne serait plus vierge. « C'est déjà ça », pensa Bompard à voix haute.

— Lolita Berge. Quelqu'un lui a pris sa vie, sa tête, on lui rend son nom. C'est un début.

Et pour ne pas s'attarder sur la déception des deux lieutenants, il reprit le fil de l'enquête.

— Il ne faut pas oublier que le jeune Thomas est peintre et qu'il exerce son talent sur les monuments de Paris, et notamment sur Notre-Dame. Rien d'étonnant à ce qu'il soit le premier informé sur la disparition des têtes de certaines statues. Jusque-là rien de folichon. Mais l'artiste peint en plein air et affectionne particulièrement les quais. Et c'est quai de Montebello qu'il est accosté par notre homme, on reste dans le même périmètre, qui lui passe une commande très particulière, le tableau qui est là…

Machnel ne put cacher sa surprise.

— Eh oui, je lui ai demandé d'en faire un deuxième exemplaire. C'est un élément important de l'enquête. Regardez bien cette toile : l'homme lui a dit exactement ce qu'il voulait. Neuf statues. Pas huit, pas dix, neuf. Alors, plusieurs hypothèses… Il sait que neuf statues ont été décapitées – je vous rappelle qu'aucun article n'a mentionné ce détail. Alors, soit c'est lui qui a étêté tout ce beau monde – bien sûr c'est la plus mauvaise des hypothèses, qu'on ne retiendra pas ; on ne retiendra pas non plus le scénario qui ferait de lui le commanditaire ; soit il a été témoin, ce qui est peu probable, quoiqu'on ne sait jamais ; soit il a su très tôt ce qui s'était passé… Mais pourquoi ?

— C'est un amateur d'art. Un fou de Notre-Dame.

Machnel s'aventurait prudemment sur le monologue de son supérieur.

— Oui, peut-être. Mais pour remarquer ce genre de détail, il faut bien connaître Notre-Dame, la regarder souvent, régulièrement. Place deux hommes à nous en civil.

— Qu'est-ce qu'ils cherchent ?

Grenelle était debout, prêt à sortir du bureau, et attendait quelques précisions.

— Notre homme. Il est par là… Lui aussi regarde Notre-Dame… Il la connaît bien, mais pourquoi… Je crois pas à l'amateur d'art ; quelque chose de plus fort, de plus intime le lie à la cathédrale.

Il fit un cercle sur la carte.

— C'est quelqu'un qui passe souvent par là, qui habite peut-être dans le coin, qui y travaille peut-être… Dis aux hommes de se relayer : tu les choisis jeunes, non formatés, toi c'est déjà trop tard… ajouta-t-il en regardant Machnel.

— Ça tombe bien, j'ai plein de boulot…

Machnel prenait de l'assurance.

Bompard continua.

— Tu choisis des types look étudiant…

Grenelle allait sortir.

— Tu leur mets un appareil photo sur le bide, un dossier dans les bras, un sac à dos… Des mecs banals, quoi, frisés…

Pour la première fois il remarqua les boucles de Machnel.

— Je dis n'importe quoi.

Bompard, le nez toujours sur le plan, s'adressait maintenant à Machnel sans le regarder.

— Je veux un plan détaillé des alentours de Notre-Dame, je veux savoir combien de fenêtres représentent un poste d'observation. Tout ce qui permet de se poster et de voir Notre-Dame, de près ou de loin, m'intéresse.

Il griffonna le mot « jumelles » sur son carnet.

— Il vous faut ça pour quand, patron ?

— Dans une heure.

— Euh, demain matin, ça va ?

— Oui, pour ce soir, c'est parfait ! Et puis, c'est le premier cadavre, celui qu'on découvre dans un chantier. Et comme on connaît depuis peu son identité, on va la nommer, si vous le voulez bien. Alors là, avec le cadavre de Lolita Berge, on sort du périmètre, puisqu'on se retrouve rue de Châteaudun. Bon, dans Châteaudun, il y a château mais à part ça ? Et de votre côté ?

— Rien de plus…

— Bon, un chantier, rue de Châteaudun. Je veux tout savoir sur ce chantier. Qu'est-ce qu'il y avait dans ce lieu, avant ?

— Je m'en occupe.

— Et puis, c'est les chambres de bonne, rue Ballu. Alors là, c'est étrange, je vois un petit garçon que je connais très bien s'attacher les lacets dans l'escalier de cet immeuble.

Grenelle qui était celui qui connaissait le mieux le commissaire ne dit rien, mais le regarda avec une telle empathie que le commissaire se retourna vers lui, comme s'il l'avait appelé.

— Je sais que tu penses que je suis un peu fou, mais je sais aussi que tu me fais confiance.

— Entièrement confiance.

— Qui veut un verre d'eau ?

Personne ne répondit, ce qui n'empêcha pas le commissaire de remplir méthodiquement deux gobelets et de les tendre à ses lieutenants qui s'appliquèrent à boire, ce qui n'est pas très agréable lorsque l'on n'a pas soif.

— Et puis c'est le troisième cadavre… celui de Christel Lorient que l'on découvre 11 bis, rue de la Tour-des-Dames ; Après l'ancien et le chantier, nous sommes maintenant dans un immeuble…

Bompard semblait chercher ses mots : Grenelle se surprit à terminer la phrase à sa place.

— Moderne.

— Tu vois, tu dis moderne, moi je préfère récent, ça me parle davantage. Un immeuble récemment construit, mais qu'est-ce qu'il y avait avant, à la place de cet immeuble ?

— Ah, je vois, dit Grenelle en regardant sa montre. C'est trop tard, j'appellerai le cadastre demain.

— Et après, c'est le Palais-Royal et là, nous devons saluer la vie nocturne et mouvementée de Machnel qui nous a permis de retrouver très vite l'identité du quatrième cadavre et donc son adresse, 2 bis, rue d'Athènes.

Il lança un vague sourire à l'adresse de Machnel qui, ne sachant à quel degré situer la remarque, s'abstint de toute réaction. Bompard continua :

— Il a pris un risque insensé pour déposer le cadavre de Lili Barjemont près des colonnes Buren. Ça a forcément une signification, mais laquelle ?

Il resta un moment immobile, le nez collé au plan de Paris.

— Bon, moi je m'occupe de la rue Ballu. J'ai pas posé les bonnes questions au concierge, j'y retourne.

Ce qui, en d'autres termes, voulait dire : je fais mon boulot, faites le vôtre. Il se leva et fit claquer son porte-cigarette. C'était une façon de mettre un point final à l'entretien. Ses hommes l'avaient bien compris, qui étaient déjà hors du bureau.

La porte n'était pas tout à fait fermée et Machnel ne put résister. Il passa la tête.

— Hé, patron, n'oubliez pas que votre peau est mise à prix !

— Si je commence à penser à ça et à avoir peur, alors il a gagné.

— D'accord, mais quand même, faites attention.

Partant de son vieux principe que la compassion, qui est pourtant un beau sentiment, pouvait tirer celui qui en faisait l'objet vers le bas, Bompard réagit violemment et jeta ce qu'il avait sous la main en direction de Machnel qui referma rapidement la porte. Une façon un peu vive de clore le débat. Le porte-cigarette qui avait été propulsé à l'autre bout de la pièce avait tenu le choc. Il le ramassa et comme il le glissait dans sa poche, il se dit que Machnel avait peut-être raison. Il fit le tour du bureau, ouvrit son tiroir et prit son arme de service, qu'il oublia de charger.

Quand il passa devant le bureau de ses lieutenants dont la porte était ouverte, il sortit son Sig Sauer et lança :

— Eh, Machnul, 1 à 1, la balle au centre.

Bompard quitta le commissariat de bonne humeur. Il aimait bien qu'on l'aime… Même si Braumann lui avait expliqué quelques années auparavant que l'inquiétude n'était pas un marqueur d'amour.

Comment une personne peut-elle vivre seule au point de pouvoir disparaître sans que cela inquiète quiconque ? se demanda Bompard une fois dehors. Il pensait à la victime de la rue Ballu. Il n'eut pas le temps d'explorer ce questionnement que son mobile sonnait. C'était le labo.

— Le bout de plastique…

— Oui.

— Je suis pas formel…

— Mais ?

— Ça fait partie d'un tout. Plat et circulaire. Ça devait être encastré au centre de cette pièce plus grande. Ça se voit, il y a des encoches.

— Si tu le dis. Et alors ?

— Je pense, mais, encore une fois, je suis pas formel, que ça pourrait être…

— Que de précautions !

— Ça m'ennuierait de vous induire en erreur.

— Je comprends bien. Et tu penses à quoi ?

— À une poulie.

Cette idée lui plut tout de suite.

— À une poulie. C'est intéressant. Merci.

Il aimait les pistes qui déclenchaient chez lui des images. Et dans l'immédiat, il voyait un corps au bout d'une corde tendue autour d'une poulie. Il irait vérifier au Palais-Royal, si ce scénario pouvait fonctionner, mais en attendant, il appela le légiste.

— Doc !

— Oui ?

— Dites-moi, vous n'avez rien remarqué sur le corps du Palais-Royal ?

— Si.

Le légiste attendait d'en savoir un peu plus. Bompard continua :

— Sous les omoplates ?

— Oui, des traces très légères. J'allais vous appeler, mais je vois qu'il n'y a pas moyen de vous apprendre quoi que ce soit. Ces traces sont très légères : il a tout fait pour les atténuer. On dirait que le corps a été traîné.

— Traîné ou soulevé ?

— Vous pensez qu'il a fait passer le corps au-dessus des grilles ? Mais comment ?

— Une poulie.

— Mais c'est dingue !

— Mais c'est un dingue.

— Mais pourquoi il fait tout ça ?

— Alors là, doc, quand je pourrai répondre à cette question, c'est que l'enquête sera bouclée. Je passe vous voir dans les heures qui viennent. Ça va ?

— Quand vous voulez.

33

Quelle surprise ! Bompard examinait le concierge du 36 bis, rue Ballu, et ce n'était pas le concierge avec lequel il avait eu un court entretien au moment de la découverte du corps.

— Il aurait pu me le dire.

— Vous le lui avez demandé ?

Il est vrai que le commissaire n'avait rien demandé.

— Ah, alors, si vous lui avez rien demandé… C'est pas un bavard, mon cousin. Il répond aux questions, c'est tout.

— C'est déjà pas mal.

— Il est comme ça, il fait pas de zèle, il assure le service minimum.

— Et vous ?

Le vieil homme baissa le volume de la télévision et continua à ouvrir la boîte pour chat. Une odeur fétide se répandit dans la loge.

Bompard observait le concierge : ça ne le dérangeait pas. Pamplemousse avait faim. Le gros chat semblait narguer le commissaire. Il avait toute l'attention de son maître. Ça n'avait pas d'importance, Bompard prendrait le temps qu'il n'avait pas. Il avait expliqué qu'il avait besoin d'informations supplémentaires, sur les occupants de l'immeuble bien sûr, mais également sur l'immeuble lui-même. Il était décidé à attendre.

— Alors comme ça, il vous faut des infos sur l'immeuble... Vous ne pouvez pas mieux tomber : je suis la mémoire de cet immeuble.

Bompard regardait les doigts maigres passer, avec application, un coup d'éponge sur la toile cirée et se dit que si le deuxième cadavre n'avait pas échoué par hasard au septième étage de cet immeuble, si ce lieu avait des choses à dire, il devrait être en mesure de les entendre, ici, dans cette loge qui puait le Ronron.

Il s'accouda sur la toile cirée.

— Vous avez la liste des occupants de l'immeuble, leur nom. Est-ce qu'il y a des sous-locations ?

Il fallait bien commencer par quelque chose. Le concierge leva la tête et afficha un air surpris. Bompard crut même déceler un soupçon de déception. Il crut bon de se justifier.

— Non, c'est pas ça ! Je me fous complètement de savoir si les gens louent leur appart quand ils partent en vacances ; s'ils le font, c'est qu'ils ont besoin de fric. Non, je voudrais juste savoir qui était dans l'immeuble le soir du 30 octobre.

— De quelle année ?

— Comment ça, de quelle année ?

L'homme souriait.

— Je vous offre un café ?

L'odeur du café, mêlée à celle du Ronron, ne faisait pas vraiment envie. Mais Bompard connaissait l'importance de ces moments. Il étendit ses jambes sous la table.

— S'il est noir et très sucré, avec plaisir.

Visiblement heureux d'avoir de la visite, le vieil homme sortit deux tasses d'un buffet en Formica rutilant. Il attendait que le commissaire lui posât quelques questions. Mais Bompard n'était pas un flic ordinaire.

— Ça m'étonne pas que mon cousin vous ait rien dit. Entre lui qui n'est pas bavard et vous qui n'êtes pas curieux, ça a dû être vite plié. Mais avec moi, ce sera pas la même chanson. Vous avez devant vous la mémoire de cet immeuble.

— La mémoire, c'est bien.

— Et tout est rangé là, enfin presque.

Il dérangea Pamplemousse qui prenait ses aises sur un vieux fauteuil, retira un tapis tout élimé et fit apparaître un coffre dont il souleva le couvercle.

— Le problème à Paris, c'est la place. Et pourtant, on peut pas tout jeter.

— Si, si.

L'homme se retourna brusquement et jeta un coup d'œil méfiant au commissaire.

Bompard sentit tout de suite qu'il fallait abandonner ce terrain-là.

— C'est formidable ! Et vous avez toujours été aussi organisé ?

— Tout est là : vous voulez voir ? Enfin, presque. Chacun a ses faiblesses, n'est-ce pas ? Les miennes sont là.

Il montra un panier en osier caché sous la table en Formica, qui abritait son désordre. Des papiers qu'il avait négligés à un moment précis de sa vie et qui, le temps aidant, s'étaient transformés en paperasse. Bompard, chez qui les papiers atteignaient tout de suite le statut de paperasse sans que le temps ait à s'en mêler, envia le sens de l'organisation du vieux gardien, mais se dit aussitôt que s'il l'avait considéré comme un suspect, cette boîte-là l'aurait vivement intéressé. Ce que l'individu ne contrôle pas est souvent plus riche ; lui aussi avait des zones en désordre dans sa tête.

— Un jour, je ferai un grand ménage, lâcha le vieux en guise d'excuse.

— Moi aussi, marmonna Bompard.

Le commissaire fit un effort pour oublier la petite malle en osier. Le vieux se tenait droit, debout à côté du coffre, fier de son travail. Il attendait les commentaires du commissaire. Mais Bompard restait silencieux.

Le vieux forçait son admiration : il pensait au temps que lui mettait à retrouver ce qu'il cherchait et se dit que sa vie était un bordel plus ou moins joyeux.

— J'ai toujours pensé que ça pourrait être utile à quelqu'un. Je suis la mémoire de cet immeuble, en quelque sorte.

Le vieux radotait et ça n'avait pas d'importance.

Le coffre était parfaitement rangé. Bompard se pencha sur une série de boîtes à sucre, sur lesquelles une étiquette indiquait l'année.

— C'est que ça en fait du monde… et du travail.

« Finalement, la vie des gens, ça prend peu de place », pensa Bompard au même moment, qui s'abstint de partager ses impressions.

— Trois boîtes à sucre par an, parce qu'il y en a des informations dans ces boîtes : c'est pas juste des noms. Et je suis dans cette loge depuis bientôt cinquante ans. Je vous laisse compter. Attention, j'ai quelques années blanches.

— Ah, vous aussi.

Le concierge s'arrêta et observa le commissaire.

— Vous êtes flic, au moins ?

— Mais bien sûr ! Bompard ressortit sa carte.

— Oh, les cartes, vous savez…

— Vous avez raison.

Il observa le commissaire longuement et reprit son récit.

— Bon, où j'en étais ?

— En fait, vous tenez une sorte de livre de bord.

— Mais oui, c'est ça. Je suis le capitaine de ce vieux paquebot.

— Vous permettez ?

Bompard ouvrit la boîte des quatre derniers mois : elle était parfaitement à jour. La découverte du corps y était mentionnée, de même que la visite de la police.

Les doigts du commissaire remontaient le temps, admiratifs. Les jours, les semaines défilaient. La vie de l'immeuble était fluide. À consulter ces fiches, on percevait clairement les grandeurs et les mesquineries du quotidien. Tout y était juxtaposé : l'infarctus de la vieille dame du quatrième, l'ambulance en pleine nuit, la visite du mari inquiet dans la loge. La fine partagée. Le dégât des eaux au deuxième étage de l'immeuble A. L'absence des propriétaires. La plainte des voisins du dessous. La pendaison de crémaillère du jeune couple du cinquième. Tout était consigné, sans hiérarchie. Ces phrases courtes, cette absence de verbe et de jugement de valeur reposaient Bompard qui s'attarda sur les trois derniers jours qui avaient précédé la découverte du cadavre.

— Vous avez fait du bon boulot, capitaine.

— Pardonnez-moi, mais il n'y a qu'un flic pour apprécier ce genre de travail. Les autres trouvent ça malsain, ils se sentent espionnés. Ils ont tort. Je cherche pas à voir ce qui est caché, je raconte juste ce que je vois. C'est très différent.

— Oui… En somme, vous êtes le chroniqueur du 36 bis, rue Ballu.

Le concierge semblait apprécier le titre.

— Je préfère ça. Parce que j'ai connu la guerre, moi, et je peux vous dire qu'avec maman on était plutôt du genre à cacher les juifs qu'à les dénoncer. Faudrait pas tout mélanger.

Bompard pensa qu'il avait dû montrer son travail à un quelconque parano qui n'avait pas su apprécier.

Soudain, la visite d'une très vieille dame, la veille de la découverte macabre, retint l'attention du commissaire.

— Alors elle… un vrai personnage de roman. Vous voyez ce que je veux dire… Ces femmes qu'on ne rencontre que dans les livres.

— Vous écrivez « Dernier étage. Visites fréquentes à un vieil oncle, jadis. » Qu'est-ce que ça veut dire, jadis ?

— Bien avant mon arrivée dans la maison. Elle est née en vingt-cinq, elle pourrait presque être ma mère, c'est dire.

— Mais qu'est-ce qu'elle voulait ? Vous n'êtes pas très bavard à son sujet…

— Elle voulait se replonger dans son passé et revoir les lieux de son enfance. Et je sais pas pourquoi, au moment de la décrire je me suis rendu compte que je n'y arrivais pas. Je sais pas pourquoi c'était difficile comme ça. Je me suis dit que j'allais prendre le temps d'y réfléchir et puis j'ai oublié.

— Vous ne voulez pas qu'on voie ça ensemble ? C'est plus facile à deux.

La douceur de la voix du commissaire ne révélait rien de la tension dans laquelle il se trouvait soudain.

Depuis trois minutes, il soupçonnait la vieille dame d'être celui qu'il recherchait, il en serait bientôt persuadé. Et quand il apprit que la vieille, feignant un malaise, avait demandé un verre d'eau et qu'elle était entrée dans cette même loge, il se leva subitement, avec néanmoins d'infimes précautions. Il scrutait maintenant la loge comme si elle était devenue une scène de crime. Il demanda à Joseph s'il avait fait le ménage depuis cette dernière visite et bénit l'âge avancé du vieil homme qui l'empêchait d'avoir ce genre d'activité tous les jours.

— À part la caisse de Moumousse, que je fais tous les jours, et mon lit, bien sûr. Le reste… Et puis quand j'ai du temps, je préfère me pencher sur mes fiches que sur la poussière.

Le vieil homme continuait à parler ; Bompard ne l'écoutait plus. Il s'était mis en retrait dans un coin de la pièce. Joseph parlait de son travail, de ses fiches.

— Pour une fois que ça intéresse quelqu'un.

Bompard lui coupa la parole.

— Vous lui avez proposé un siège. Elle s'est assise où ?

— Vu l'âge de la duchesse…

— Pourquoi vous l'appelez la duchesse ?

— Vous auriez vu l'élégance, vous poseriez pas la question. Des bijoux, un manteau de fourrure et tout le tintouin… Et des mains magnifiques… des doigts…

— Effilés ?

— Mais oui, monsieur, effilés.

— Et elle s'est assise ?

— Là.

Il se dirigea vers un vieux fauteuil dans un angle de la pièce.

— Ne le touchez pas. Ne touchez à rien.

Le vieil homme s'immobilisa, soudainement étranger chez lui. Ne sachant trop ce qu'il pouvait se permettre de faire, il revint s'asseoir tout près de la table, en face de Bompard qui ne le regardait plus.

Alors il se remit à monologuer sur ses fiches. Le débit de sa voix et son accent parisien rendaient probable l'arrivée d'une Arletty ou d'un Philippe Torreton. Bompard en profita pour s'éloigner quelques secondes de l'enquête.

— Ah ! Toutes ces années... C'est vrai que c'est un boulot de titan. Je comprends que ça vous épate. Ah ! Là, j'ai un trou. C'est normal. C'est l'année de l'incendie.

— L'année de l'incendie ?

— Ah ! l'incendie, c'était en soixante-seize.

Bompard se remémora la bouche édentée du voisin du septième et son allusion à la malédiction qui planait sur l'immeuble. Il s'en voulut de ne pas l'avoir mieux écouté et se promit de lui rendre une petite visite. Cet homme qui avait été aux premières loges avait sans doute des choses à raconter. Il pensa à « la duchesse » et à son besoin de revenir sur les lieux de son enfance. Est-ce qu'il avait vécu ici, ou est-ce qu'il venait en visiteur ? Est-ce qu'il avait été prisonnier des flammes dans cet immeuble ? et quel était le lien avec la vengeance qu'il était en train de mettre en œuvre ? Si seulement il pouvait retrouver l'identité du vieil oncle, ça le ramènerait au neveu. Mais ce lien de parenté n'était-il pas inventé de toutes pièces ?

Joseph continuait :

— Vous auriez vu le brasier !

— Ah ! parce que vous étiez là, finalement ? J'avais cru comprendre...

— Non, non j'étais pas là. Mais on me l'a raconté, et moi, quand on me raconte, j'imagine. Et puis j'ai vu les résultats. C'était pas beau à voir. Un gros morceau de charbon, c'est dire. Et quelle odeur ! Ça fait froid dans le dos, des odeurs pareilles. Encore maintenant il y a des jours où... ça dépend du vent.

— Mais l'immeuble a été reconstruit, s'étonna Bompard. Et toutes ces chambres de bonne…

— Non : juste le dernier étage, et en partie seulement. C'est là que ça s'est embrasé. Alors ils ont refait la moitié du dernier étage et une partie de la toiture.

— Il y a eu des victimes ?

— Trois et deux gros chiens-loups. Ça compte aussi les animaux, non ?

— Bien sûr que ça compte. Dans une prochaine vie, on pourrait se retrouver cochon ou crocodile, vous et moi. Faut faire gaffe à ces trucs-là. Vous vous souvenez des victimes ?

— Vaguement. Un couple de vieux alcoolos qui vivaient avec leurs deux gros chiens dans une chambre de bonne. Ça puait là-dedans. Ils n'étaient pas méchants.

— Et la troisième victime ?

— La femme du verrier. Il y a eu tout un pataquès, mais je me souviens plus très bien. Ça a été une année terrible pour moi : c'est l'année où ma femme est morte, j'étais là pour personne, vous m'auriez vu, j'étais pas brillant. Je dis un an, mais j'ai arrêté de travailler pendant dix-huit mois. On m'a hospitalisé. Mon cousin m'a remplacé.

— Votre cousin ?

— Oui, enfin, un autre cousin. On est nombreux dans la famille.

— Et vous êtes toujours en contact avec lui ?

— Qui ça ?

— Votre cousin.

— Je vais le voir tous les jeudis en maison de repos. Il a la maladie d'Alzheimer. D'ailleurs, je vais pas tarder. Attention, comprenons-nous bien. Je vais pas tarder à aller le voir, pas à être malade. Parce que moi, Alzheimer, j'en veux pas.

— Bon, alors voilà ce que nous allons faire…

Il demanda à ses hommes de passer au 36 bis, rue Ballu relever des empreintes, leur précisa de faire attention à Moumousse.

— Moumousse ? questionna Grenelle.

— Le chat.

— Il est malade ?

— Non, il est très sympa. On laisse la clé de la loge sous le paillasson.

Il vérifia auprès du vieux s'il ne s'était pas trop engagé. Le vieux souriait, il était d'accord.

— Bon, pour la clé, c'est OK. Alors vous faites un relevé méticuleux dans la pièce principale…

— Et les toilettes ?

— Non, il n'est pas allé aux toilettes.

— La duchesse, un lascar, ça fait drôle, s'étonnait Joseph.

— La salle de bains non plus ? questionnait Grenelle.

— Non plus. Non, vous insistez sur la table et ses environs, le sol, la poignée, et le fauteuil à droite en entrant. Attends.

Il se tourna soudain vers Joseph.

— Vous m'avez bien dit qu'elle avait bu ?

— Oui.

— Et bien sûr vous avez lavé le verre ?

— Oui… enfin non. J'ai pas eu à le faire : Moumousse l'a fait tomber de l'évier.

— Brave chat. Et vous avez jeté les débris de verre tout de suite ?

— Euh… Non, je pensais le recoller et puis j'ai renoncé, ce matin.

— Merde. Merde. Les poubelles passent…

— Demain matin… Enfin, pendant la nuit. Je les sors ce soir.

Il changea d'interlocuteur.

— Allô ! Tu es toujours là ?

Grenelle attendait patiemment.

— Oui, et j'ai entendu.

— Bon. Je bloque le local à poubelles. Vous vous occupez uniquement de la poubelle verre.

— Vive le tri sélectif, persiflait Grenelle.

Bompard lança un coup d'œil interrogatif et pressé à Joseph.

— Ben, évidemment, pour qui me prenez-vous ? s'indigna Joseph.

Il revint vers Grenelle.

— Et vous ramassez tout ce qui ressemble à un verre. Comment il était, ce verre ?

— Comme j'ai voulu lui faire un brin d'épate, à la duchesse – je savais pas que c'était un gonze, excusez du peu. J'ai sorti mon plus beau verre, c'était le dernier, un cadeau de ma belle-mère. C'est dire !

— Justement, si vous pouviez m'en dire plus.

— Un verre à pied, en cristal de Bohême magnifique avec des reflets rouges et verts.

— Tu as entendu ? Vous devriez trouver ça facilement.

Bompard regretta de quitter l'immeuble sans être monté au septième. Il reviendrait.

34

C'était seize heures trente, l'heure de la visite. Quand il vit le vieil homme, il sut tout de suite qu'il l'avait déjà rencontré. Il faisait partie d'un passé lointain. De son enfance, de sa petite enfance. Mais ça ne faisait naître aucun malaise chez lui, contrairement à ce qu'il avait toujours redouté. Il en déduisait qu'il avait dû être bienveillant à son égard. Il s'approcha. Les deux cousins étaient assis sur un banc non loin de lui. Légèrement en retrait, il les observait.

— Pour une fois que je retrouve un élément du puzzle, il faut que ce soit un Alzheimer. C'est pas de bol.

Bompard parlait tout seul. Il regarda, inquiet, autour de lui, se disant que ce n'était pas le lieu où avoir ce type de fantaisie.

— Faudrait quand même pas qu'ils décident de me garder.

Comme il continuait à parler tout seul, le regard du vieil homme se posa sur lui.

— Je suis venu avec un ami, intervint le cousin précipitamment. Il s'appelle Chrétien.

Quelque chose, soudain, le raccrochait au monde des vivants. Son regard s'éclaira.

— Oh ! Crétin. Comment tu vas ? C'est gentil d'être venu me voir.

Il regardait les pieds du commissaire qui, lui, poursuivait son raisonnement.

« Cet homme me connaît, se dit Bompard en évitant de lui sourire afin d'être aussi lisse que possible. Or s'il me connaît et si la duchesse fréquentait cet immeuble, ça veut dire que j'ai mes entrées dans la noblesse. »

— Tu as pas mis tes patins, c'est bien, lâcha le vieux dans un pâle sourire. Tu peux en faire, mais pas dans la loge. Je ne veux pas que tu rentres dans la loge avec des patins. C'est pas compliqué.

« C'est vrai que c'est pas compliqué », se dit Bompard en regardant ses pieds

— Ah ! À propos de patins, il faut pas non plus que tu en fasses dans le couloir du septième : ça fait du bruit, les gens se plaignent. Même s'il y a pas mal de bras cassés là-haut, ils ont quand même droit au bonheur. Tu crois pas ?

Il regardait fixement Bompard qui se demandait ce qu'il pouvait bien percevoir de lui. Lui qui ne parvenait pas à retrouver la mémoire de ses huit premières années faisait face à un vieillard qui avait perdu la sienne et ne voyait en lui que l'enfant qu'il avait connu. Au risque de rompre le fil ténu qui les reliait, il s'aventurait.

— Si, si, je suis d'accord.

— Bon, alors c'est réglé.

— Mais là-haut, au septième, tout a brûlé.

Immédiatement le visage du vieux se ferma. Il sombrait lentement dans l'oubli. Bompard lui envoya une corde.

— L'incendie. Vous vous souvenez ?

Le vieillard répéta plusieurs fois la question du commissaire et fut soudain très agité. Incapable de saisir la corde, il se laissait couler.

Il se leva péniblement et traversa le jardin au bras d'une infirmière.

Bompard et Joseph le regardèrent s'éloigner. Bompard aurait bien aimé le retenir, comme on s'efforce de retenir un rêve au petit matin. Mais le rêve s'évanouit, et le souvenir aussi.

— Je suis désolé.

— Moi aussi.

— Crétin. C'est pas très agréable. Il sait pas trop ce qu'il dit…

— Au contraire. Mais, à votre avis, le patin, c'est comme le vélo, ça ne s'oublie pas ?

Il reviendrait dans ce lieu.

Ils rentrèrent à Paris en RER.

— Quand vous m'avez dit que vous veniez avec moi voir le cousin, je me suis dit « chic, je vais y aller en voiture ! » Mais que nenni. Vous avez votre permis au moins ?

— Oui, mais j'ai horreur de conduire, surtout pendant les enquêtes, enfin disons que si je peux m'en passer…

— Vous êtes vraiment un drôle de flic !

35

Bompard enfila son blouson.

— Où vous allez, patron ? Vous avez besoin de nous ?

— Lâche-moi un peu, tu veux ! Je reviens !

Il avait surtout besoin de marcher et d'être seul. Il repensait à Mathilde et à son histoire de film étirable. Il avait besoin de se faire sa propre idée.

Il était déjà de retour au commissariat que *Nostalgia* vibrait dans la poche de son blouson. Mathilde, qui avait bien compris la leçon, l'appelait. Rassuré le temps d'un « allô », il se dit, tout de suite après, que même un coup de fil de l'heure n'était pas un gage de sécurité ; et alors qu'elle essayait de rendre l'obligation légère, il se mit sans le vouloir vraiment à énumérer mentalement tout ce qu'un malade pouvait faire subir à une femme en une heure. Il aurait pu hurler. Il domina sa peur. Avant de raccrocher, il lança le plus naturellement du monde :

— On dîne ensemble ?

— Si c'est moi qui choisis le restau, sinon c'est pas décapitée que je vais finir, mais bouffée par les triglycérides et le cholestérol.

Son rire forcé le glaça.

Comme il allait accrocher son blouson au portemanteau, il lança le film sur le bureau de Machnel qui regarda, perplexe, l'accessoire de cuisine.

— Et ?

— Et tu te colles ça sur le visage.

Avant de quitter la pièce, il crut bon de préciser :

— Bien sûr, tu laisses rentrer l'air sous les narines et au niveau de la bouche, mais tu lisses le film le plus possible.

Déjà sorti du bureau des deux lieutenants, il fit demi-tour. Machnel ouvrait le paquet.

— Et tu mets quelque chose sur la tête, un chapeau, une casquette… ce que tu trouves. Je reviens.

Mais Machnel avait d'autres projets : il attendait un coup de fil très important de Piotr, son indic. Il était presque sur le point de rembobiner le film des statues et se réjouissait à l'idée de pouvoir le faire visionner très vite à son commissaire.

Un échange avec Piotr lui demandait toujours beaucoup de vigilance. Il avait alors l'impression d'être en équilibre sur un fil au-dessus du monde des voyous. Un faux pas et c'était la chute ! Pour mener à bien son entretien, il avait besoin d'être libre de ses mouvements et de ses mâchoires. N'ayant en outre jamais été très attiré ni par le carnaval ni par Halloween, Machnel n'hésita pas à manipuler son emploi du temps, avançant d'une bonne demi-heure son rendez-vous téléphonique, et à noircir sa légère tendance à la claustrophobie.

Voyant Machnel au bord de la crise d'apoplexie rien qu'à l'idée de jouer les paquets-cadeaux, Grenelle se porta volontaire.

Quelques minutes plus tard, Bompard n'arrivait pas à lâcher des yeux Grenelle empaqueté dans le Cellophane. Il était là, homme plastifié, les cheveux recouverts par une écharpe enrubannée façon chéchia. Il était évident que le tueur n'avait pas cet aspect, mais quelque chose rapprochait pourtant Grenelle du portrait-robot.

Il demanda à Machnel de le prendre en photo.

— Bon, tu vois le magasin de farces et attrapes, à l'angle de la rue ?

— Faites-moi rire !

— C'est pas l'heure !

— Non. Fête, émoi, rire !

— Subtil !

Le portable de Machnel se mit à vibrer. Comme le lieutenant, soucieux d'être au calme, s'apprêtait à s'isoler, Bompard l'apostropha.

— Et n'oublie pas qu'au jeu qui-manipule-qui, c'est toi qui mènes la danse.

— Pas de souci, patron.

— Alors, ça va.

— Allô ! Machnel prit l'appel et sortit du bureau.

Le commissaire se retourna vers Grenelle.

— Alors, soit tu as besoin de faire respirer ta peau de bébé, tu enlèves ton truc de momie… Momie, tiens… soit ton personnage et toi ne faites déjà plus qu'un et tu prends le risque de te faire embarquer.

Tu fais ce que tu veux, mais il me faut des barbes dans un quart d'heure.

— Dans un quart d'heure, la barbe !

— Je suis pas d'humeur, je t'assure !

Grenelle se regardait dans la glace : il était tout rouge.

— Il y a des primes pour ce genre de connerie ?

— Tu peux toujours demander.

— Bon, je prends quel type de postiche ?

Il regardait le tableau.

— Un peu de tout. L'homme est éclectique. Moustaches fines, barbes fournies, mais pas uniquement. Notre homme est un fou du travestissement, le champ du possible est immense. Bompard pensait à la duchesse.

— On va attendre que Machnel soit dispo pour l'explorer plus avant, si vous le voulez bien, lança Grenelle, amusé, en sortant du bureau.

— Eh ! T'oublies pas la colle.

— La colle, bien sûr.

Il était cette fois dans le couloir quand la voix de Bompard retentit.

— Eh !

Il rebroussa chemin et passa sans dire un mot la tête dans l'encadrement de la porte.

— Il faut du talc aussi.

Il accusa réception d'un signe de tête et disparut.

Bompard était très sensible à la discrétion de Grenelle. Il se demanda si les adultes qui l'entouraient, quand il était enfant, lui avaient fait passer le goût de poser des questions ou si déjà, à cette époque, il était très discret. Il faudrait qu'il le lui demande. Peut-être que lui saurait répondre à ce type de question…

Quand il le vit, un quart d'heure plus tard, grimé en tueur, c'est une autre question qui lui vint à l'esprit. Il s'avança sans le lâcher du regard et lui lança, au moment où Machnel revenait dans le bureau, un « Pourquoi tu tues toutes ces femmes, hein, pourquoi ? » à vous faire basculer dans la folie.

Mais ses hommes le connaissaient.

— Rien ne me vient, patron, je suis désolé.

— C'est pas grave. Est-ce que tu peux bouger les yeux dans tous les sens ?

Machnel se demanda si c'était le moment de leur révéler ce qu'il venait d'apprendre et décida que cela pouvait attendre.

Bompard observait attentivement le clone de l'assassin qui venait de prendre corps sous ses yeux. En réalité, les deux lieutenants, de leur côté, observaient Bompard qui, au bout d'un moment, lâcha un « vaguement » qui répondait à la question que ses hommes n'avaient pas posée : « Est-ce que ça vous rappelle quelque chose ? » Et il reparla du mot sur la langue, de cette impression qu'il avait de savoir, mais d'avoir rangé ses souvenirs dans les mauvais tiroirs et de ne pas pouvoir les retrouver.

— En fait, c'est le bordel, quoi ! Bon, tu prends des photos sous tous les angles, avec barbe, moustache, collier.

Il demanda à Grenelle de se mettre à côté du tableau.

— C'est évident qu'il ne sort pas comme ça.

— Pour Halloween, il pourrait passer inaperçu.

— Mais c'est aussi évident qu'il y a quelque chose entre l'œuvre de l'artiste et ce que je vois là. Mon pauvre Grenelle, tu dois étouffer là-dessous.

— La mascarade est finie ?

— Attends un peu, j'ai pas encore fini, lança Machnel qui prenait à cœur son rôle de photographe.

— Ne bougez pas, je reviens.

Bompard s'absenta du bureau une minute et revint une casquette à la main.

— C'est la casquette de Benoît : ne va pas la lui bousiller avec ton talc.

Le brigadier Benoît était méticuleux.

Grenelle changea immédiatement de couvre-chef.

— Ah ! c'est déjà plus crédible.

Machnel changeait d'objectif. Bompard précisait le sien.

— Tu vas travailler les photos sur Adobe : si tu pouvais lui creuser les joues, ce serait bien.

— Dites tout de suite que je suis gros.

— C'est ce côté poupin que tu as…

Bompard était maintenant dans son bureau, collé à la fenêtre, à se dire qu'il pourrait faire tirer deux mille photos en format A3 et en recouvrir le quartier de Notre-Dame. Il imagina, le temps d'un délire, une grande campagne d'affichage. Il alla même jusqu'à poster deux hommes en civil, vingt-quatre heures sur vingt-quatre, tout près de chaque affiche, qui coffreraient tout individu, grand, mince, aux mains effilées, qui aurait une réaction suspecte. Il demanderait un coup de main à l'armée, si besoin était. Il divaguait et son besoin de nicotine ne l'aidait pas. Ses doigts s'amusaient avec un vieux briquet qu'il avait retrouvé dans la doublure de son blouson. Il tripotait l'objet nerveusement en pensant à l'individu au visage inexpressif. Il cherchait l'inspiration.

— Alors, feu follet, qu'est-ce qu'on t'a collé sur la gueule ? Hein, salopard ?

La tête du briquet, à force de rouler sous le pouce droit de Bompard, devint brûlante. D'un geste réflexe il balança l'objet à l'autre bout de la pièce. Et ce n'est pas uniquement parce qu'il venait de comprendre le frottement qui était à l'origine du feu qu'il se précipita dans le bureau des deux lieutenants.

— Machnel, tu me cherches un maximum d'informations sur les grands brûlés, les techniques de réparation, le type de chirurgie adaptée, les substituts de peau. Quels sont les matériaux utilisés et depuis quand on les utilise…

— Ah, mais bien sûr ! C'est un grand cramé, ce nase, s'exclama Machnel.

— Mais le truc, c'est que ça lui a cramé les neurones, ajouta Grenelle.

— Je crois pas : je crois au contraire que c'est un mec très intelligent et très abîmé. Il me faut aussi les noms des spécialistes. Machnel, pour ton dossier sur les grands brûlés, tu ratisses large. Tout m'intéresse et si tu peux m'avoir un rencard avec un ponte au passage, c'est pas plus mal.

— Je fais mon possible.

— Et, au fait, ton indic… Qu'est-ce que ça a donné ?

— Il dit qu'il y a des bruits qui courent dans le milieu. ça pourrait être un jeune.

— Un jeune, du milieu, qui s'intéresserait à des têtes de statues, s'étonna Bompard. Et on sait pourquoi ?

— Il creuse la piste et il me rappelle.

— Hum…

36

Quand Bompard entra dans le bureau de ses lieutenants, Machnel était tout seul, au téléphone. Il mettait un terme à une communication personnelle.

— C'est pas cool de me planter comme ça, au dernier moment. En fait, t'es qu'un sale pédé. Allez, salut.

Bompard n'aima pas le ton de ce qu'il venait d'entendre mais décida de ne pas intervenir, même si ça le contrariait. Machnel avait raccroché.

— À quoi vous pensez ?

— À Shéhérazade, mentit Bompard.

— Shéhérazade ?

— Oui, les *Contes des mille et une nuits*, ça te dit quelque chose ?

— Ouais, j'ai vu un film qui s'appelait comme ça, une nuit à cinq heures du mat, sur M6 : c'est chaud. Ils se font pas chier, les bougnouls.

— Alors tu vois, les bougnouls, les sales pédés, enfin tous ces trucs, avec moi, c'est pas possible. Et pourquoi pas les youpins, tant qu'on y est ? Alors c'est très simple : soit tu changes ta façon de voir les choses et de les exprimer, soit tu changes de service, pour incompatibilité profonde.

Le visage de Machnel était complètement chiffonné.

— Patron, c'était juste une façon de parler !

Il posa sur Bompard un regard limpide et le commissaire sut à l'instant même qu'il avait devant lui un homme qui n'était pas raciste. Sa colère tomba aussitôt, mais l'énervement persistait. La différence était ténue.

— C'était juste une façon de parler ? Et tu es trop con pour comprendre que, justement, ça dit des choses sur le mec qui parle, la façon dont il parle ? Alors là ! c'est la maternelle !

Il alla dans son bureau chercher un truc dont il n'avait pas besoin, ce qui est communément appelé un prétexte, et revint avec son carnet qu'il ne prit pas la peine d'ouvrir.

Il était de nouveau tout à fait calme.

— Alors, Shéhérazade ! À cette heure-là, j'imagine que c'était la version hard… Et tu te souviens ?

— Oui, c'est mieux que le Viagra.

— Mais à part ça ? De quoi mouraient toutes ces femmes, tu te souviens ? Parce que là aussi, c'était l'hécatombe. Tu te souviens ?

— Ben, vaguement…

— Écoute, mon vieux, y a pas que la bite dans la vie.

Machnel ne souriait plus. Cette fois, il l'avait vraiment vexé.

— Bon, efface ce que je viens de dire… on rembobine, tu veux ? Allez, c'était très con.

Machnel ne s'était toujours pas déridé.

— Et puis il faut le prendre d'où ça vient, d'un quadra cerné par des femmes sans tête, qui de surcroît a été abandonné par la femme de sa vie et qui depuis bande mou. Enfin mou, je m'entends…

Machnel, qui feignait d'être perdu dans un dossier, leva la tête, rayonnant.

— C'était de la jalousie. Mais, pour en revenir à Shéhérazade, elle a sauvé sa tête en parlant. Elle racontait une histoire qui n'en finissait pas et comme le roi, Shahryar je crois, devait la décapiter avant le lever du jour, il remettait toujours la tâche à la nuit suivante, pour connaître la fin de l'histoire, ainsi de suite jusqu'à mille et une nuits…

— En ce qui concerne notre affaire, c'est pas après une nuit d'amour. Pas de traces de rapports sexuels.

— Consentis ou pas. Alors, qu'est-ce qu'on sait ? Qu'il n'y a pas eu de violence, que les filles n'étaient pas vierges. Et moi, ce que je pense c'est qu'il n'est pas beau, pas beau du tout, voire monstrueux. Non, je ne pense pas qu'il soit émerveillé par la puissance de la vierge, le premier homme… enfin, tu vois quoi. Ce qui est aussi le ressort des pédophiles. Non, j'étais plutôt parti sur la piste des contes, pas tant pour sa libido que pour sa culture familiale. Est-ce que c'est quelqu'un à qui on a raconté beaucoup d'histoires ?

Grenelle fit irruption dans le bureau de Bompard.

— Patron, le doc nous attend à la morgue.

L'Orient refermait ses portes.

— OK. On y va. J'espère que le Palais-Royal va nous livrer autre chose que sa comptine.

Bompard, toujours très vif, était déjà dans le couloir et attendait Grenelle. Il en profita pour régler deux ou trois choses avec Machnel.

— Dis donc, tu as eu les types du cadastre pour le chantier ?

— Oui, mais ils n'ont pas pu me renseigner. Ils devaient me rappeler. Je pense qu'ils ont un bug informatique.

— Rappelle-les. Dis-leur que c'est urgent. J'ai absolument besoin de savoir ce qu'il y avait dans ce chantier. Il n'a pas pris tous ces risques pour rien ! Je veux connaître l'histoire de ce lieu. Bon. On y va ?

Bompard commençait à s'impatienter.

Le téléphone sonna sur le bureau de Machnel.

— Bonjour monsieur le divisionnaire. Le commissaire ?

Il regarda Bompard dans les yeux, qui lui fit un signe de la main qu'il n'eut pas de mal à interpréter.

— Ah non ! Il vient juste de quitter son bureau… Je le lui dirai, et il raccrocha.

Et comme Grenelle apparaissait dans le couloir :

— D'ailleurs, ce n'est même pas un mensonge, on file ! On passe par Montmartre. J'ai un truc à demander aux frangines.

Grenelle gara son véhicule banalisé sur le haut de la Butte.

— Je vous accompagne ?

— C'est pas la peine de les effrayer, je vais pas être long.

La supérieure, qui n'était pas femme à se laisser effrayer facilement, le reçut dans une salle austère. Ils reparlèrent bien sûr de Lolita Berge. Mais la nonne qui l'avait prise en charge au sein de la communauté étant en déplacement, le commissaire n'en apprit pas davantage. Il souhaitait maintenant aborder une autre question.

— Je sais que ce n'est pas la vocation première de votre lieu de cacher des gens, mais est-ce que vous pourriez me rendre un service ?

— Détrompez-vous, vous savez ce qu'on dit des voies du Seigneur… Quel est votre souci ?

Il parla très succinctement de l'enquête, fut plus disert sur le cas de Mathilde.

Il raconta la prime sur internet, son appartement visité, l'adresse de Mathilde qui circulait sur le Web. Son débit devenait plus rapide, il s'enflammait.

Elle se leva.

— Je crois que j'ai compris… Considérez que cette demeure vous est ouverte.

Et comme elle le raccompagnait vers la sortie, elle ajouta :

— J'espère que vous savez que vous êtes toujours amoureux de votre ex-femme.

37

Quand *Nostalgia* résonna dans le bureau, Bompard sut tout de suite qu'il y avait un problème… Il n'était que quinze heures quarante-huit et Mathilde ne devait pas téléphoner avant seize heures. Il se précipita sur son téléphone, se ravisa et respira profondément avant de prendre la communication. Au bout du fil, personne ne parlait. Bompard lui aussi se taisait. Autour de lui, tout semblait s'être figé, son corps était d'une tension extrême, inconnue de lui jusqu'alors, une sorte de blocage des fonctions vitales. Même l'aiguille de sa trotteuse s'était arrêtée de tourner. Grenelle, qui avait vu la scène par la porte vitrée du bureau, s'était précipité. Il n'y avait pourtant rien à voir, mais l'absence totale d'action rendait justement l'atmosphère inquiétante. Prêt à agir, il attendait un signe du commissaire. Ça n'allait d'ailleurs pas tarder.

— Localise le téléphone de Mathilde et téléphone à Richard.

Il parlait à voix basse. Dans le bureau, le silence grondait. Grenelle sortit sur la pointe des pieds et donna des consignes rapides à Machnel et à deux brigadiers. Chacun faisait ce qu'il avait à faire. Grenelle, qui était de nouveau aux côtés de Bompard, ne le lâchait pas des yeux. L'oreille collée au portable, le commissaire remontait lentement. Au bout du fil une respiration se faisait perceptible. Bompard prit son élan.

— Alors, feu follet, on passe à l'attaque ? Mais tu sais, tu crois avancer un pion, or tu te trompes, tu ne fais que reculer… Qu'est-ce que tu vas faire de Mathilde ? Encore une femme. Une tête de plus. C'est pas ce qui t'intéresse, au fond. Je le sais. Et comment je le sais ? Parce que je te connais, je connais ta souffrance.

La respiration se fit plus forte.

Machnel déboula dans le bureau : on venait de retrouver Richard au volant de sa voiture, place de la Concorde, un poignard dans le cœur. D'un geste puissant et nerveux, Bompard cassa en deux son vieux stylo tout mordillé.

— Et la voiture de Mathilde ? murmura-t-il.

— On l'a localisée quai François-Mitterrand : elle se dirige vers Châtelet.

— J'arrive…

Il se déplaçait comme un chat. Le portable toujours collé à l'oreille, il était maintenant devant l'ordinateur de Machnel. Sur un plan de Paris en 3 D, un point lumineux se déplaçait à vive allure.

— Tu as envoyé des hommes ?

— Oui.

— Combien ?

— Quatre voitures.

— Banalisées ?

— Oui.

— Et place de la Concorde ?

— Aussi.

— Il me faut des témoins. On ne bousille pas un type comme ça, en plein après-midi place de la Concorde, sans que personne ne voie quoique ce soit.

Ils parlaient à voix basse : la grand-messe n'était pas terminée. Il se remit à parler d'une voix très douce. C'est ce qui lui demandait le plus d'énergie. Il avait envie de hurler. Il pensa à Shéhérazade, il fallait continuer à parler. Tant qu'il écoutait…

— Je sais que tu en as marre de tuer des femmes… une sorte de lassitude, hein ? C'est trop facile, c'est pas digne de toi. Toi, ce que tu veux, c'est assouvir une vengeance.

Bompard pensait qu'il n'y avait que le désir de vengeance qui pouvait alimenter une telle haine et pousser un individu à prendre de tels risques.

— Toi, c'est moi que tu veux. Mais viens me chercher, mon chaton, je t'attends.

— Vous voulez jouer aux gendarmes et aux voleurs, commissaire Crétin Bompard ?

L'homme sortait enfin de son mutisme.

— Pourquoi tu viens pas ? Tu as peur ?

Un déclic, puis plus rien…

— Et merde.

L'homme avait raccroché. Bompard et Grenelle étaient déjà dans une voiture de service, et, pour une fois, c'est Bompard qui conduisait.

— Tu mets le gyrophare et dès qu'on approche, tu l'enlèves. Ça m'étonnerait qu'il attende à l'angle d'une rue pour observer mes réactions, mais quand même…

Grenelle s'exécuta en silence. Sur sa moto, Machnel les précédait.

« Vous voulez jouer aux gendarmes et aux voleurs, commissaire Crétin Bompard ? » Le commissaire répétait inlassablement les mots de l'assassin jusqu'à les vider de leur sens.

— Quelque chose cloche… Pourquoi il m'a téléphoné et pourquoi il ne parlait pas ? Pourquoi il n'a pas tué Mathilde sur place ?

— Parce qu'il n'a pas eu le temps.

— Ça n'a pas été très long pour Richard.

— Parce qu'il ne tue pas les hommes et les femmes de la même manière.

Le dialogue était mécanique. Réalisant soudain qu'il était question de la femme de Bompard, Grenelle se refusa de pousser plus loin son raisonnement.

— Eh ben, qu'est-ce qui t'arrive ? Bompard freina brusquement, provoquant une avalanche de coups de klaxon.

— Excusez-moi patron, je…

— Tu quoi ? On est en pleine enquête, on travaille. On cherche à neutraliser un barge qui décapite des femmes. Non ?

— Si, si.

— Alors, quand on fait une enquête, on cherche à voix haute, on énonce des possibilités, on confronte nos points de vue. Vous n'êtes pas d'accord, lieutenant ?

— Si, si ! Depuis quand vous me vouvoyez, patron ?

— Depuis que tu dis des conneries. Et puis, quand un homme est sur le point de s'effondrer, il ne faut surtout pas lui dire « attention, tu vas t'effondrer », il faut juste lui dire le contraire, « ça va aller, ça va aller » : parfois ça marche. C'est comme les grands malades. Il paraît que les cancéreux qui sont dans le déni de leur maladie s'en sortent mieux. Il y a eu une étude là-dessus. C'est intéressant, non ? Alors je te dis haut et fort que je vais sortir Mathilde de ce bordel, que je vais la sauver, tu m'entends ? Et si je vois le moindre doute passer dans ton regard, tu descends sur-le-champ de cette voiture et je change de lieutenant. Tu m'entends ? Regarde-moi dans les yeux.

— Patron, vous allez sauver Mathilde, je serai là, à vos côtés, et ensemble on mettra la main sur ce fumier.

Le regard de Grenelle était franc et loyal. Et rien que pour ce regard, Bompard continuerait à y croire. Il démarra sur les chapeaux de roues.

Un calme apparent était revenu dans le véhicule ; le commissaire fendait les rues de Paris pour aller retrouver la voiture de Mathilde qui avait été localisée sur les quais. Pendant tout le trajet, il tapait de manière compulsive sur la touche 1 de son portable et invariablement il tombait sur la boîte vocale de Mathilde. Ça le rendait fou.

Pendant ce temps, dans le bureau vide des lieutenants plongé dans la pénombre, sur l'écran toujours allumé de l'ordinateur de Machnel, un point lumineux s'était arrêté de bouger.

Bompard reconnut tout de suite la voiture de Mathilde et son cœur s'affola. Il serra le volant de toutes ses forces, prit le temps d'inspirer profondément et sortit rapidement. Jouer de ralentissements et d'accélérations, c'était sa façon à lui de distordre le temps pour avoir l'illusion de le contrôler. Il avança très lentement. Autour du véhicule, un cordon de sécurité était déjà installé. Des hommes en blanc officiaient… Bompard se précipita.

— Des traces de sang ?

— Non.

— Bon. Des traces de lutte ? Des objets cassés ?

— Le portable complètement explosé. Mais ça, c'est un grand classique.

— Rien n'est classique, tu m'entends ? Rien. Il n'y a pas d'habitude, pas de statistiques, pas de protocole. C'est ma femme qui était dans cette voiture ! Tu m'entends, con…

Quand il réalisa qu'il tenait par le col un de ses collègues, il relâcha l'emprise tout de suite.

— Je suis désolé, je sais pas ce qui m'a pris… ou plutôt si, je sais ce qui m'a pris.

— C'est moi qui suis désolé, je ne savais pas.

— Laissez tomber.

Il resta longtemps aux abords de la voiture à observer le moindre détail. Encore plus silencieux que d'habitude, il était totalement absorbé par sa tâche ; il s'attardait sur chaque détail. Les hommes en blanc, précautionneux, continuaient leurs prélèvements. Bompard suivit un instant des yeux un sac en plastique qui contenait les restes du portable de Mathilde. L'état de l'appareil le fit frémir. Il était à peine identifiable. L'homme était donc très en colère, ça se confirmait, mais il était aussi très puissant. Bompard s'était laissé abuser par l'aspect longiligne du tueur. Malgré sa maigreur, l'homme était fort. Bompard s'éloigna légèrement du véhicule. Le ciel était presque noir, la pluie drue, les passants rares. Pourquoi s'était-il arrêté à cet endroit ? Bien sûr, la coïncidence était à éliminer. Pont-Neuf, la station de métro toute proche, n'était pas non plus une piste à suivre. Bompard imaginait mal Mathilde traînée de force dans le métro. À moins qu'elle n'ait été droguée. Cette hypothèse lui tordait le ventre. Il fallait qu'il sorte de cet attachement qu'il avait pour Mathilde s'il voulait la sauver. Bompard continua son raisonnement : soit l'homme avait abandonné la voiture de Mathilde parce qu'il habitait tout près, soit il avait laissé son véhicule dans les parages, soit il avait un complice. D'emblée le commissaire abandonna la piste du complice.

— Les *Serial Killers* sont souvent des solitaires.

Restait la piste du véhicule dans les parages.

Ses deux lieutenants venaient le rejoindre.

— Qu'est-ce qu'on fait, patron ? On voit si quelqu'un a remarqué quelque chose ?

— Oui, allez-y. Y a pas grand monde, mais allez-y. Montez aussi dans les apparts. Ceux qui ont des fenêtres qui donnent sur la voiture de Mathilde.

Il ressentit une douleur très vive dans le côté gauche du thorax.

— Et appelez aussi les flics.

— Les flics ?

— Ceux qui verbalisent. Tu les appelles comment ?

— Les flics.

— Vois s'ils n'ont rien remarqué. S'ils pouvaient avoir verbalisé le véhicule de ce malade… mais ça n'arrive que dans les films.

Il pensa à *La Femme infidèle*, de Chabrol, que Mathilde lui avait fait découvrir quand ils étaient étudiants. Michel Bouquet se faisait pincer parce que sa voiture, mal stationnée, était verbalisée alors qu'il était en train de tuer l'amant de sa femme.

— Mais la différence, c'est que notre homme est un vrai prédateur alors que Bouquet est un assassin amateur. Il faut le voir dire à sa femme, quand les flics viennent le chercher, « Je t'aime comme un fou ». Avec sa gueule tout étriquée de premier de la classe, je t'aime comme un fou. C'est magnifique !

Ses lieutenants ne cherchèrent pas à comprendre, habitués qu'ils étaient aux côtés hermétiques du commissaire.

Et comme ils s'apprêtaient à enquêter autour du périmètre de la voiture de Mathilde, Machnel se souvint :

— À propos… à propos de rien, d'ailleurs, j'ai l'info pour le chantier.

— Ah. Et c'était ?

— Une caserne de pompiers.

— Le feu. Encore le feu. Alors, salopard, on joue avec le feu ?

Il se tut… et comme d'habitude sortit de son silence de manière surprenante :

— Tu voulais être pompier, toi, quand tu étais petit ?

— Pompier ? Moi ? Non ! Pourquoi ?

— Je sais pas. Comme ça… parce que moi, je me souviens pas.

Il s'était remis à pleuvoir.

C'est à ce moment-là que ses yeux se posèrent sur des traces sur le bitume, côté conducteur ; des traces légères que la pluie menaçait d'effacer. Il ouvrit la portière de la voiture de Mathilde et, levant les yeux, distingua dans leur prolongement, sur le caoutchouc noir dont la fonction est d'amortir le choc de la portière, des marques de petites roues. Il fit mettre une bâche pour protéger sa trouvaille et demanda aux hommes en blanc de faire leur travail.

Le salopard !

— Vous pensez à quoi, patron ?

— À une chaise roulante. Il devait être garé tout près ; il a demandé à Mathilde de s'arrêter sous un prétexte quelconque et puis… il l'a droguée, je vois que ça, et il est allé chercher la chaise qu'il avait dû laisser dans le coffre de sa voiture. Et puis, il est revenu la chercher tranquillement.

— Et il a fait tout ça sans que personne remarque quoi que ce soit.

— Pire que ça. On l'a peut-être aidé.

— Putain, merde.

— Vous, cherchez partout dans le quartier si quelqu'un a remarqué notre homme poussant une chaise roulante… Vous insistez surtout sur la chaise, c'est du concret, parce que lui… Vous faites aussi les boutiques qui vendent ce genre de chose.

38

— Je suis sûr qu'il habite l'île de la Cité.

— En général, les *Serial Killers* tuent près de chez eux ou pas ?

— J'en sais rien. Je m'en fous…

Machnel se demandait pourquoi il avait réagi, pourquoi il s'était lancé dans ce truc, mais c'était trop tard.

— Je ne suis pas un historien du crime ; je me fous des tendances, des mouvements, des époques.

— Mais il y a des points communs entre deux types, parfois… Non ?

Machnel ne savait toujours pas pourquoi il continuait…

— J'ai jamais abordé une affaire avec ce genre de truc en tête. Après, quand l'affaire est bouclée, on fait des recoupements, c'est plus théorique, mais pendant, c'est juste une histoire humaine avec beaucoup de peur et de souffrance.

Machnel, mal à l'aise, envoya une banalité.

— Bien sûr, il n'y a pas que les victimes, il y a aussi leurs proches…

— Et n'oublie pas l'assassin : de ce côté-là aussi, il y a beaucoup de souffrance. Je vais dormir une heure et après, quand j'aurai entendu les témoins de Concorde, j'irai rôder du côté de Notre-Dame. Tu me réveilles. Si je veux avoir les idées en place, il faut que je dorme un peu. Si Mathilde était morte, il nous l'aurait déjà fait savoir. Elle est donc vivante et si elle est encore vivante, c'est parce que c'est moi qu'il veut…

Bompard s'endormit en parlant. Machnel remonta la couverture sur le commissaire avant de quitter son bureau.

Les témoins de l'agression de Richard avaient défilé ; le dernier venait de quitter le commissariat. Bien sûr ils étaient nombreux place de la Concorde, et bien sûr ils n'avaient pas vu grand-chose.

Bompard faisait le point avec ses deux lieutenants qui avaient assisté à l'audition.

— Bon, qu'est-ce que vous en avez retenu ?

— Que tu mets un flic à la circulation et qu'en moins de dix minutes, tu as un bordel sans nom, essayait de plaisanter Machnel.

Bompard apprécia la démarche qui se voulait légère. Il continuait néanmoins.

— Notre homme est très fort.

— Oui… et il n'a peur de rien. Combien de temps il faut pour foutre le bordel, place de la Concorde ?

— Machnel t'a répondu : ça peut se faire très vite. Donc, il a fait en sorte que la circulation soit quasiment impossible. Il savait que Mathilde allait passer par là.

Le nom de Mathilde fut le détonateur. Il ouvrit une parenthèse où il fut question d'itinéraire dont elle aurait dû changer, de ses conseils à lui qu'il n'avait pas su dispenser avec force, de son incapacité à la protéger, elle et toutes les femmes, d'ailleurs. Vint à l'esprit de Grenelle qu'il pourrait ne plus jamais refermer cette foutue parenthèse et se laisser sombrer dans la folie.

— Et une fois que les voitures étaient pare-chocs contre pare-chocs, il s'est dirigé vers la voiture de Richard.

« Mais non », se dit Grenelle. La tentation de la folie s'était éloignée et il avait de nouveau devant lui le flic qu'il admirait tellement.

— Mais comment un type brillant comme lui a pu se faire avoir ? maugréait Bompard.

— Un flic. Un collègue. Il s'est pas méfié.

— Et là, à ce moment précis, on l'a sûrement vu… Poignarder quelqu'un place de la Concorde, en plein embouteillage, c'est pas discret, discret.

— Et personne n'est intervenu ! s'exclama Grenelle la voix pleine de reproches.

— Les gens sont pétés de trouille, lâcha Machnel au bord de l'écœurement.

— Je parlerais plutôt de sidération… et puis vous oubliez une chose : le manque d'espace entre les voitures.

Bompard ne sut pas si le « Trop fort ! » pubère de Machnel lui était adressé ou s'il saluait l'habileté de l'assassin qui décidément pensait à tout. Il continuait son raisonnement.

— Alors, il s'est changé. Mais où ? Putain. Il pouvait pas prendre le risque de se faire repérer. D'accord ? Mais comment se désaper, place de la Concorde ? Il avait pas de voiture : on n'a rien retrouvé, et puis, personne l'a vu monter dans une voiture. Alors, entre deux bagnoles en stationnement ? C'est pas la peine d'y penser. Il y a pas de travaux en ce moment sur la place, donc pas d'Algeco. Et les premiers commerces sont trop loin de l'endroit où l'on a retrouvé la voiture de Richard. À moins…

— Oui ?

— À moins qu'il y ait des…

— Oui ?

— Juste au-dessus de vespérales, même si ça n'a rien à voir… en douze lettres ?

Le silence de ses deux lieutenants l'obligea à préciser sa pensée.

— Vespasiennes ! Juste au-dessus de vespérales… dans le *Petit Robert*.

— Vous voulez dire chiottes, intervint Grenelle, qui épargna à Machnel l'affront d'avoir à demander des éclaircissements.

— Je préfère vespasiennes, c'est plus élégant.

— Ah mais oui, il y a des chiottes place de la Concorde, je suis formel, réagit vivement Machnel, happé par le souvenir d'un échange sexuel bref et intense quelques semaines auparavant dans lesdites vespasiennes.

— Alors tu sautes sur ta moto et tu vas voir ce que tu y trouves. Tu appelles les mecs du labo à la rescousse.

Bompard n'avait pas terminé sa phrase que Machnel avait déjà son casque sur la tête.

Le lieutenant croisa un jeune qui arrivait en bougonnant. Il expliqua qu'il n'avait jamais été licencié, pour la bonne raison qu'il n'avait jamais travaillé ; mais que cela ne l'empêchait pas de réfléchir toute la journée à ce qu'il pourrait faire pour trouver de l'argent. Sa mère avait beau lui répéter : « On ne trouve pas de l'argent, on le gagne, et je vais te dire, moi, ce que tu pourrais faire pour avoir de l'argent : travailler. » Il la laissait parler et passait ses journées vautré dans le fauteuil de son pauvre père mort au travail, à regarder l'info en continu. Il était incollable sur le printemps arabe, le tsunami japonais, la mort de Ben Laden, celle d'Amy Winehouse, et même les rebondissements de l'affaire DSK, dont tout le monde commençait à se désintéresser, n'avaient aucun secret pour lui. Mais il ne savait toujours pas comment trouver de l'argent. Un jour cependant, posant son regard dans une autre direction, il vit, au bas de l'écran de son programme préféré, un bandeau défiler. Ce n'était pas vraiment un contrat de travail, mais il en fit tout de même une affaire personnelle. Il lisait : « Vous avez filmé un événement, contactez-nous, ça nous intéresse. » Cette simple phrase sonna comme une promesse d'embauche. Sans perdre de temps, il se saisit de son portable ; il connaissait bien la fonction caméra pour avoir à moult reprises filmé, de ce même fauteuil, les infos en continu. Il se leva.

Et c'est ainsi qu'après avoir traîné dans les rues de la capitale des jours durant à la recherche d'un événement, il se retrouva place de la Concorde. Un rendez-vous avec l'histoire en quelque sorte.

— Putain, je m'étais dit, avec ça (il montrait son portable), chez BFM c'est la tune, la gloire et la tune. C'était putain trop cool ! Mais j'ai eu le malheur d'en parler à ma mère et là, c'est la putain d'embrouille. Elle a commencé à me prendre la tête avec le devoir, les trucs de citoyen. Ah, elle est prise de tête ma mère, elle est de gauche. Elle m'a bien fait douter et comme je savais plus quoi faire, je suis venu vous voir. Je m'excuse d'avoir été si long, mais il fallait quand même que je vous explique tout ça.

— C'est pas grave, marmonna Bompard qui n'arrivait pas à lâcher du regard le portable.

Grenelle téléchargea la vidéo sur l'ordinateur de Machnel.

Bompard et Grenelle avaient les yeux rivés sur l'écran. Tout était là. On voyait parfaitement l'agent de la circulation s'approcher de la voiture de Richard, deux doigts sur le képi, la vitre côté conducteur se baisser lentement vers une mort certaine… Le commissaire ignorait qu'à ce moment très précis Grenelle avait envie, lui aussi, de hurler : « Attention, Richard, il va te tuer ! » Personne ne hurla. Guignol avait baissé le rideau. Ils laissèrent ces réactions aux enfants qu'ils avaient été. Les adultes qu'ils étaient devenus se contenteraient de somatiser plus tard. Le film continuait son implacable narration, le rythme s'accélérait.

On vit l'agent de police se frayer un chemin à travers les voitures et se diriger vers…

— Les toilettes. Vous aviez raison.

La caméra s'éternisa alors en plan fixe sur les toilettes dont on ne voyait pas la porte.

— C'est que je voulais pas le perdre, l'enfoiré, expliqua Léonard, le grand reporter.

— Et c'était une bonne idée, le félicita Bompard sans pour autant lâcher l'écran des yeux.

Il était clair que le caméraman n'osait pas poser son œil ailleurs. En hors-champ, des cris laissaient imaginer la réaction des automobilistes coincés découvrant le corps de Richard.

Grenelle frissonna.

Bompard serra les mâchoires.

Sortit enfin des vespasiennes un magnifique transsexuel qui se dirigea vers la voiture de Mathilde qui était de l'autre côté de la place et qui n'avait rien vu. Il marcha en ondulant des hanches au milieu des voitures et fit un geste à Mathilde qui lui ouvrit la sienne.

— Je comprends pourquoi elle l'a laissé monter dans sa voiture.

— Pourquoi ?

— Les transsexuels. C'est le sujet de son prochain film. Mais comment ? Ça veut dire qu'il l'a contactée, et pourtant elle avait changé de portable… Putain, sa boîte de prod ! Tu me les trouves.

— Comment ils s'appellent ?

— Je sais pas.

Bompard se leva brusquement pour mettre un terme à la projection. Il raccompagna Léonard.

— Merci beaucoup : votre film va nous être très utile.

L'artiste avait l'air déçu.

— Mais alors… la tune et la gloire ?

— La tune et la gloire… Grenelle !

Grenelle surgit dans le couloir.

— On a toujours la caisse des anniversaires ?

— Oui, mais…

— Est-ce que tu peux donner cent euros à ce jeune homme ?

— Mais c'est pour les anniversaires !

— Justement, c'est son anniversaire.

Quant à la gloire, il fut décidé qu'une fois l'enquête bouclée, le film serait envoyé à la chaîne de l'info.

Le jeune quitta le commissariat confiant en son avenir.

Bompard et son lieutenant visionnèrent une nouvelle fois le film. La première fois, l'attention du commissaire avait été happée par la mort en quasi-direct de son ami Richard et par l'enlèvement de Mathilde.

Et tout à coup lui sauta aux yeux que l'homme qui s'était changé ressortait des toilettes les mains vides. Il avait juste en bandoulière un petit sac de femme. Qu'est-ce qu'il avait bien pu faire de son uniforme ? Ils passèrent plusieurs fois le plan au ralenti. Comment s'était-il débarrassé de sa tenue ? Y avait-il une poubelle derrière les toilettes ? C'était difficile à établir avec certitude à cause d'un angle mort.

— J'en ai pas la moindre idée, avoua Grenelle.

Bompard allait téléphoner à Machnel quand le téléphone sonna.

Le commissaire décrocha vivement

— Oui.

— C'est décevant, patron. On n'a pas trouvé grand-chose : un bouton, un peu de boue. Et on a relevé les empreintes.

— Un peu de boue… On verra ce que tout ça nous raconte. Il y a une poubelle près de la sortie ?

Après vérification, le lieutenant assura que non.

— Et une bouche d'égout ?

— Non plus.

— Bon. À tout à l'heure.

Bompard n'était pas satisfait. Quelque chose le chagrinait. Ses pensées tournaient autour d'une constatation : l'homme était maniaque, voire obsessionnel, il n'avait pas pu abandonner son déguisement sous les roues d'une voiture. Et quelle autre solution avait-il ?

Bompard faisait les cent pas dans le bureau de ses lieutenants. Grenelle, immobile, l'observait. Il décrocha soudainement le téléphone.

— Tu es toujours sur place ?

— On allait partir.

— Regarde s'il n'y a pas un faux-plafond.

— Un faux-plafond. Une minute, je vérifie.

— Et tu fais gaffe. Le type n'est pas du genre à mettre des bombes…

— Enfin une bonne nouvelle.

— … mais il pourrait y avoir d'autres surprises. Fais attention.

— C'est sympathique ! J'y suis. Bravo, patron, pour le faux plafond ! Je vous rappelle dans cinq minutes.

Machnel souleva délicatement la dalle de quelques centimètres et glissa un miroir dans la fente. Il salua tout de suite la perspicacité de son commissaire. Un verre lourd était en effet posé en équilibre sur un crayon papier qui lui-même était relié à la dalle et menaçait donc de basculer dès que l'ouverture serait plus importante. Il laissa revenir la dalle vers lui avec d'infimes précautions et décida d'emprunter un autre accès.

Perché sur une échelle à l'extérieur des toilettes publiques, place de la Concorde, le lieutenant était devenu le point de mire des nombreux automobilistes qui passaient par là. Et comme il découpait le toit au chalumeau, il se dit, pour se remonter, que l'efficacité, aussi, était une qualité importante chez un bon flic.

Il saisit tout de suite le verre, qu'il tendit à un homme en blanc qui lui-même le glissa dans un récipient adapté à sa taille, qu'il reboucha prudemment. Toujours en équilibre sur son échelle, Machnel inspectait la cachette. Tout était là : le costume de policier, une perruque, des lunettes, une trousse de maquillage, des chaussures, des chaussettes. Du haut de son échelle, le lieutenant fit passer une à une les pièces à conviction, en se réjouissant à l'idée de pouvoir en extraire l'ADN de l'assassin.

39

Quand la porte du commissariat s'ouvrit, Benoît, le brigadier, dut se lever de son siège pour voir si quelqu'un était bien entré ou si c'était juste un courant d'air. S'il avait mieux regardé, il aurait vu les boucles brunes de l'enfant dépasser du comptoir.

— Ah, j'avais pas rêvé. Qu'est-ce que tu fais là ?

— Vous êtes le commissaire ?

— Ah, non, je ne suis pas le commissaire, non. Et qu'est-ce que tu lui veux, au commissaire ?

— Je dois lui donner quelque chose.

— Et comment tu t'appelles ?

— Léon.

— Léon ?

— Oui, Léon.

Le brigadier trouvait qu'il y avait là un manque d'harmonie patent entre le noir du regard, la vigueur des cheveux, la peau qui sentait le soleil et le prénom qui, lui, sentait plutôt la frite.

— Dis donc, tu serais pas plutôt d'Alger, toi ?

— Ben si ! Et alors ? Je suis Léon d'Alger.

— Ah oui ? Alors voilà ce que tu vas faire, Léon d'Alger : tu vas me donner cette lettre, tu t'assois là et dans cinq minutes je viens te chercher. Ça te va comme ça ?

Léon d'Alger avait remarqué que chaque fois qu'un adulte lui faisait une proposition et qu'il terminait sa phrase par « ça te va comme ça ? », c'était une question qui n'attendait pas de réponse. Il s'abstint donc de tout commentaire et alla s'asseoir.

L'enfant suivit l'homme du regard et se demanda un moment s'il avait eu raison de lui confier la lettre. Il s'était engagé à la remettre en mains propres et réalisait tout d'un coup qu'il n'avait pas vérifié l'état de celles de l'homme en uniforme. C'était trop tard : l'homme venait de disparaître derrière une porte.

— Une lettre pour vous, patron.

« À l'attention du commissaire Bompard. » Il observa l'enveloppe qui lui était adressée sans la toucher : le papier lui parut délicat ; l'écriture, à la plume sans doute, tellement appliquée, lui sembla démodée.

— D'où elle sort ? Qui l'a apportée ? Pose-la là.

— Un gamin. J'ai pensé que vous voudriez le voir. Il est là.

L'homme était fier de son initiative et attendait sans doute un regard reconnaissant de son supérieur. C'était beaucoup demander à Bompard qui était trop malheureux pour se soucier des autres. Il regardait l'enveloppe sans la toucher en se disant que le malheur rendait égoïste, qu'il devait juste faire l'effort de lever la tête et de regarder l'homme dans les yeux.

L'effort était hors de sa portée, il serait donc injuste. Il sortit de son bureau précipitamment et vit tout de suite l'enfant.

— Comment était l'homme qui t'a donné cette enveloppe ?

— Très grande. Avec des lunettes, des cheveux longs.

— Une femme, encore !

— Et elle a de grands pieds.

— Forcément. C'était quand ?

— Là, juste là.

— Et merde. Voilà ce que nous allons faire… Un truc interdit, ça te tente ?

— Super !

Grenelle lâcha un « Patron ! » désapprobateur.

— Oui, je sais… On va faire un tour en voiture, on va essayer de retrouver cette femme, d'accord ?

— Patron, insistait Grenelle.

— Arrête de répéter « patron, patron ». Je sais ce que tu penses mais on n'a pas le choix. Allez, Machnel, Grenelle, dépêchez-vous ! Comment tu t'appelles, toi ?

— Léon : mes copains m'appellent Léon d'Alger.

— Allez, Léon d'Alger, en route et j'espère que tu as les yeux en face des trous.

— Les yeux en face des trous et la langue bien pendue, comme dit ma grand-mère.

— Allez, garçon, on y va.

— Trop cool.

Les trois hommes et l'enfant quittèrent le commissariat.

— Dis donc, Léon, il va sans dire que tu montes jamais dans la voiture de types que tu ne connais pas.

— Même pas en rêve.

— Même pas dans la voiture d'un type que tu connais vaguement.

— Mais non.

— Même d'un flic en uniforme qui déboulerait de nulle part.

L'enfant soupirait.

— On t'énerve ?

— Non, mais ma mère m'a déjà tout expliqué.

— Bon, d'accord. Il n'empêche que tu es dans une voiture avec nous trois et qu'on se connaît pas.

— D'accord. Mais c'est moi qui suis venu dans le commissariat.

— C'est pas faux. Bon, allez on se concentre, on cherche une Berthe aux grands pieds ou quelqu'un qui pourrait lui ressembler. Enlève le gyrophare. Moins on est visible, mieux c'est.

— Oh, c'est trop la classe !

— Si tu le dis...

La voiture banalisée fit plusieurs fois le tour du quartier en vain. Léon, très concentré, scrutait les trottoirs, le moindre recoin.

— Pas de Berthe aux grands pieds en vue, patron ! s'exclama l'enfant qui s'amusait comme un fou.

— Élargis un peu le périmètre.

Ça n'avait rien donné. Bompard n'était pas très surpris. Avant de déposer Léon devant chez lui, il revint sur sa rencontre avec la grande Berthe : l'enfant avait peut-être omis certains détails. Mal à l'aise, Léon affirmait avoir tout dit.

— Tu es sûr ?

— Ben oui.

— Sûr, sûr ?

— Ben oui ! Sauf pour les vingt euros, mais ça c'est pas pareil, c'était pour le boulot.

— Quel boulot ?

— Ben, la lettre.

— Putain, ça fait cher la course.

— Tu me les montres, tes vingt euros ?

— Vous allez pas me les prendre ?

L'enfant, méfiant, rangea aussitôt le billet qu'il venait de sortir.

— Et un échange, ça te va ?

Grenelle en fut pour ses frais. Bompard n'avait jamais d'argent sur lui.

Alors qu'ils pénétraient dans le commissariat, il fit brusquement demi-tour.

— Qu'est-ce qui se passe ?

— Le panneau a disparu.

— Quel panneau ?

— À louer.

— Quelqu'un l'aura volé, lança Machnel.

— Très drôle.

Machnel était encore en train de chercher ce qu'il pouvait ajouter de drôle sur le prix du mètre carré à Paris que Bompard et Grenelle étaient déjà sur le trottoir d'en face. Il traversa : les deux autres s'étaient déjà engouffrés dans l'immeuble.

— L'appartement du premier a été loué ? interrogea Bompard, pressé.

— Ah oui, c'est trop tard, messieurs, lui rétorqua la femme blonde, grasse et puissante qui gérait l'immeuble de son bureau, qu'elle avait installé au rez-de-chaussée.

— Il n'est jamais trop tard ! Bompard sortait sa carte.

— Mais qu'est-ce qui se passe ? Il y a un problème ?

— À qui l'avez-vous loué ?

— À une dame tout à fait comme il faut.

— Avec des grands pieds ?

— Pardon ?

— Nous devons visiter cet appartement.

— Mais c'est que je sais pas si je dois… Vous avez un…

— Mandat ? Non.

— Mais nous sommes en face et ça peut vous être utile.

Ils se mirent tous trois à espérer qu'elle n'allait pas débouler tous les quatre matins, une pile de PV à la main. Machnel dégaina le premier.

— Et vous avez le permis de conduire ?

— Ah, non. Malheureusement.

— Alors c'est parfait, affirma Grenelle.

— Ah bon ? s'étonna la blonde.

— Bon, on peut le voir cet appart ? s'impatientait Bompard.

Elle montait l'escalier d'un pas lourd. Elle n'était pas sûre d'avoir pris la bonne décision, mais se consolait en se disant qu'elle n'avait pas vraiment le choix. Bompard, qui lui emboîtait le pas, se disait, lui, que deux ou trois étages de plus et elle changeait d'avis.

Elle mit la clé dans la serrure en soupirant.

— Merci, vous pouvez nous laisser. On n'en a pas pour longtemps.

La maîtresse de maison redescendit en marmonnant :

— Une dame ce qu'il y a de plus convenable. Qu'est-ce qu'ils ont à chercher des poux aux gens bien pendant que les vrais bandits courent les rues !

Quand il entra dans la vaste pièce, Bompard sut tout de suite qu'il ne s'était pas trompé.

D'un coup d'œil circulaire, il saisit ce qui était en train de se passer. La fenêtre était ouverte et devant les volets entrouverts, un objectif visait l'entrée du commissariat en contre-plongée. Il se pencha sur la caméra et vit soudain le divisionnaire et le brigadier Benoît, dehors. C'était la pause cigarette pour le brigadier et la pause granules pour Louvel. À chacun ses vices, pensa Chrétien en se redressant. Son regard suivait maintenant les fils qui partaient d'un appareil posé sur la table devant la fenêtre et arrivaient à une sorte de magnétophone.

Les trois hommes étaient silencieux. Machnel, qui s'était à son tour penché sur la longue-vue, rompit le silence en murmurant :

— Mais qu'est-ce qu'ils peuvent bien se dire ?

À ses cotés, Grenelle trépignait de curiosité mais se refusait à utiliser les jumelles posées devant lui, les considérant déjà comme une pièce à conviction.

Pour toute réponse, Bompard actionna un bouton et soudain des voix se firent entendre :

— Non, il pète un plomb, c'est tout ! Un môme dans une voiture avec trois flics à la recherche d'un *Serial Killer,* et pourquoi pas une course-poursuite tant qu'on y est ! s'indignait Benoît, le brigadier.

— Je vous écoute, mais je suis très étonné. Bompard est un flic singulier, mais c'est un très bon flic.

— Enfin moi, ce que j'en dis… je vous aurai prévenu.

C'est à ce moment-là qu'il écrasa son mégot dans le pot de fleurs et que le bruit amplifié résonna dans toute la pièce.

— Putain, un micro dans les rhododendrons.

De son poste d'observation, Grenelle ne put contenir son écœurement.

— Oh ! le salaud ! c'est quoi votre phrase…" Mon Dieu, protégez…

— Mon Dieu, si vous existez… rectifia Bompard.

— Mon Dieu, si vous existez, protégez-moi de mes amis, mes ennemis, je m'en charge, reprit Grenelle. C'est pas gai.

— Non, c'est pas gai, c'est ce qu'on appelle le cynisme. Mais laissons Benoît à sa conscience et revenons à notre homme.

Il pensa que le regard qu'il n'avait pas eu l'énergie de poser sur le brigadier, quelques minutes auparavant, l'avait blessé et il lui pardonna sur-le-champ sa trahison qu'il estimait mineure.

Les hommes en blanc rappliquèrent très vite et firent sans traîner le relevé d'empreintes et la recherche d'ADN. Il ne fallait pas s'attarder. L'homme pouvait arriver d'une minute à l'autre. Bompard n'y croyait pas vraiment mais il fallait néanmoins mettre toutes les chances de leur côté. Il veilla à ce que tout soit en ordre et vérifia, avant de quitter le lieu, qu'il n'y avait pas un micro dissimulé qui aurait pu l'avertir de leur visite. Rien. Il claqua la porte et descendit voir la blonde. Il fallait encore lui faire admettre que c'était pour elle le moment de partir en vacances. Il la remplacerait par une femme flic.

40

Les indemnités de Léon d'Alger étaient maintenant dans une petite poche transparente sur le bureau de Bompard. La lettre anonyme n'avait pas été une surprise, Bompard l'attendait. Il dut néanmoins calmer ses doigts fébriles et prendre le temps d'enfiler des gants en latex avant de décacheter l'enveloppe. Une pince à épiler dans la main gauche, un coupe-papier dans la main droite, il s'y attela.

— « À une consonne près, pourrait faire l'effet d'une bombe. »

— Hein ? C'est un jeu ? une définition ? lança Machnel comme un reproche.

— Oui, de mots croisés ! J'ai toujours eu horreur des mots croisés, mais j'aurais bien écrit des définitions.

Avant de décacheter l'enveloppe, il la manipulait.

— L'écriture est régulière, tellement régulière, c'est pas naturel. Ça a dû lui demander beaucoup d'efforts.

Il décachetait l'enveloppe.

— C'est un boulot, ça ?

— Quoi donc ?

— Auteur de définitions de mots croisés.

Il tira délicatement la lettre de l'enveloppe.

— Vous imaginez à la rentrée scolaire, avec leurs foutues fiches… Profession du père ? Auteur de définitions de mots croisés.

Et justement on n'était pas loin de la rentrée scolaire. Sur la feuille de papier quadrillé que Bompard venait de déplier, une farandole de lettres multicolores s'ébrouaient cruellement.

« Mathilde mourra après toi, comme ça au moment de ta mort, tu sauras que tu l'abandonnes. »

« Quel raffinement », pensa Grenelle qui ne put réprimer un frisson.

Bompard fixait les lettres multicolores et se taisait. Il se leva, se dirigea vers la fenêtre. Il resta là, un moment, à regarder sans voir.

Ses deux lieutenants ne bougeaient pas.

— Bon, c'est plutôt une bonne nouvelle… Tant que je suis vivant, Mathilde l'est aussi.

Il se retourna vers ses hommes. Ils étaient pâles, tout comme lui.

— On va l'avoir, patron ! lança Grenelle d'une voix à l'assurance forcée.

— Oui… Bien sûr.

Machnel ne disait rien. Bompard rangea la feuille quadrillée et son enveloppe dans une poche en plastique.

— Au fait, vous m'avez pas répondu.

— À quoi ?

— Qu'est-ce qui, à une consonne près, pourrait faire l'effet d'une bombe ?

Et comme personne ne répondit :

— Missive, missile… à une consonne près.

Et il leur tendit les deux poches en plastique.

— Direction labo ! Et je veux avoir des résultats.

— Pour demain soir ?

— Demain matin.

— Mais il est déjà très tard.

— Et alors ?

— Il faut bien qu'ils dorment.

— Pourquoi ?

Il en voulait à la terre entière.

Une inspiration profonde et il aurait peut-être pu s'excuser, mais le téléphone sonnait. Louvel l'attendait dans son bureau.

— Écoutez-moi, Bompard ! Je sais que ce que j'ai à vous dire ne va pas vous plaire. Mais…

— Vous ne pouvez pas faire ça.

— Quoi ?

— Me dessaisir de l'enquête.

— Depuis que votre épouse…

— Mon ex-femme.

— J'ai l'impression que vous… pétez les plombs, comme on dit.

— Vous pouvez dire aussi : pétez une durite. Ça se dit également.

— Ici, tout le monde s'inquiète.

— Tout le monde ?

Il laissa le silence s'installer. Il choisissait ses mots, il ne pouvait pas se tromper. Il devait absolument convaincre Louvel.

— Je sais que vous pensez que je suis un flic singulier mais que je suis un très bon flic.

Il reprenait les mots du divisionnaire et malmenait sa modestie.

— C'est pas vrai ?

— Si, si.

Louvel, troublé, avait du mal à se dédire.

— Et donc, vous me faites confiance ?

— Bien sûr, mais un enfant, tout de même !

— Quoi, un enfant ? Un témoin ! Vous auriez aimé que je perde la mince chance que nous avions de croiser l'assassin sur un trottoir ? Vous savez bien que l'enfant ne risquait rien, qu'il n'y aurait pas eu de coups de feu. En revanche, on se donnait beaucoup de mal pour rien en sillonnant le quartier. Il y avait juste à traverser.

Louvel chercha les granules dans le tiroir de son bureau.

— Qu'est-ce que vous voulez dire ?

— Exactement ce que j'ai dit : il y avait juste à traverser la rue. Il n'y a là aucune image, aucune litote, aucun effet. Rien que des mots qui disent exactement ce pourquoi ils sont employés. C'est reposant parfois.

— Et donc ? s'énervait le divisionnaire.

— Vous sortez d'ici. Et qu'est-ce qu'il y a devant vous ?

Louvel n'aimait pas jouer aux devinettes.

— Un immeuble.

— Oui, bien sûr, et… ? Et au premier étage de cet immeuble, il y avait un panneau sur lequel était écrit : À louer. Vous l'aviez vu ?

— Oui… Non… Peut-être… Où voulez-vous en venir Bompard ? Ne me dites pas que…

— Mais si ! Je vous dis que…

— Mais qu'est-ce qu'il foutait là ? Et comment vous l'avez su ?

— J'imagine qu'il voulait savoir comment je réagissais. Quant à vous dire comment je l'ai su… On va dire que c'est un mélange d'intuition et de paranoïa. Et si vous n'avez rien à ajouter, monsieur, je vais vous laisser. J'ai encore un certain nombre de choses à faire.

Il se dirigea vers la sortie.

— Oh ! j'allais oublier. Les rhododendrons.

— Les rhododendrons ?

— Oui, les rhododendrons. Vous savez, « la ville fleurit vos rues ». Eh ben, c'était lui. Et vous savez ce qui il y avait dans le rhododendron devant le commissariat ? Je vous le donne en mille ! un micro ! Et il se dit de ces choses devant les commissariats… ! Bonsoir, monsieur. Dormez bien.

Machnel remonta très vite la piste du fleuriste, qui n'apporta rien de consistant et qui ne fit que confirmer que l'homme aimait se grimer. Un fonctionnaire s'était présenté chez le fleuriste, expliquant la nouvelle opération de la ville de Paris et précisant qu'il voulait tester le concept et connaître les réactions des habitants. Il proposa la rue du commissariat et demanda qu'une vingtaine de gros pots de rhododendrons soit livrée. Tout devait aller très vite : la livraison eut lieu quelques heures plus tard. Le commerçant fut intrigué par la façon de procéder, mais en apprécia le dynamisme. Et lorsqu'il fut question du paiement, le fleuriste fut dérangé par la liasse de billets que lui tendait le fonctionnaire, mais rassuré quand il lui demanda une facture. C'est du moins la version qu'il donna à Machnel.

Pour Bompard, le profil de l'assassin se précisait. C'était un homme grand, souple, mince mais fort. Il se souvenait de la description de Mathilde, qui avait parlé d'élégance. C'était sans doute un esthète qui vivait près de Notre-Dame et n'était pas dans le besoin.

41

Ils se promenaient au jardin des Tuileries. Lui flic en civil, elle nonne en habit. Lui blessé, inquiet, furieux et concentré, elle douce, souriante, aimante et apaisée. Le duo intriguait les passants. C'est elle, sœur Colombe, qui avait eu l'idée de cette marche. Bompard le taciturne, qui par nature aurait dû plutôt être séduit par cette idée, n'avait aucun avis sur la question. Il traînait une humeur « ici ou ailleurs » et l'écoutait.

— La môme avait un jules à moitié proxo, lâcha sœur Colombe en réajustant sa cornette.

Sœur Colombe avait travaillé, du temps de sa jeunesse, dans les quartiers chauds de Marseille.

— Et je peux vous dire qu'à l'époque l'ambiance n'était pas à la méditation ! C'était plutôt on gamberge pas trop et on se remue la surface.

Il lui était resté de cette période un goût prononcé de l'action, une connaissance approfondie de l'argot et une ouverture d'esprit qui plaisait bien à Bompard. Elle lui expliqua que lorsque la supérieure avait appris que la jeune femme lui avait fait ses confidences, elle l'avait incitée à contacter le commissaire.

— C'est un beau salopard, le Raphaël. Dieu me pardonne.

Quand il apprit comment le dénommé Raphaël se comportait, Bompard se dit que s'il y avait un Dieu, il était dans l'obligation de pardonner.

L'homme avait mis le grappin sur la jeune femme, qu'il avait rendue dépendante au crack.

— Somme toute, assez classique ! lança Bompard désabusé.

— Classique et monstrueux…

— Ça n'empêche pas.

Il l'avait ensuite humiliée, progressivement, jusqu'à lui faire perdre toute dignité, et l'obligea alors à se prostituer.

— Ce qu'elle m'a raconté est terrible, croyez-moi. Et je ne suis pas une oie blanche. J'en ai vu des filles, à Marseille. Mais là… Parce qu'il y a quand même tapin et tapin.

Bompard sentit de l'écœurement chez la nonne, qui préféra se taire et sortit un cahier de son sac à dos.

— Vous verrez, c'est édifiant.

— Qu'est-ce que c'est ?

— Je l'avais convaincue d'écrire… je ne sais pas moi, une sorte de journal. Ça lui faisait du bien. Je la voyais, jour après jour, se redresser comme une plante qui reprend vie. Mais la réparation est un long chemin. J'ai été surprise en la lisant. Vous verrez, à la fin, la gamine, elle n'y va pas de main morte. Ah ! j'allais oublier, j'ai glissé dans le cahier une lettre de Raphaël : il faut s'accrocher.

Bompard avait d'autres questions à lui poser mais c'était l'heure de la prière. Il la raccompagna aux grilles du jardin.

Elle regardait sa montre.

— J'ai juste le temps de rentrer à Montmartre et celui de vous poser une question un peu personnelle, je peux ?

— Allez-y, j'essaierai d'y répondre.

— Pourquoi vous appelez-vous Chrétien ? C'est rare.

— Oui, et lourd à porter, surtout quand on ne l'est pas ! C'est ma mère qui a choisi ce prénom. Mon père ne savait pas lui résister et quand on est revenus de Nouvelle-Calédonie, elle a tenu à ce que je sois baptisé.

— Ah, vous êtes né en Nouvelle-Calédonie.

— Non, je suis né à Paris, mais là vous êtes sur un terrain difficile pour moi.

— Je voulais pas être indiscrète, je vois que c'est compliqué. C'est l'effet parc, ça délie les langues ; j'aurais dû vous donner rendez-vous au bowling, c'est différent comme ambiance. On aurait parlé de la petite et de son maquereau et puis on aurait fait une partie. Vous jouez ?

— Très peu.

Elle traversa la rue de Rivoli avec l'insouciance de ceux que Dieu accompagne, enfourcha sa Vespa qu'elle avait garée à l'angle de la rue du 29-Juillet et lui envoya un au revoir enfantin avant de démarrer en trombe. Il l'avait regardée partir, enviant sa légèreté, se disant que la prière devait faire du bien.

Il se retrouvait seul avec le cahier de la morte à la main. Il savait très bien qu'après l'avoir lu, il l'aurait sur le cœur. Il retourna d'un pas lourd s'asseoir sur le même banc ; il se sentait seul. Il ouvrit le cahier.

Il aurait été incapable de dire combien de temps était passé quand son portable sonna. C'était Grenelle.

— Ça va, patron ? Vous êtes où ?

— Sur un banc.

— Et ça va ?

— J'ai envie de gerber.

— Vous êtes malade ?

— Non. Il y a une ordure du nom de Raphaël qui traîne pas mal dans le quartier des Halles.

— C'est pas loin de Notre-Dame. C'est notre homme ?

— Je crois pas : il n'est pas assez intelligent, vu sa prose, mais c'est le mac de la première morte. Tu me le coffres. Il va souvent au bistrot Cœur couronne, fontaine des Innocents. Il est beau mec, brun, les yeux noirs, trente-cinq ans. Tu fais gaffe, c'est un violent. À moins qu'il le soit uniquement avec les femmes.

— Ah, je vois…

— Si vous pouviez me le ramener dans une heure ou deux, ce serait bien.

— On fait notre possible.

Il raccrocha sans avoir dit pourquoi il avait appelé.

Bompard se dit qu'il allait rappeler, attendit un peu, puis finit par oublier ce qu'il attendait. Il se leva, le journal de la morte sur le cœur, et même s'il avait prévu le coup, c'était un peu lourd.

42

Un peu en retrait, à deux pas du bistrot, Grenelle étudiait les environs. Machnel, qui venait d'arriver, garait sa moto.

— Bon, à priori, il y a pas de sortie de secours ; s'il se tire, tu es en jambes ? Ça va ?

— Bof, j'ai un peu trop picolé hier, mais t'en fais pas, ça fera l'affaire. On va surtout éviter d'en arriver là. Tu crois pas ? Dis donc, j'ai des infos sur un Raphaël Borosevitch, je sais pas si c'est le même, mais c'est du lourd. Deux viols, violence sur la voie publique, racket, conduite en état d'ébriété, insultes à représentant de l'ordre, proxénétisme et peut-être homicide, mais là, il y a des embrouilles, on n'a rien pu prouver…

— Il a des appuis ?

— Plutôt, oui…

— On verra ça ! Bon, tu rentres le premier, c'est toi qui fais le moins flic ; pendant ce temps-là, je téléphone, ça t'aidera à l'identifier.

Au bout du comptoir, un juke-box d'époque, vintage depuis peu, en panne depuis longtemps, faisait de la figuration. Posée sur la machine, une radio jouait les utilités. Non loin de là, deux vieillards, également d'époque, s'étaient perdus dans une partie d'échecs qui ne s'achèverait probablement qu'à la mort d'un des deux joueurs. « J'espère que c'est pas prévu pour aujourd'hui une balle perdue, ce serait con », pensa Machnel en traversant la salle. Plusieurs tables étaient occupées, quelques clients accrochés au comptoir tuaient le temps à coups de platitudes ; devant la caisse, un homme, plus avancé que les autres en matière de cognac, parlait au patron qui ne l'écoutait pas d'un cousin que l'autre ne connaissait pas.

— C'est simple, mon cousin, je l'ai toujours connu au chômage.

Le silence du patron ne le décourageait pas. Il continuait :

— C'est possible ça ? Pour être au chômage, il faut avoir travaillé, non ? En tout cas, lui, le travail, c'était pas son métier ! Alors maintenant, forcément, la retraite…

Machnel choisit une table qui lui permettait d'avoir un point de vue sur le lieu dans sa presque totalité. Il commanda un café noir. La serveuse prit la commande à la parisienne et le servit avec le même manque de courtoisie.

Le téléphone sonnait. Le patron abandonna ses comptes.

— Oui.

— Je suis bien au Cœur couronne ? demanda Grenelle en vérifiant le nom sur l'enseigne.

— Oui, oui, vous y êtes.

— Je voudrais parler à Raphaël. Il est dans les parages ?

— Qui le demande ?

— Un vieil ami, mais je voudrais lui faire une surprise.

Le patron se méfia tout de suite : Raphaël Borosevitch n'avait pas d'amis. Avant de raccrocher, il fit un signe de tête à un homme qui, abrité derrière son journal, avait suivi toute la conversation. Il se leva sans faire tomber la pile de sucres qui était en équilibre sur sa table, prit son blouson en cuir sur le dossier de sa chaise comme s'il voulait éviter de réveiller quelqu'un et se retint de courir pour atteindre la porte au fond de la salle. Machnel, qui suivait ses déplacements, eut un aperçu de son corps d'athlète et se dit sur-le-champ qu'il allait se remettre à fréquenter la salle de musculation. L'homme ouvrit la porte et tout s'accéléra. Il n'avait pas disparu que Grenelle rentrait dans le bar.

— La porte dans le fond de la salle ! hurla Machnel.

— Police ! répondit Grenelle en se précipitant. Restez tranquilles et tout se passera bien. Et toi, si tu veux pouvoir ouvrir ton bastringue demain, tu bouges pas, compris ?

Quand il vit que la porte donnait sur un escalier qui menait au premier étage, Machnel décida de rebrousser chemin. Grenelle monta seul. Les deux lieutenants s'étaient compris d'un seul regard.

Après les sommations habituelles, Grenelle, d'un coup de pied, fit sauter la première porte qui lui résistait et fit irruption, une arme à la main, dans une chambre à coucher. L'homme était marié, la blonde était fausse. Grenelle referma la porte sur le convenu de cette rencontre. La deuxième et dernière porte était à l'autre bout du couloir ; le lieutenant avança sans faire de bruit.

— Bon, tu sors ou on vient te chercher ?

En utilisant instinctivement le « on », il se dit qu'ils avaient été un peu légers de s'être déplacés en équipe réduite. Pour toute réponse, un appel d'air fit bouger la porte. L'homme ouvrait la fenêtre.

— Et merde ! s'exclama Grenelle en défonçant la porte.

Sur le trottoir, Machnel eut très peu de temps pour évaluer la situation. En voyant le gaillard enjamber le balcon, il se dit qu'il avait intérêt à éviter le corps-à-corps, et comme l'homme se laissait glisser le long de la gouttière, le jeune lieutenant, bien que sportif, se mit à douter de ses facultés. Restait donc l'arme, qu'il sortit. Et répugnant à faire couler inutilement le sang, il asséna un grand coup de crosse sur le crâne de l'homme qui venait de se réceptionner au sol.

— Tu lui as lu ses droits ? lâcha Grenelle qui arrivait.

— Tu te crois à New York ou à Los Angeles ?

L'homme, encore KO, fut menotté. Le fourgon que Grenelle avait appelé arriva rapidement. Le dénommé Raphaël fut prié d'y grimper. On allait pouvoir lui signifier son début de garde à vue.

43

Ça faisait un quart d'heure que Bompard feignait d'être absorbé par la lecture du cahier fleuri que lui avait confié sœur Colombe. De l'autre côté de la table, l'individu s'impatientait. Il commençait à s'agiter sur sa chaise.

— Drôle de garde à vue.

— C'est vrai que monsieur est un spécialiste ! lâcha Bompard sans lever le nez de son cahier.

Il se remit à tourner les pages du cahier à spirale, lentement. L'autre soupirait. Il ferma le cahier sans regarder Raphaël Borosevitch et le posa à portée de sa main, estimant que c'était là une sorte de supplice. Ne pouvant s'en saisir, il serait complètement obnubilé par cette envie et donc affaibli. Le commissaire se leva. Dans cette pièce aussi il y avait une fenêtre et même s'il y avait des barreaux, ça n'empêcherait pas Bompard de s'évader. Et comme il regardait le ciel, dans son dos l'autre soupirait de plus belle.

— Je suis en train de chercher un truc pour te faire tomber.

— Vous trouverez rien. Il y a rien.

— C'est pas grave, j'inventerai.

— Mais pourquoi ?

— Parce que tu m'es très antipathique. Tu connais ça ?

Il lui montrait le cahier à spirale.

— Qu'est-ce que c'est ?

— Minute, mon joli. On a tout le temps.

Il demanda au brigadier qui était derrière la porte d'aller chercher Grenelle, et d'un geste lui fit comprendre que le lieutenant devrait attendre cinq minutes avant d'entrer.

— Bon, je vais te dire quelques trucs, quand même, parce que je te sens tendu et que j'ai plutôt bon fond.

Il se mit à feuilleter le cahier.

— C'est joli ces fleurs, non ?

L'autre ne répondait pas.

— C'est frais, je trouve ! Tu aimes bien, toi, toutes ces couleurs, les fleurs, les cris d'enfants au loin, les rires de femmes… Et les têtes de femmes, t'aimes bien ? Je veux dire, la tête seule, séparée du corps, dans un panier, par exemple.

— Qu'est-ce que c'est que ces salades ?

— C'est parce que je parle de panier que tu parles de salade ? Panier à salade, non ? J'adore les associations d'idées, ça m'intéresse beaucoup. Pas toi ?

— Je comprends rien à ce que vous racontez.

— C'est pas grave, j'ai l'habitude. Tu as tort de pas t'intéresser à ces choses-là. L'inconscient et tout ça, c'est bien, je t'assure.

Soudain le ton changea et le commissaire asséna un violent coup de paume de main sur le front du suspect.

— Et toi, quand tu décapites une femme, qu'est-ce qui se passe dans ta petite tête, hein ?

L'homme se leva, paniqué.

— Qu'est-ce que c'est que ces conneries ? Je veux voir mon avocat. C'est la loi !

Bompard appuya sur ses épaules et le força à s'asseoir.

— Mais oui, mon chaton. C'est bien de connaître la loi, c'est encore mieux de la respecter. Je ne comprends pas pourquoi ton avocat traîne comme ça. On lui a pourtant laissé un message.

— Je ne dirai plus rien…

— Tu as raison. Repose-toi. Et puis tu auras peut-être pas besoin de parler, tout est consigné là… Tu auras juste à apposer ta signature.

Le commissaire ouvrit lentement le cahier et feignit de lire. L'autre était à bout.

— Qu'est-ce que c'est que ces conneries ?

— Encore ! Dis donc, mon vieux, tu as un registre de langue plutôt limité. Quand tu seras en prison, je te conseille de lire, parce que là, ça devient monotone. Fais un effort, je t'assure ! Je t'assure, je commence à m'emmerder, et moi quand je m'emmerde… moi aussi je pourrais couper des têtes. Tu vois, j'ai toujours pensé que la frontière était ténue entre un assassin comme toi et un flic comme moi. Non ? Tu penses pas à des trucs comme ça, toi ?

— Mais j'ai jamais tué personne, moi.

— Tu es sûr ?

— Vous êtes malade. Faut vous faire soigner.

— Mais je me fais soigner, deux fois par semaine. Les collègues trouvent que je vais mieux. Ils savent pas à quel point toutes ces femmes sans tête me hantent. Pas toi ?

— Je veux voir mon avocat. J'en ai plein le dos de vos femmes sans tête ! Qu'est-ce que c'est que cette embrouille ?

— Cherche pas, c'est une embrouille.

C'est à ce moment-là que Grenelle ouvrit la porte. Il lui avait demandé d'attendre cinq minutes devant la porte avant d'entrer, et cinq minutes s'étaient écoulées. Bompard appréciait la précision du lieutenant. Avant de quitter la pièce, il lui lança :

— Je te le laisse, j'ai pas mal de boulot. Je t'envoie Machnel.

Grenelle prit le relais. Il avait compris d'un simple coup d'œil la stratégie mise au point par Bompard et s'était préparé à faire une improvisation quand Machnel viendrait le retrouver.

En attendant, il observait Raphaël Borosevitch et se dit que le commissaire avait dû lui sortir le grand jeu. L'homme semblait épuisé, à bout de nerfs.

Dans le couloir, Bompard eut du mal à sortir de son personnage. La folie des autres est beaucoup plus épuisante que celle qui nous est familière. Il but un grand verre d'eau et expliqua en deux mots la situation à Machnel avant son entrée en scène.

Grenelle, qui était entré dans la pièce deux gobelets d'eau fraîche à la main, avait repris l'interrogatoire de manière plus classique, essayant de faire dire à Borosevitch quels étaient ses liens avec la victime. L'homme, qui était plus à son aise sur ce terrain connu, mentait avec aplomb, entre deux gorgées.

— C'est une gonzesse qui me court après. Tout le monde vous le dira. Pourquoi ? Elle a porté plainte ?

Machnel, qui avait l'oreille collée à la porte, fit irruption dans le bureau.

— Ça va être difficile pour elle. Elle est morte.

— Morte ?

— Décapitée.

— Merde.

— On sent que ça te fait de la peine ! Je sais pas pourquoi le commissaire en a tellement après toi. Il faut dire qu'il a traversé des épreuves qui l'ont pas mal secoué.

— Ça va ! lâcha Grenelle, jouant la désapprobation.

Vint à l'esprit de Borosevitch, qui en avait quand même un, qu'il était dans de sales draps. L'homme se décomposait.

Avant de quitter la scène, Machnel fit encore quelques allusions à la fragilité psychologique du commissaire depuis la disparition de sa femme et de sa fille. Quand Borosevitch comprit qu'une série de femmes étaient mortes décapitées, il perdit son sang-froid et se mit à parler des puissants appuis dont il jouissait. Sans trahir son rôle de gentil flic, Grenelle lâcha sans penser à mal :

— Si c'est au juge Bréquer que vous pensez, vous n'êtes pas sans savoir qu'il vient d'être démis de ses fonctions… une sorte de retraite anticipée. C'est bien, ça permet d'éviter le scandale.

Cette nouvelle, qui n'en était pas une, plongea néanmoins Borosevitch dans un abattement profond.

La garde à vue s'étirait, entre l'énoncé d'alibis fabriqués et l'évocation de témoins peu fiables. Et, comme le suspect réclamait une nouvelle fois son avocat, la porte s'ouvrit et se referma sur ses espoirs. Bompard venait prendre la relève. Au grand désespoir de Borosevitch, Grenelle lui céda très vite la place. Bompard avait cette fois programmé une colère froide : il était planté au milieu de la salle et brandissait la lettre signée « Raphaël ».

— Tu reconnais l'écriture ?

L'homme se taisait.

— Alors, j'ai deux choses à dire sur ta prose… D'abord qu'elle est bourrée de fautes d'orthographe, mais il y aurait trop de choses à dire sur l'enseignement et la réforme de l'orthographe, ça nous entraînerait trop loin. Passons directement au deuxième point. Comment expliques-tu, salopard, que tu menaces, je cite, « d'arracher la tête d'une femme et de la donner à manger aux pourceaux » et ce en pleine campagne de décapitation, hein, et que peu de temps après on retrouve le corps décapité de ton amie ? Ça tombe mal. Déjà, en temps ordinaire, ce genre de littérature, c'est tout à fait débectant, mais alors là…

— Mais c'était juste une menace.

— C'est faible comme argument. D'autant qu'il y a eu passage à l'acte !

Il donna un violent coup de main, à plat, sur la table, qui fit sursauter Borosevitch. Il inspira profondément, attendit quelques secondes avant de reprendre d'une voix douce. Il savait que ses changements d'humeur déstabiliseraient le suspect.

— Alors si c'est pas toi, c'est con pour toi, si tu veux, parce que tout t'accuse. Et puis je vais te dire un truc, je vais pas me battre pour défendre une petite frappe comme toi. Tu es ma dernière enquête, après je m'arrête, je pars pêcher.

— Mais…

— Non. Je sais. J'ai pas l'âge. Mais je me dis que mes fantômes me foutront alors la paix, non ? Peinard sur ma barque, tu crois pas ?

— J'en sais rien, je m'en fous.

— Et moi aussi je me foutrai de ton sort sur ma barque, loin de mes fantômes. J'ai jamais arrêté un mec qui n'ait pas été condamné. Et tu sais pourquoi ? Parce qu'ils étaient tous coupables. Un mélange de conviction et de conscience professionnelle. Mais là, tu vois, je m'en fous, c'est trop tard, je suis fatigué, et puis ces foutus fantômes !

Raphaël Borosevitch, bercé par la douce voix de Bompard, se laissait endormir. Il était sur le point de se résigner à écoper d'une lourde peine alors qu'il n'avait pas commis les actes qu'on lui reprochait. Il se révolta soudain.

— À partir de maintenant je ne parlerai qu'en présence de mon avocat. Je n'ai rien à voir avec cette affaire.

— Il va falloir le prouver, mon salaud. Ton dossier est lourd…

Il lui énuméra la série de délits et de crimes qui lui avait valu un certain nombre d'années de prison. Il broda même sur l'affaire de mœurs dont la mort par strangulation d'une jeune femme fut le point d'orgue.

— J'ai été blanchi sur ce dossier-là.

— Bien sûr ! Et ton ami le juge savoure, lui, une retraite anticipée – en Toscane, m'a-t-on dit. C'est un peu ce que je vais faire… Moi, je me contenterai de pêcher. Ça fait du bien la pêche ! J'espère que ses fantômes lui foutent la paix. C'est pénible, les fantômes.

— Écoutez, je comprends rien à tout ça. La pêche, les fantômes, les femmes décapitées… Je suis désolé pour elles.

— C'est gentil, ça. C'est vrai que c'est désolant pour elles… et pour toi. Parce que, si on récapitule, tu as un casier dont la virginité n'est qu'un lointain souvenir et puis il y a cette femme avec qui tu couches occasionnellement…

— Mais non.

— Mais si. N'insiste pas, on peut le prouver.

L'homme se tut.

— Donc tu couches avec elle et on retrouve son corps décapité, c'est embêtant pour toi, ça ! Et puis il y tes menaces d'arrachage de tête et de gorets. Je te cache pas que tu es mal barré.

— C'est un complot.

— À d'autres. Tu es pas assez puissant, mon vieux, pour que ce soit un argument recevable. Qui voudrait te faire tomber ? Tu fais de l'ombre à qui ? À la limite, si tu gênes, pfft, un pruneau entre les deux yeux. Bon je vais te laisser, tout ça m'a fatigué, je t'envoie mes lieutenants. J'en ai marre de toutes ces têtes qui volent, des têtes de femme, de statues, de poupée. Tu connais une dénommée Barbara ?

— Ah non.

Et subitement, l'homme tout en muscles s'effondra. Il se mit à trembler et bredouilla quelques mots incompréhensibles.

— Si tu veux que je te croie, il va falloir trouver autre chose. Tu vois, je viens d'envoyer derrière les barreaux, pour vingt piges, un salopard de ton espèce qui a violé et tué ce que j'avais de plus cher. Alors je vais aller pêcher pendant vingt ans, et dans vingt ans, il se pourrait que je lui fasse regretter ses années de taule. Tout dépendra de mes fantômes…

Il se leva et se dirigea lentement vers la sortie.

— Le problème, avec les fantômes, c'est qu'ils occupent tout l'espace. Les remords de t'avoir envoyé croupir derrière les barreaux alors que tu es sans doute innocent n'auront pas la place de se développer.

— Mais vous êtes fou !

— Oui, mais si tu le dis, personne ne te croira : j'ai passé une visite médicale de contrôle et tout va bien. Personne ne sait à quel point ces femmes décapitées me hantent, sauf toi.

Il allait cette fois sortir de la pièce.

— Attendez ! Qu'est-ce que vous voulez savoir ?

— Je veux savoir pourquoi cette menace. Pourquoi arracher la tête et pourquoi pas défenestrer ou autre chose ? Je t'ai dit que je m'intéressais aux associations d'idées. Tu auras tout le loisir de voir de quoi ça cause en prison.

Et comme il claquait la porte, il entendit Borosevitch hurler « Attendez ! » Dans le couloir, une main sur la poignée, il inspira profondément avant de revenir dans la salle. Il était temps de mettre un terme à cette garde à vue. Lui aussi était fatigué.

44

Borosevitch avait parlé. Après tout, il n'avait jamais décapité que quelques statues et le temps qu'il aurait à faire en prison ne lui permettrait sans doute pas de lire tous les bouquins recommandés par Bompard. Et puis il n'avait qu'une seule idée en tête, écourter sa garde à vue et se débarrasser au plus tôt de ce commissaire fou furieux.

Dans son bureau, entouré de ses deux lieutenants, Bompard faisait le point. Ils savaient maintenant que Borosevitch avait participé à la décapitation des statues avec quatre autres personnes. Borosevitch avait poussé la courtoisie jusqu'à donner le nom des types et le moyen de les retrouver. Il parla même d'un cinquième type qui leur avait fait faux bond au dernier moment. Il savait deux ou trois choses sur le lâcheur : qu'il s'appelait Lui, qu'il était cambodgien, qu'il portait des chaussures blanches en cuir, impeccables, et qu'il tenait bien l'alcool. Il donna également le nom de celui qui les avait recrutés, un dénommé Francis le Marseillais, mais précisa qu'il n'avait aucun moyen de le joindre. Quant au commanditaire, Borosevitch n'avait aucune information à donner.

Un passage à tabac aurait sans doute beaucoup moins effrayé ce dur à cuire, se dit Bompard en enfilant son blouson.

— Bon, cette fois, on fait pas dans la dentelle, on n'a pas le temps. Vous prenez, chacun, des hommes et un fourgon, et vous allez cueillir tout ce beau monde. On se retrouve ici dans moins de deux heures.

— On fait de notre mieux.

— Ça m'intéresse pas ! Faut viser l'impossible ! Ah, et bien sûr, si vous arrivez à obtenir de l'info, vous embarquez le mec qui pose des lapins, Lui.

— C'est bizarre, Lui, comme prénom… Machnel n'avait pas terminé sa phrase qu'il regrettait déjà de l'avoir commencée. Non ? questionna-t-il sans assurance.

— Pas plus que Machnel ! Même si Lui doit être le résultat d'une coquille administrative. Un employé zélé n'aura pas supporté l'absence de familiarité avec le français. Et là, on peut hésiter entre le chauvinisme et la connerie… Je me demande pourquoi ce Lui ou Liu, c'est comme tu veux, s'est dégonflé au dernier moment, poursuivit Bompard.

« Ah oui, forcément, cette question a beaucoup plus de gueule que ma réflexion », pensa Machnel qui ne fit cette fois aucun commentaire.

— Et vous, vous allez où, patron ? questionna Grenelle, étonné que le commissaire leur emboîtât le pas.

— À Notre-Dame.

La nuit était tombée sur la capitale. L'humidité aussi. Bompard remonta le col de son blouson. Au loin, un accordéoniste abîmait avec application *Mon amant de Saint-Jean*, que Mathilde fredonnait tout le temps au début de leur relation. Il se dit que Mathilde, au même moment, respirait le même air et cette idée le rassura. Il pensa qu'ils avaient encore ces particules à partager et qu'ils étaient toujours sur le même bateau. Au début de leur mariage, chaque fois qu'il était sur une enquête difficile, elle était folle d'inquiétude. Elle lui répétait dix fois par jour que s'il devait lui arriver quelque chose, elle le sentirait à la minute et que son cœur à elle s'arrêterait.

— Je vous renvoie le compliment, madame Bompard.

— Que veux-tu qu'il m'arrive ! s'exclamait-elle alors en éclatant de rire.

Cette inquiétude avait émaillé leur quotidien le temps de l'amour. Et puis vint celui du divorce et ces mots n'avaient plus leur place. Mais les sentiments tus perdent-ils de leur force ? se demanda Bompard en arrivant sur le parvis de Notre-Dame. Il se posta sur le kilomètre zéro dont lui avait parlé Mathilde et observa les fenêtres qui regardaient la cathédrale. Il commença par celles qui étaient éclairées, se demandant si l'assassin était chez lui, peut-être en train de travailler. Il fixait les fenêtres une à une, longtemps, espérant sans se l'avouer que l'homme apparaisse à sa fenêtre. Et bien sûr, il n'en fut rien. Il passa ensuite aux fenêtres éteintes, il l'imaginait tapi dans la pénombre. Était-il en train de l'observer ? Il eut envie de lever le bras et de faire un grand signe de main. Ce côté espiègle ne l'étonna pas, persuadé qu'il était de devoir aller gratter du côté de l'enfance. Dans l'immédiat, il devait retourner au commissariat : les coupeurs de têtes de pierre n'allaient pas tarder à arriver. Il y avait un lien entre les deux affaires qu'il devait absolument découvrir.

Sur le chemin du retour, il repensa à cet homme qui le haïssait tellement. Il n'avait quand même pas tué toutes ces femmes pour l'atteindre, lui ? Marcher dans la nuit lui faisait du bien, ça dénouait ses muscles et libérait son esprit. Il réexamina mentalement le profil de l'assassin. « S'il peut se permettre de se transformer et de sortir de chez lui travesti, c'est qu'il vit seul », se dit-il en longeant les quais d'un pas alerte. « Oui, et qu'il y a du passage chez lui », surenchérissait une autre voix intérieure. Il était habitué à ces séquences dialoguées. Il laissait faire. « C'est pour ça que ses allées et venues passent inaperçues. Il travaille chez lui. »

Il arriva au commissariat. Les lieutenants avaient bien travaillé. L'équipe de petits bras qui avait mutilé Notre-Dame et le Palais-Royal était au complet : les quatre artistes et le recruteur. L'absence du poseur de lapin contraria pourtant le commissaire. « On peut décidément pas compter sur ce mec », se dit-il en entrant dans le bureau de ses lieutenants. Il avait décidé de laisser mijoter tout ce beau monde quelques minutes : ça pouvait porter ses fruits. Dans un premier temps, il devait s'entretenir avec ses hommes.

— Il travaille chez lui… déclara-t-il à peine arrivé.

— Kiné ! lâcha spontanément Machnel. Ils travaillent chez eux.

— Les putes aussi, parfois ! Bompard regretta aussitôt son agressivité. N'en fais surtout pas une affaire personnelle, je suis un peu con en ce moment…

— Je sais, patron. Enfin, je veux dire…

La maladresse du jeune lieutenant arracha un sourire au commissaire qui enchaîna :

— Allez, on continue ! Il travaille chez lui. Il reçoit pas mal de monde, des gens assez bizarres pour que ses déguisements passent inaperçus. Il vit seul.

— Patron, prostitué : c'était pas si mal, insistait Machnel. Elles reçoivent des gens bizarres, elles peuvent travailler chez elles et vivent seules.

— Tu oublies une chose. Notre homme a un problème avec les femmes – avec le sexe, en général.

— Sexologue ! intervint Grenelle.

Les deux autres le regardaient, attendant une explication.

— On peut peut-être considérer qu'un médecin choisit de se spécialiser dans un domaine qui lui est proche pour des raisons personnelles, développa Grenelle.

— À quoi tu penses ? questionna Bompard.

— À ma mère. Son cancérologue était généraliste jusqu'à la mort de sa femme, foudroyée par un cancer du cerveau. Il a alors repris ses études et aujourd'hui il travaille dans un cabinet de groupe. Il est neurologue et s'est spécialisé dans le cancer du cerveau.

— Alors, enchaîna promptement Bompard qui trouvait l'idée intéressante, si on te suit, comme il a peur des femmes, et du sexe en général, je pense pas qu'il soit homo, il serait soignant…

— Gynéco ! s'exclama Machnel qui reprenait la main.

— Non. Il manipule pas le corps, le pénètre encore moins, touche même pas la peau. Ça exclut tout ce qui est technicien, mécanicien du corps. Reste l'âme…

— Psy ! s'exclamèrent en chœur les deux lieutenants.

— Oui, psy. Notre homme est très intelligent et il a dû étudier beaucoup, apprendre, apprendre, mais il n'a pas dû suivre un cursus classique, ou alors il en est sorti dès qu'il a pu. Bon…

Bompard se leva ; il était temps d'aller retrouver les cinq terreurs qui menaçaient de décapiter la ville et de comprendre ce qui liait les deux affaires.

— Grenelle, tu passes après moi. Je joue les flics fragiles, borderline, j'aime bien, et puis tu arrives, classique et rassurant. Bien sûr, on cherche qui est à l'origine de cette guerre menée contre les statues et qui l'a déclenchée, mais il y a surtout un type qui m'intrigue et qu'on doit absolument retrouver, c'est le poseur de lapin. Pourquoi ce type s'est dégonflé, de quoi il a eu peur ? Ah, et puis une dernière chose, tu essaies d'orienter l'interrogatoire vers le côté psy. Est-ce qu'il y en a un parmi eux qui connaît un psy, qui consulte ? Oh et puis non, laisse tomber ! Cette partie-là, c'est moi qui m'en occupe. Machnel, pendant ce temps, tu cherches combien de psys ont une fenêtre sur cour, enfin je veux dire qui donne sur Notre-Dame. Attention, psy, c'est compliqué ; ils n'ont pas tous fait médecine, ils sont pas tous psychiatres et tous m'intéressent – les sophrologues, les psychologues, les magnétiseurs, les hypnotiseurs, les endormeurs de poules, les comportementalistes, tous. Et tous ceux que j'oublie…

Il sortit du bureau sans avoir terminé sa phrase, suivi de Grenelle. Et alors que le fougueux Machnel, n'étant pas du genre à se laisser impressionner par un listing, se mettait au travail, le commissaire fit une nouvelle et brève apparition dans le bureau :

— Il faudra appeler le conseil de l'ordre. Je veux connaître toutes leurs radiations.

— Depuis quand ?

— Si on considère que le type a mon âge, qu'il est brillant, qu'il s'est retrouvé psychiatre entre vingt-sept et vingt-huit ans, qu'il a travaillé quelques années dans le système et qu'il en a été exclu assez vite… Tu leur demandes de remonter à une douzaine d'années.

Il claqua de nouveau la porte et « c'était bien comme ça », pensa Machnel qui n'avait pas de question à lui poser.

Les interrogatoires des quatre exécutants furent rondement menés. C'était tous des hommes de main cupides et faciles à convaincre. Ils étaient payés pour décapiter la capitale et s'apprêtaient à le faire sans états d'âme. Ce n'était que de vulgaires pions et Bompard se demandait si leur arrestation allait mettre un terme au carnage. Ils ne connaissaient pas leur mission dans leur intégralité. Ils avaient tous été recrutés par le Marseillais et ne s'étaient pas interrogés plus avant, se contentant d'être grassement payés pour une besogne assez inhabituelle. Le Marseillais leur avait communiqué une feuille de route qui couvrait trois opérations : c'était la première étape. Après les neuf têtes de Notre-Dame, ils s'étaient attaqués au Palais-Royal et huit têtes étaient tombées. Il était prévu pour le lendemain que le jardin des Tuileries offrît sept têtes de ses plus belles statues. « Une sorte de décompte », pensa Bompard qui n'eut pas le temps de chasser la pensée qui allait suivre et vit avec une grande précision le corps de Mathilde étêté, perdu dans les allées du jardin des Tuileries. Cette image lui coupa le souffle. Il s'y égara un moment, se demandant comment il pouvait être sûr qu'il s'agissait de Mathilde. Il reconnut alors son grain de beauté au creux de son poplité. Il secoua plusieurs fois la tête pour sortir de ce cauchemar. Il s'y enlisait quand une porte s'ouvrit. Grenelle venait à son secours. Il s'accrocha à cette main tendue et confronta ses déductions à celles de son lieutenant :

— Bon. Toujours rien sur le commanditaire ?

— Rien.

— Et pour cause. Ils ne savent rien. Le Marseillais pourrait peut-être nous en dire plus, mais c'est un mec difficile à déstabiliser. Et le poseur de lapin, d'origine cambodgienne ?

— Lui.

— Oui.

— Trente ans, beau mec, habite à Chinatown, continuait Grenelle.

— C'est grand, Chinatown, se désola Bompard.

— Rue Tolbiac.

— Je sais, et longue est la rue Tolbiac ! Et pas un nom de bistrot, pas une adresse de centre d'aïkido ou de boxe anglaise où il se rendrait deux fois par semaine pour parfaire sa forme ?

— Ah bon.

— Mais non. Ah bon rien du tout ! Mais putain, on n'a rien sur ce type ! Un beau mec de trente ans, Lui, qui vit rue de Tolbiac, et en plus il est cambodgien.

— Oui, enfin, français, répondit Grenelle, embarrassé.

— Oui, bien sûr, français ! Qu'est-ce que tu cherches, Grenelle ? C'est pas à moi qu'il faut dire ça.

— Oui, je sais, patron, excusez-moi ! Mais j'entends tellement de choses sur le sujet que je me suis mis en pilote automatique.

— Ça va !

— Je vous ai répondu sans réfléchir.

— Ça va, ça va. Mais je vais te dire un truc : si on devait trouver un dénommé Lui qui aurait une tronche d'Auvergnat et vivrait à Chinatown, ce serait plus facile pour nous.

Machnel déboula alors dans le couloir, une photo à la main. Il avait enfin pu déverrouiller les portables confisqués aux cinq hommes et avait trouvé sur celui du Marseillais des photos susceptibles de faire avancer l'enquête. Il avait tiré une de ces photos qu'il tendait, l'air réjoui, à Bompard qui apprécia la fraîcheur de son jeune lieutenant.

— J'espère que tu garderas ça longtemps.

— Quoi ?

— Rien.

Le commissaire observait maintenant le cliché.

— Ah, voilà. C'est tout de suite mieux avec un visage… Tu peux recadrer sur Lui et l'agrandir ?

— C'est fait ! lâcha Machnel en jouant les modestes, ce qui ôta au commissaire l'envie de le féliciter.

Machnel sortit la photo de Lui d'une chemise : le commissaire y jeta un coup d'œil.

— Bon ! Tu en fais une cinquantaine et tu les distribues rue de Tolbiac, tu fais tous les commerçants, tu essaies de voir comment réagit la population. Tu enfiles un habit d'étudiant attardé, de routard, de mormon, de ce que tu veux, sinon ça marchera pas. La solidarité marche mieux chez eux que chez nous, et ils se méfient des flics. Passe aussi chez les collègues du 13e, ça peut être utile.

Avant de quitter le commissariat, Machnel remit un listing des psys ou assimilés qui avaient un regard sur la cathédrale. Quant aux radiations, la personne qui lui avait répondu au téléphone n'était pas habilitée à fournir ce genre de renseignement, mais s'était engagée à le recontacter dans les plus brefs délais.

— Bon, le chasseur de têtes, il est pour moi, lâcha Bompard qui n'était pourtant d'humeur à faire un bon mot. Grenelle ne se fendit d'ailleurs pas d'un sourire.

Il entra dans la pièce où mitonnait le recruteur. La cinquantaine puissante, il ne semblait pas décidé à s'en laisser conter. Le commissaire le fixa longuement, sans un mot, et ressortit. Le Marseillais pensa que les flics, non plus, n'étaient plus ce qu'ils étaient. « Il a tort, se dit Bompard qui excellait dans les dialogues muets, seuls les codes ont changé, le fond est toujours le même. » Et alors que, une main sur la poignée, Bompard comptait jusqu'à dix avant de rouvrir la porte, Grenelle lui fit savoir qu'un des quatre hommes de main essayait de négocier son sort. « Comme s'il était négociable… » pensa Bompard en faisant au coupeur de tête repenti des promesses qu'il ne pourrait sans doute pas tenir. Louis le Branque, qui réalisait un peu tard qu'il était allergique à toute forme d'enfermement, essayait de valoriser le peu qu'il savait sur l'affaire « Notre-Dame and Co ». Le trapéziste de formation qu'il était avait déjà passé plus de treize ans à l'ombre des barreaux pour avoir lâché d'une hauteur de vingt mètres Zoé, la partenaire dont il était fou et qui refusait ses avances. On avait retrouvé le corps sans vie de la jeune acrobate échoué sur la piste, à l'endroit même où la protection du filet n'opérait plus. Le Branque savait viser. Ce n'était pas sa seule qualité, et la menace de la prison fluidifiait sa mémoire. Il se souvenait tout à coup parfaitement que la veille du jour J, le Marseillais, qui n'était pas, selon lui, le dernier en matière de management et de dynamique de groupe, avait convoqué toute la petite équipe dans un bistrot de Belleville afin que les hommes ne se retrouvent pas suspendus dans le vide, une scie à pierre entre les dents, sans connaître le type auquel ils étaient encordés.

— Il a raison, c'est très important l'esprit d'équipe, avait ironisé Bompard.

Et dans cette ambiance de franche camaraderie, le Marseillais avait fait boire méthodiquement ses hommes, estimant que l'absence de contrôle provoquée par l'abus d'alcool lui permettrait de voir s'il avait fait un bon recrutement. C'était du moins le sentiment de Louis le Branque. Une nuit plutôt bon enfant, où il fut essentiellement question d'exploits physiques et sexuels.

— Il a même pris des photos.

— Il ? questionna Bompard.

— Le Marseillais. J'étais vachement surpris. On n'était quand même pas à une communion ou un mariage !

— Si c'est l'information que tu voulais donner, trop tard, on l'a déjà ! Je peux même te la montrer, tu vérifieras si tu es photogénique.

Le Branque continuait son récit :

— Au petit matin, quand on s'est séparés, le Marseillais avait l'air plutôt satisfait mais pas totalement.

À écouter le trapéziste se répandre en détails, Bompard comprit que le Marseillais avait un léger doute à l'égard de Lui, mais le jeune homme présentait des qualités essentielles à l'opération. Il était leste, précis, calme, capable de grimper à mains nues sur une paroi de cent mètres de haut, de traverser sur un filin les chutes du Niagara. Il semblait tellement être la personnification des qualités requises pour l'opération que le Marseillais en oublia d'écouter ses réserves.

— D'accord, mais rien de nouveau, mon vieux, lâcha froidement le commissaire. Je vois rien qui puisse inciter le juge à être clément avec toi.

— Et si je vous donne les moyens de retrouver Lui ?

— Tu le connais ?

— Non, mais une chose me revient…

— Ah oui, c'est marrant le fonctionnement de la mémoire.

— Le bistrot à Belleville… son nom, c'est « La Rade du boulevard ». Le patron est breton, c'est un ancien marin.

Cette dernière information fit renaître l'espoir chez le commissaire qui se garda bien de montrer son jeu et continua, enfoncé sur sa chaise de bureau, d'afficher un air désabusé. Louis le Branque, lui, commençait à s'énerver. Il lâcha sa dernière carte.

— Et j'ai la nette impression, même si Lui a tout fait pour que ça passe inaperçu, que le serveur était une de ses connaissances.

— Et il s'appelle ?

— Julius.

— OK. On va s'arrêter là. Je verrai ce que je peux faire pour toi : le juge devrait apprécier ton aide.

45

Les informations du Branque étaient justes. Julius et Lui se connaissaient. Amoureux tous deux des sports de glisse et des villes, ils avaient opté pour le roller qui répondait le mieux à leur attente de vitesse, de liberté et de transgression. Les deux jeunes s'étaient croisés à Bercy, retrouvés sur l'esplanade du Trocadéro, perdus une nouvelle fois sous le tunnel qui sort rue de Rivoli, pour finalement souder leur amitié dans un éclat de rire, accrochés derrière le même bus qui longeait la Seine. Chaussés de ces patins parfaitement adaptés au bitume, ils rivalisaient de grâce, d'audace et d'imagination. Mieux que deux frères, ils s'étaient choisis, habituant les amateurs de glisse à ne jamais voir l'un sans l'autre.

Pourtant, assis face à Bompard dans l'arrière-salle de La Rade du boulevard, Julius se lamentait.

— C'est pas une amitié comme vous imaginez…

— Mais j'imagine rien du tout.

— On passe pas notre temps à parler, Lui et moi.

« Lui et moi, c'est joli », pensa le commissaire.

— Lui est très secret, il dit toujours que parler, il laisse ça aux nanas.

— C'est pas très…

— Non, mais c'est pas non plus…

— C'est vrai aussi. Comment il était ces derniers jours ? Il ne vous a pas confié quelque chose ?

— C'est flippant, vos questions. On dirait qu'il est mort.

— Il a évité de faire une connerie, on cherche juste à savoir pourquoi, c'est tout. La dernière fois que vous l'avez vu, c'était…

— La fois où il a déboulé avec ces types… J'ai pas compris pourquoi il fallait faire comme si on se connaissait pas. Et depuis, *no news*.

Julius regardait discrètement sa montre. À côté, la rumeur de la salle semblait le réclamer.

— Je vais pas vous retenir très longtemps, encore une ou deux questions. Vous avez son adresse ?

— Ça, c'est fastoche ! 117 ter, rue de Tolbiac : on se retrouve souvent devant chez lui et après on file jusqu'à la Cinémathèque par les quais.

— Une dernière question et je vous laisse bosser. Est-ce que Lui consulte ?

— Consulte ?

Julius n'était pas un initié. Il portait un jean assez élimé pour qu'on ne sache si c'était l'effet de la mode ou de la nécessité, avec un t-shirt blanc et des tennis impeccables qui rendaient le tout acceptable aux yeux de son marin de patron. Il travaillait beaucoup, six jours sur sept, huit mois par an, et avait pour projet de traverser les États-Unis patins aux pieds, sac au dos et Lui dans son champ de vision. « C'est le projet de ma vie », disait-il comme si le reste n'existait pas. Et pour se mettre en jambes dès qu'il avait une heure de repos, c'est la capitale qu'il traversait. Il était donc bien loin de la secte des allongés, de ses gourous et de ses divans plus ou moins profonds. Bompard précisa sa pensée.

— Est-ce qu'il voit un psy ?

— Un psy ? La question lui parut étrange. Pour quoi faire ? C'est plutôt son oncle qui devrait voir un psy. Il a l'air gratiné, le vieux. Un vrai traumatisé.

— Par ?

— Son pays, son passé, la guerre ! Je sais pas trop… Lui a horreur de parler de tout ça. Lui, ce qui le fait kiffer, c'est la vitesse, le mouvement, le silence, enfin pas le silence, l'absence de mots.

Bompard aurait bien prolongé l'entretien, mais l'apparition du marin breton rappela à l'ordre le jeune serveur qui se leva immédiatement.

— Merci de votre compréhension ! lança Bompard, légèrement frustré.

Il était déjà debout et insista une dernière fois avant de laisser Julius à son travail.

— Mais dites-moi, Julius, l'oncle en question, il vit où ?

— Ils vivent ensemble et c'est bien là le drame.

Sur le trottoir, devant La Rade, des groupes de jeunes enfumaient légalement les voisins du premier. Bompard héla un taxi. Et alors qu'il se demandait comment forcer la porte de l'oncle, seul, sans mandat, à une heure aussi tardive, Machnel lui apporta la réponse. Le portable sonnait.

— Oui, Machnel.

— Je l'ai trouvé, patron.

— À la morgue.

— Comment vous savez ?

— Sinon, tu m'aurais dit « j'ai retrouvé sa piste ». Mort comment ?

— Comme Richard.

— Salopard. Même style de poignard ?

— Exactement le même.

— Bon, j'imagine que tu as un cliché, tu le prends, tu enfourches ta moto et tu me rejoins au 117 ter, rue de Tolbiac. Et magne-toi.

Il raccrocha en pensant à Julius qui allait devoir patiner seul.

Arrivé le premier, Bompard fit les cent pas dans la nuit, tirant sur une cigarette imaginaire. Les fenêtres de l'appartement de l'oncle étaient éclairées. Bompard préparait son entrée en scène ; il devait ménager le vieux qui était, c'était pour lui une certitude, le maillon manquant entre les statues de pierre et le tueur.

Bruit de moto. Machnel arrivait. Quand le lieutenant enleva son casque, le doigt de Bompard appuya sur le nom Ming. Il était l'heure du lever de rideau. Mais personne ne répondit. Le commissaire s'éloigna machinalement de l'immeuble pour vérifier s'il ne s'était pas trompé d'étage. Il y avait bien de la lumière aux fenêtres du premier. Il insista, mais l'interphone ne réagissait toujours pas.

— J'imagine que tu sais forcer une porte.

— J'allais vous le proposer, patron, lança le lieutenant, la tête dans la sacoche de sa moto.

Machnel revint, un bout de fil de fer à la main, le glissa dans la serrure qui ne résista pas longtemps.

— Quand je dis que la frontière est ténue… Allez, on y va !

Ils montèrent l'escalier quatre à quatre et sonnèrent à la porte indiquée par Julius. Pas un bruit, aucun frémissement derrière la porte, rien. Un simple regard de Bompard et Machnel remit son fil de fer en action. Quelques secondes plus tard, le lieutenant refermait délicatement sur eux la porte de l'appartement. Toutes les pièces étaient éclairées : l'appartement avait été fouillé. Bompard fit signe à Machnel de se diriger vers la droite, ce qu'il fit, son Sig Sauer à la main. Et c'est avec prudence mais sans son arme, qu'il avait oubliée dans le tiroir de son bureau, que le commissaire ouvrit la porte qui était à sa gauche. La porte ne grinçait pas, le parquet non plus. « C'est l'avantage des appartements modernes », pensa Bompard en découvrant le corps. Un coup d'œil circulaire et rapide lui permit de voir que l'assassin ne l'avait pas attendu. Le grand rendez-vous était encore reporté. « Encore combien de morts ? » se demanda Bompard en se dirigeant vers le vieillard qui était affaissé sur une chaise. Il redressa le corps, qu'il fit reposer sur le dossier, et put à loisir examiner le poignard planté dans le cœur de monsieur Ming. Il n'était pas surpris. Il se demanda en fermant les yeux du mort si le vieux avait eu le temps de l'être, lui. Chrétien le mécréant resta un moment près du cadavre, le temps de lui souhaiter bon voyage. Il était préoccupé par ce qu'avait dû ressentir le vieux avant de mourir et cette pensée le retint un instant à ses côtés. Être menacé par celui à qui l'on a confié les lourdeurs de son âme avait quelque chose de très amoral. Machnel fit irruption dans la pièce.

— Ah. Merde.

— Et de ton côté ?

— Ça s'est passé dans l'heure.

— Explique.

— J'ai chez moi un petit cheval mécanique : vous voyez, un truc qui se remonte, qui passe du trot au galop et qui exécute des tas de figures. C'est…

— Passionnant, coupa le commissaire.

— Si le petit cheval qui est ici a le même mécanisme que celui que mon grand-père m'a offert quand j'étais môme, il a une autonomie d'une heure et…

— Et ? Bompard s'impatientait.

— Et, dans la pièce à côté, le petit cheval vient juste de s'arrêter.

— Salopard.

Bompard imagina l'assassin prenant le temps de remonter le mécanisme avait de quitter les lieux, juste pour leur faire savoir qu'ils arrivaient trop tard.

— Mais il a un point faible : il a besoin de nous faire savoir qu'il est intelligent, brillant. Et ce besoin de reconnaissance causera sa perte.

Le commissaire parlait fort et articulait comme s'il avait besoin de se convaincre. Pendant qu'il observait le désordre des pièces et ne touchait à rien, Machnel appela Grenelle et l'équipe du labo.

— Mais qu'est-ce qu'il cherche ? questionna Grenelle qui venait d'arriver.

— À éliminer tout ce qui le lie à la victime pour nous empêcher de remonter à lui. C'est un mec suicidaire : il sait qu'il est foutu, qu'il a perdu, même s'il tue Mathilde et s'il me tue. Ça changera rien finalement pour lui, et ça il le sait. Mais il est très orgueilleux. Il sait que c'est bientôt la fin, mais c'est lui qui décide où et quand. Il fait tout pour nous forcer à l'immobilisme. Mais c'est quand même pas une intelligence artificielle, c'est un homme, merde ! Il a des failles ! Fouillez cet appart, il a dû oublier quelque chose, c'est pas possible qu'il soit si froid. Et moi, je reviens.

— Vous allez où, patron ? questionna Grenelle.

— Voir la concierge.

— À cette heure-ci ?

— Oui, à cette heure-ci.

Comme il descendait à la loge, il croisa l'équipe du labo, prit le temps de leur préciser quelle était la porte qu'ils devaient pousser avant de dévaler les marches restantes.

Il frappa à la porte de la loge et dut insister avant que la lumière n'apparaisse derrière les rideaux. Quelques minutes plus tard, Bompard faisait face à une femme que le fait d'avoir été dérangée dans son sommeil ne rendait pas très amène. Il lui mit sa carte sous le nez pour la calmer.

— J'espère que c'est grave, au moins.

— Un mort, poignardé en plein cœur. Ça ira ?

La femme se calma mais ne put s'empêcher, entre deux questions de Bompard, de forcer son bâillement, histoire de souligner l'heure tardive. Elle lui confirma que l'homme vivait avec son neveu, et qu'entre les deux hommes ce n'était non seulement pas le beau fixe, mais que même le beau temps passager n'était pas de mise. Les disputes étaient fréquentes. Elle alla même jusqu'à insinuer que Lui aurait levé la main sur son oncle, justifiant ses allégations par des précisions que Bompard jugea sans intérêt. Et lorsqu'elle parla d'une bosse sur le front du vieillard, Bompard ne put retenir son exaspération.

— En tout cas, c'est pas le neveu qui l'a tué.

— Oh, moi, ce que j'en dis…

— Et vous savez pourquoi ? Parce qu'il est mort, assassiné lui aussi.

La femme resta sans voix. Bompard en profita pour lui poser une dernière question.

— Mais dites-moi, est-ce que monsieur Ming a reçu de la visite, aujourd'hui ?

— Oui, c'est assez rare pour que je m'en souvienne parce que je suis quand même pas toute la journée derrière mes rideaux.

— Et c'était ?

— Une cousine, une vieille cousine. Ils s'étaient pas vus depuis longtemps et elle voulait lui faire une surprise. Elle m'a demandé le code pour pouvoir revenir plus tard et m'a fait promettre de ne rien dire au vieux. Il aura pas revu sa vieille cousine. C'est moche.

Elle l'exaspérait : il eut envie de faire naître chez elle le remords d'avoir, en confiant le code à une inconnue, donné la possibilité à l'assassin de commettre sa tâche. Mais ayant une répulsion salvatrice pour les gens qui vous tirent vers le bas, il inspira profondément et s'apprêtait à remonter retrouver son équipe, quand lui vint à l'esprit qu'il n'avait pas d'informations sur l'apparence de la vieille cousine. Il avait grimpé quelques marches et il posa la question sans se retourner vraiment.

— Brune, les cheveux raides, les yeux bridés… une Japonaise, quoi.

Il eut soudain envie de s'asseoir sur les marches comme quand il était enfant et malheureux, d'agripper les barreaux de la rampe, de laisser ses jambes ballantes dans la cage d'escalier et de pleurer. Il accueillit ce nouveau souvenir avec circonspection, ferma les yeux une minute pour en savourer la teneur et décida sur-le-champ de passer voir Braumann sans attendre une heure plus policée. En attendant, il fallait rouvrir les yeux. Ceux de la concierge, braqués sur le commissaire, étaient écarquillés. Pour tromper le malaise, elle continuait :

— Enfin, la peau un peu jaune, quoi. Vous voyez ce que je veux dire…

— Mais monsieur Ming n'est pas japonais, et j'imagine que sa cousine non plus.

— Ah, c'est ça qui vous tracasse… Japonais, chinois…

— Non, non, cambodgien.

— Cambodgien, rectifia-t-elle dans le souci de ne pas déplaire au commissaire : de toute façon, ils se ressemblent tous.

Il comprit soudain l'envie de meurtre à laquelle succombaient certains et se mit à faire de ténébreux calculs. S'il sautait sur la femme et l'étranglait, étant donné les circonstances, la fatigue extrême dans laquelle il se trouvait, la dépression contre laquelle il luttait depuis le départ de Mathilde, il pourrait peut-être éviter la prison, écoper de quelques années avec sursis, avec bien sûr obligation de soin. « Si Grenelle était là, il serait effrayé », pensa-t-il. Dans ce type de situation, quand les idées ou le comportement du commissaire semblaient déstabiliser son fidèle lieutenant, Bompard s'en sortait par une pirouette : « C'est rien, c'est mon côté sombre. »

Il abandonna la femme à son énorme sac, dans lequel elle fourrait tout ce qui lui était étranger. « La barbarie doit commencer au-delà du cercle familial », se dit-il en s'accrochant à la rampe, anéanti par l'étroitesse d'esprit de la gardienne. Il allait retrouver son équipe, quand il eut soudain envie de la déstabiliser. Il revint sur ses pas et s'approcha d'elle.

— Savez-vous, chère madame, que la femme est tout aussi en danger, voire plus, dans son cercle familial que sur un terrain qui lui est étranger ?

— Hein ! lâcha la gardienne, horrifiée.

Il l'abandonna à la digestion de l'information. Il enverrait Machnel prendre sa déposition, plus tard.

46

Dans l'appartement du vieil homme, toute l'équipe s'affairait. Un drap recouvrait déjà le cadavre de monsieur Ming.

« C'est rien, c'est juste un mort », essayait de se dire Bompard en ouvrant la porte-fenêtre. Il avait besoin de respirer. Bompard savait ses hommes abattus, lui-même l'était profondément, mais il se fixa de ne rien laisser transparaître. Il leur devait bien ça. Alors il prit une bouffée d'air frais, fit un clin d'œil à la ville, qui lui renvoya le reflet fatigué de ses multiples néons, et se retourna brusquement vers son équipe qu'il pensait surprendre alors que tout le monde avait les yeux braqués sur lui.

Pensant qu'en matière de formation, d'amour et d'enquête judiciaire, il ne fallait pas être avare de répétitions, il n'hésita pas à leur redire ce qu'ils savaient déjà. Il leur parla de la certitude qui était la sienne que l'homme qui reposait à sa gauche était le patient de l'assassin et qu'ils étaient là pour arriver à le prouver. Répéter, répéter toujours. Il surfa mentalement sur la répétition, qui n'excluait pas le mensonge, en observant les visages fatigués de ses hommes qui s'étaient remis au travail. Il se demanda combien de fois il avait pu dire à Mathilde qu'il ne pourrait jamais vivre sans elle et balaya d'un geste les années qui s'étaient écoulées depuis leur divorce. Mais était-il vraiment vivant ?

— C'est quand même un humain, ce type, pas une machine ! Si Ming était son patient depuis des mois, voire des années, il y a forcément quelque chose dans ce lieu qui va nous confirmer cette hypothèse.

Il essayait de remobiliser les troupes. Mais d'un travelling panorama, son regard parcourut la vaste pièce qui avait été fouillée avec méthode.

— C'est pas possible qu'il ait pensé à tout, ajouta-t-il comme pour se convaincre.

Accroupi devant un tas de paperasses, Grenelle essayait de retrouver la trace d'un psychothérapeute dans le passé chamboulé du vieillard. Il observait du coin de l'œil le commissaire accroupi sur le rebord de la porte-fenêtre et savait que de cette passivité apparente sortirait un inattendu fertile. Et, justement, Bompard se levait.

Il abandonnait le rebord de la fenêtre sur lequel il était allé chercher asile, se dépliait.

— On trouvera plus rien dans cet appart, soupira-t-il sans regarder ses hommes.

Disant ces mots, Bompard saisit, pour la redresser, la lampe chinoise qu'il avait beaucoup étudiée de son poste d'observation. Il la trouvait très belle et il s'était dit qu'avant de quitter les lieux, si l'assassin avait remonté un mécanisme, lui rendrait à cette lampe sa stabilité.

— Il aurait pu la casser dans la bataille, dit-il en soulevant l'objet.

Grenelle, intrigué, ne lâchait pas des yeux le commissaire. Machnel, sentant que quelque chose était en train de lui échapper, lançait des coups d'œil interrogatifs à son collègue qui ne le regardait pas.

Toujours absorbé par la lampe, Bompard interpellait son collaborateur sans le regarder.

— Grenelle, tu es venu en voiture ? Tu me passes les clés ?

Le lieutenant alla chercher la clé qui était dans la poche de son blouson accroché à la porte. Bompard, lui, continuait ses commentaires sur la lampe ancienne, faisant de la scène du crime un magasin d'antiquités. Il s'extasia sur la pureté de l'ambre qui emprisonnait dans son épaisseur des filaments d'or.

« On croit rêver », se dit Grenelle en tendant la clé de la voiture. Le commissaire nota alors que la poire de la lampe comptait deux boutons. Il prit la clé des mains de Grenelle en se penchant sur l'abat-jour.

— Comme c'est curieux, deux boutons pour une seule ampoule. Non ?

Il interrogeait ses deux lieutenants qui s'étaient rapprochés. Il actionna les deux boutons et la réponse jaillit, lumineuse. Il y avait une deuxième ampoule dans le pied de lampe.

— Ça met en valeur le luminaire, non ?

Ses hommes le regardaient comme on regarde parfois, lorsqu'on ne parvient pas à mettre ses émotions sous contrôle, celui qui est différent. Il y avait dans leurs yeux un mélange d'effroi et de compassion. Bompard se dit qu'il était temps d'arrêter de jouer avant que le jeu ne se refermât sur lui. Il entreprit de dévisser la lampe et retira délicatement de son pied un document manuscrit dont il venait d'entrevoir l'ombre. Sur le papier de soie, l'écriture était fine et déliée. Le commissaire se pencha sur la lettre qui n'allait pas dévoiler ses secrets dans l'immédiat et releva la tête avec une pensée pour la caissière du restaurant de Boris.

— « Si c'est pas malheureux de n'pas parler khmer », comme dirait Yvette ! Bompard citait toujours ses sources.

Il réajusta aussitôt son habit de flic sérieux qui sécurisait tellement son équipe et leur expliqua comment il voyait les heures qui allaient suivre.

— Bon, l'appartement a livré son secret. Que le maître de maison en soit remercié.

Il se retourna vers le linceul et esquissa une discrète révérence, aurait juré Grenelle qui l'observait depuis toujours. Il insista alors sur la nécessité de trouver un traducteur avant le lever du jour, suggéra à ses deux lieutenants de prendre une ou deux heures de repos dès qu'ils auraient mis la main sur la perle rare.

— On n'a absolument pas besoin de dormir, grommela Machnel, en réprimant un bâillement qui n'échappa pas au commissaire.

— Quant à moi, conclut-il, je m'absente une paire d'heures.

— Vous avez besoin d'aide, patron ? s'inquiéta Grenelle.

— Non ! Je vais vérifier un truc et je reviens.

— Vous y allez seul ?

— Oui.

Le commissaire eut du mal à cacher son exaspération. Il claqua la porte derrière lui en se disant que recoller son passé était une affaire intime qui se passerait de témoin. Il savait néanmoins que l'objectif était ambitieux et qu'il ne parviendrait pas, tout seul, à redonner vie à ses années inertes. Braumann était averti et l'attendait rue Ballu. Quand il arriva, il reconnut la vieille 2 CV rose fuchsia.

— C'est pas très discret, s'excusa le psychanalyste.

— Non, mais c'est très gai.

— Et ça n'empêche ni le sérieux ni la gravité. C'est un peu comme un éclat de rire après une grosse peur. On y va ?

Bompard composa le code et se retourna vers Braumann.

— Je voulais vous remercier.

— Vous me remercierez plus tard.

47

Bompard poussa la lourde porte : Braumann passa ostensiblement le premier, affirmant ainsi le désir de prendre la situation en main. Il y avait quelque chose de rassurant à suivre le dos puissant de cet homme qui s'engageait sous le porche. Bompard fut très surpris d'avoir tout de suite envie de glisser sa main dans celle du psy et il résista à la tentation de l'ironie, se disant que c'était sans doute un moyen de défense qui ne pouvait que freiner son parcours.

Braumann décida de ne pas prendre l'ascenseur, qui fonctionnait pourtant, et entreprit l'ascension de l'escalier. Bompard le suivait méthodiquement, glissant sans l'avoir décidé vraiment ses pas dans ceux du psy. La chorégraphie semblait réglée à la seconde près et pendant trois étages, les pas de Bompard, plus fidèles qu'un remords, se coulèrent dans ceux de son guide. Il le suivait comme un enfant apeuré se colle à son père. Braumann, qui était conscient de ce rapprochement, ne bronchait pas. Les deux hommes gravissaient les étages en silence. Le commissaire se sentait fébrile. Tout à coup, au quatrième étage, sans doute

Bompard modifia-t-il son rythme, mais toujours est-il qu'il posa son pied impatient sur la marche encore occupée par le pied de Braumann et vint accrocher son talon, qui se désolidarisa des superbes chaussures italiennes du thérapeute.

— Oh, merde ! soupira le psy, légèrement contrarié.

La lumière qui s'éteignit à ce moment-là donna au commissaire l'occasion de dissimuler son embarras. Mais il ne parvint pas à réprimer le fou rire qu'il sentait monter. Et c'est dans un éclat de rire qu'il lâcha un « je suis désolé » tellement peu crédible qu'il fit sourire Braumann. Le commissaire n'avait pas ri avec autant de liberté depuis longtemps. Il percevait qu'il y avait là quelque chose de positif qui se jouait pour lui et décida de ne pas combattre cette émotion qui déferlait sur lui. Les deux hommes restèrent un long moment assis sur les marches dans la pénombre, Bompard secoué par un rire convulsif qui menaçait de virer aux sanglots et Braumann à l'écoute, une main sur l'épaule du commissaire. Quand il sentit le commissaire trembler, Braumann intervint avec douceur.

— N'oubliez pas tout ce qu'on s'est dit. Cette période est terminée : aujourd'hui rien de ce qui vous menaçait à l'époque n'a de prise sur vous. Vous n'êtes plus que le spectateur de votre passé, pas l'acteur.

Bompard écoutait, sa main chiffonnant le pardessus élégant du psychanalyste.

— Si vous ne pouvez pas parler, c'est pas grave. Laissez juste une petite place à la narration dans votre tête, comme si vous vouliez écrire un livre de tout ça ou le raconter à quelqu'un qui vous est très proche, plus tard. Vous pouvez aussi parler de vous ou même penser à vous à la troisième personne.

C'est à ce moment-là que Bompard pensa au feu. Il regarda avec inquiétude le haut de la cage d'escalier et vit un enfant complètement effrayé, en pyjama, dévalant l'escalier, prenant le temps, malgré sa grande peur, de tambouriner aux portes pour prévenir les résidents. L'enfant hurle : « Au feu ! » et une pensée l'obsède, se sauver. L'enfant dévale l'escalier qui n'en finit pas et se répète : « Je dois me sauver ! Je dois me sauver ! » Bompard reconnaît parfaitement le pyjama rouge avec des ours verts. Son souffle se fait court, il se remet à trembler. Mais Braumann est là et sa main rassurante. « J'ai abandonné mon copain, mon frère, mon petit frère. »

— Votre frère ? questionna Braumann d'une voix neutre.

— Mais oui, Clément, Clément Lakanal.

Alors il relata les souvenirs comme ils venaient, dans le désordre. Le visage de Clément se dessinait, il raconta Clément. Leurs courses dans l'escalier, leur entente parfaite, leurs rires, leurs tartines de miel, leur complicité. Et puis il aborda le poids de la responsabilité, de l'inquiétude. Il expliqua combien ces trois mois qu'il avait de plus que Clément étaient lourds. Soudain, Bompard s'assombrit. La tête dans les épaules, le dos vouté, il semblait redouter une menace.

— N'oubliez pas, Chrétien, que tout ceci s'est passé il y a plus de trente-cinq ans. Aujourd'hui vous n'avez plus rien à craindre.

Braumann sentit le dos du commissaire se détendre. Une silhouette s'approchait de lui, menaçante, il décida de la tenir à distance et choisit le confort du récit à la *troisième personne.* Il raconta cet épisode douloureux de son enfance comme on raconte un film. Il parla longtemps, et de manière décousue, du père incestueux de Clément, de la souffrance de son ami, de la complaisance de sa mère, de sa volonté à lui, petit garçon, d'intervenir, de son incapacité à le faire. Ils étaient seuls. Chrétien n'osait pas se confier à ses parents et Clément avait peur des siens. Il parlait sans s'arrêter, essayant de rattraper ses années de silence.

La résurgence du passé avait arrêté le temps et plongé dans un état de sidération les deux hommes, engourdis et épuisés au milieu du quatrième étage.

Le psychanalyste réagit le premier. Il se mit à observer sa chaussure.

— J'aurais fait un piètre clown.

— Pourquoi ?

— Tout clown qui se respecte a des chaussures qui se fendent la gueule. Certes. Mais elles se fendent la gueule devant, pas derrière.

Il tendit alors la main à Bompard pour l'aider à se redresser.

— Sans rancune. Vous vous sentez comment ?

— Épuisé !

— Normal. Bon, on continue l'ascension, il nous reste encore trois étages à gravir.

Comme précédemment, Braumann ouvrit la route. Bompard le suivait, d'un peu moins près cette fois. Déjà il était différent.

48

« Trouver un traducteur du khmer vers le français à cinq heures du matin n'est pas chose aisée », se répétait Grenelle en arpentant le salon du vieux Ming. Le corps avait été enlevé, les hommes en blanc avaient levé le camp, il était seul avec Machnel à se triturer l'esprit pour essayer de trouver un moyen de mener à bien la mission que Bompard leur avait confiée. Ils s'étaient engagés à poser les scellés avant de quitter les lieux et s'apprêtaient à le faire, vexés par leur manque de réactivité face à la situation qui leur était imposée. Dans le couloir de l'immeuble, comme Machnel condamnait la porte de l'appartement du vieil homme, il lâcha, désabusé :

— Si seulement j'avais pu coucher avec une Cambodgienne, on n'en serait pas là.

— Ah, putain !

— Qu'est-ce qui t'arrive ?

— Mais je connais quelqu'un qui parle khmer… Qu'est-ce qu'on est cons !

— « On » ? Tu y vas un peu fort ! Et tu as couché avec elle ?

— C'est un mec !

Machnel lâcha un « ah » interrogatif qui n'obtint pas de réponse. Il se demandait pourquoi Grenelle avait eu cette idée alors que lui plaisantait sur son absence de conquête cambodgienne. Grenelle, lui, faisait défiler ses contacts sur son portable.

— Attends un peu ! Laisse-moi voir si j'ai toujours son numéro… C'est pas dit… Ne nous réjouissons pas trop vite Alors… L… non, non, Léo, Léon…

— D'Alger ?

— C'est ça, oui ! Non, c'est Léon Fabre, beaucoup plus vieux et beaucoup moins sympa. Lé… ah ! voilà Léopold de Matutivier.

— Bonjour le blase ! Et alors ?

Léopold de Matutivier était féru de tout ce qui concernait de près ou de loin le Cambodge. Quelques années auparavant, il avait croisé la route de Grenelle à la salle de tir : c'était sa deuxième passion. Il avait une technique qui lui était très personnelle. Il se laissait absorber par le cœur de la cible, c'était sa façon à lui de se déconnecter de tous ses problèmes, et même s'il ne l'atteignait que rarement, ça le rendait serein. Et en l'observant rater non seulement le cœur de la cible, souvent, mais parfois la cible elle-même, Grenelle s'était dit à l'époque que la passion ne menait pas toujours à l'excellence… Il lui téléphona sur-le-champ, évoqua l'urgence pour justifier l'heure matutinale, la surcharge de travail pour expliquer les années de silence et, sans rentrer dans les détails, lui parla de la lettre. Matutivier, qui trouvait la situation cocasse, enfila son peignoir de soie, fit ses ablutions et attendit les deux lieutenants. Léopold de Matutivier était un original.

Paris était encore endormie, et aux commandes de sa moto, Machnel l'était aussi. Ils arrivèrent néanmoins sans embûche avenue Foch. L'accueil fut chaleureux bien que réservé, et ce savant dosage impressionna Machnel qui ravala *in extremis* un « trop la classe » qui aurait pu paraître impropre. Sa mère lui ayant expliqué que pour sembler à l'aise en toute situation, il ne fallait jamais avoir l'air étonné, il travailla son regard, qu'il posa, blasé, sur les tapis persans, les boiseries anciennes, les dorures des lustres et les moulures du plafond. Quant à la superficie du salon, Machnel, soucieux de préserver sa salubrité mentale, refusa tout net de la comparer à celle de son studio.

Il préféra se concentrer sur le café noir, serré, qu'il buvait et dont il attendait beaucoup. Assis en face de lui, Grenelle reprenait des couleurs. Sur son fauteuil, Machnel se redressa. Matutivier soupirait.

— C'est bientôt fini. Mais je préfère vous prévenir, ce n'est pas d'une gaieté folle.

49

Ils étaient arrivés au dernier étage.

Ils allaient maintenant emprunter l'échelle devant laquelle Bompard était passé, une nuit, alors que la deuxième morte réclamait son soutien. Il était revenu plusieurs fois traîner dans ce couloir. Il se rappelait la présence de l'autre à ce même endroit, dans l'obscurité totale, à deux pas de l'échelle. Était-il monté, lui aussi, comme Bompard s'apprêtait à le faire ? Il leva la tête. Au-dessus de lui, une trappe était retenue par une lourde chaîne au bout de laquelle pendait un cadenas. À ses côtés, Braumann, qui la veille avait fait des repérages, lui tendait une clé.

— Vous avez pensé à tout.

— Je vous ai préparé le terrain.

— Et vous êtes monté ?

— Juste pour vérifier que la clé marche. Mais je n'ai pas soulevé la trappe, si c'est ce que vous voulez savoir.

Alors qu'il avait un pied sur le premier barreau, Bompard fut une nouvelle fois pris de tremblements. Braumann lui demanda s'il préférait être le deuxième à monter. Bompard lui fit signe que non. Alors, avant l'ultime ascension, Braumann précisa deux ou trois choses. Bompard s'éloigna de l'échelle, fit rouler ses épaules et sa nuque comme un boxeur avant de monter sur le ring. Il appliquait ce qu'il s'était souvent répété : « Quand ça va vraiment pas, quand tu as l'impression d'être mort, fais les gestes de la vie, elle se reconnaîtra et finira par te revenir. »

— Les mots bloqués dans votre gorge ne sont pas les mots de l'homme que j'ai en face de moi, mais ceux du petit garçon que vous étiez. Vous allez soulever cette trappe comme on soulève une chape de plomb sur un secret. Mais il n'y a au-dessus de nos têtes rien d'objectivement terrifiant pour l'adulte que vous êtes. Alors, si quelque chose vous terrorise, n'oubliez pas de vous dire que c'est le jeune Chrétien qui est terrorisé, pas vous. Vous pouvez avoir de la compassion pour cet enfant, mais ce n'est pas vous. Laissez toujours un peu d'espace entre lui et vous. N'oubliez pas : l'espace de la narration. On y va.

Braumann planta son regard puissant dans celui, vacillant, de Bompard. Le commissaire pensa aux grands espaces, aux pics montagneux, au ciel toujours bleu au-dessus des nuages, et mit un pied sur le premier barreau. Et cette fois encore, il eut l'impression qu'un esprit malicieux rajoutait un barreau chaque fois qu'il en mettait un à son actif. La montée lui sembla périlleuse, elle était pourtant enfantine, mais justement… Il souleva la trappe.

Il observait maintenant les combles avec cette impression que lui laissaient parfois, dans les musées, les maquettes exposées qui faisaient de lui un géant. Si hier il devait se hisser sur la pointe des pieds pour toucher de sa main tendue la poutre centrale, c'est plié en deux qu'il l'évitait aujourd'hui. Le calendrier jouait des tours à sa perception de l'espace et il était à l'étroit dans ce souvenir qui revenait avec force. Il s'approcha de la lucarne et se mit à chercher la lune, désespérément. « Où était-elle passée ? » se demandait le jeune Chrétien dont les épaules s'affaissaient sous le poids de la déception. C'était le soir où les enfants avaient décidé de mêler leur sang. Tout était là, la lame de rasoir, le coton, l'alcool, les pansements. Tout était là, sauf la lune qui était pourtant prévue au programme. Le jeune Chrétien était inconsolable ; Clément allait déployer des montagnes d'ingéniosité pour le faire rire, en vain. Il fit défiler derrière un drap tendu une série de personnages qu'il avait l'habitude d'incarner, mais cette fois-là, le spectacle n'eut aucun effet sur le spectateur. Le jeune Chrétien était abattu, le commissaire également, qui s'était accroupi, à l'affût derrière la lucarne. Mais tout à coup un sourire inhabituel éclaira le visage de Bompard : Clément, son ami, son frère, venait de coller le dessin d'une lune sur la lucarne. Une pleine lune souriante dans un ciel étoilé, avec ces mots : « Pour que tu soi plus jamé trist. » Le jeune Chrétien éclata de rire, Bompard, lui, éclata en sanglots. Il était fébrile. Il luttait contre ses fantômes, se débattait, résistait.

Braumann glissa comme il le put sous le toit pentu pour aller rejoindre celui qui livrait la plus difficile des batailles, celle qui fait qu'un jour, on se redresse. D'une main rassurante, il manifesta sa présence. Bompard s'accrocha au présent. Il retrouvait progressivement une force qui lui permit de tenir son enfance et ses démons à distance. Il se réfugia derrière l'artifice de la troisième personne et parla d'abondance de sa longue amitié avec Clément. Le « il » qu'il empruntait pour parler de lui-même faisait écho à celui qui désignait Clément, mêlant la confusion à la fusion ; les deux enfants s'étaient rencontrés dans les bras accueillants d'une nourrice mauricienne et ne s'étaient plus quittés jusqu'au jour du drame, pour les huit ans de Clément. Bompard mit toutes ses forces à sortir de lui le récit de cette soirée comme on expulse un corps étranger. Il évoqua la violente dispute des parents de Clément, le repli des enfants dans le grenier, la cérémonie du sang pour sceller leur amitié, « à la vie, à la mort » ne cessait de répéter le commissaire, l'intrusion du père ivre.

— Il est arrivé, il était énorme, il a arraché Clément à ses jeux et il est redescendu ; Clément se débattait… il pleurait. Alors il a voulu l'aider, mais il a pas pu.

— Pourquoi vous n'avez rien pu faire ?

— L'autre avait enlevé l'échelle et c'était haut, très haut.

— Et vous avez eu peur, Chrétien ! C'est normal. Huit ans, face à tout ça, ça ne pèse pas lourd dans la balance.

Bompard ne pouvait pas arrêter de parler, il voulait raconter les vieux chiffons noués les uns aux autres qui lui avaient permis de descendre, les retrouvailles dans la chambre de Clément alors que, dans la pièce à côté, les parents continuaient de se déchirer. Il voulait raconter le parchemin que Clément s'était fixé de terminer, leurs visages d'enfant éclairés par la bougie, il voulait raconter le violent orage qui avait éclaté et les menaces d'obscurité intermittentes, le bruit fracassant de la verrière qui s'était écroulée dans le salon, il voulait raconter le cri de la mère et puis plus rien. Le silence.

Bompard cala sa respiration sur celle de Braumann et remonta lentement. Il déplia ses membres, écarquilla les yeux plusieurs fois, en plissant le front, se frictionna les reins. Il reprenait des couleurs. « Cet homme est fort », pensa Braumann qui l'observait toujours. Bompard se remit à parler : il voulait extirper entièrement de sa mémoire la soirée d'anniversaire de Clément.

— On était dans la chambre de Clément autour d'une bougie. Il avait écrit sur une feuille de papier dessin « Chrétien et Clément, à la vie à la mort. » Il promenait la feuille au-dessus de la flamme et répétait sans cesse : « C'est beau ! C'est beau ! » Et vous savez ce qui m'étonnait, moi…

Il s'adressait à Braumann en homme libre ; le piège du passé avait desserré ses dents.

— Il était calme au-dessus de son parchemin alors que de l'autre côté du couloir ses parents s'entre-déchiraient. Je me souviens très bien de ça.

— Et qu'est-ce qui s'est passé ?

— Son père a fait irruption dans la chambre. Il était furieux. Il portait une grande chemise en coton blanc, il était souvent habillé comme ça, je me souviens, il était verrier. Tout d'un coup, il a ouvert la porte, sa chemise était maculée de sang, il avait l'air hagard. Quand il m'a vu, il a explosé. Il avait oublié que j'étais là.

— Il pensait que vous étiez encore dans le grenier.

— Oui, c'est ça ! Il s'est avancé vers Clément, je me suis mis sur son chemin et il m'a propulsé contre le mur. Clément s'est mis à hurler. Quand je me suis redressé, il avait pris son fils par la main. J'étais sonné, mais Clément poussait des cris terribles, alors j'ai rassemblé mes forces et je lui ai sauté dessus, j'étais sur son dos, je lui arrachais les cheveux en hurlant : « Laissez-le ! Vous n'avez pas le droit ! » Toute cette violence m'avait rendu fou.

— Et qu'est-ce qui s'est passé ?

— Lui aussi était fou de colère. Il m'a envoyé valdinguer contre le mur, et cette fois il s'est jeté sur moi, ses doigts autour de mon cou, il hurlait : « C'est mon fils, j'ai tous les droits, c'est mon fils ! » Quand il m'a propulsé en l'air, mon corps a heurté la bougie et le feu commença à se répandre. Clément l'implorait de me lâcher, il criait, il pleurait.

— Et vous ?

— Moi, je pensais que j'allais mourir sans avoir vu le fond des océans : ma mère m'avait offert un livre magnifique ! Et tout à coup, il m'a lâché…

— Pourquoi ? Il s'était ressaisi ?

— Clément avait ouvert la fenêtre et menaçait de se jeter dans le vide s'il ne me lâchait pas.

— Si jeune.

— C'est la dernière fois que je l'ai vu. Son père l'a empoigné et ils ont disparu dans les flammes.

— Et vous ?

— Moi, je me suis redressé, je savais pas quoi faire, je voulais éteindre le feu, mais il était déjà très avancé. J'avais vu un pompier, à la télévision, dire qu'en cas d'incendie il fallait fermer les fenêtres, alors j'ai fermé la fenêtre et je suis sorti de la pièce en courant.

— Et la mère de Clément ?

— Je me suis retrouvé dans le couloir, il y avait déjà de la fumée partout, il fallait que je me dépêche, je n'arrêtais pas de me dire « je dois me sauver, je dois me sauver ». Quand je suis passé devant le salon, la porte était entrouverte, je l'ai poussée, je cherchais sa mère, elle avait peut-être besoin de moi. Et là j'ai vu quelque chose de complètement féérique, je me souviens très bien, la verrière qui remplaçait tout le mur du fond et une partie du plafond avait explosé et laissait entrer un ciel étoilé comme je n'en ai jamais plus revu, et au milieu de toutes ces étoiles, la pleine lune.

« Il faut bien mettre de la féérie pour rendre le cauchemar supportable », pensa le psychanalyste qui expliquerait tout ça à Bompard, plus tard. Braumann pensa tout de suite au dessin de Clément et se dit qu'il était trop tôt pour aborder la transposition avec Bompard. Il se promit, en cas de résistance de la part du commissaire, d'évoquer la pollution qui étouffe et étouffait, même dans les années soixante-dix, tout espoir de Voie lactée sur la capitale. Il pourrait même, si Bompard était trop accroché à son rêve, faire une rapide recherche pour savoir si la pleine lune était de la partie pour les huit ans de Clément.

— J'aurais voulu sauter dans le ciel, je me suis avancé et je l'ai vue. Elle était dans une mare de sang. Une profonde blessure à la nuque.

Il se souvint alors parfaitement de la bauté de cette femme et de sa souffrance. Elle répétait inlassablement, lors de leurs fréquentes balades autour de Notre-Dame : « J'aurais tellement aimé me marier ici, mais ça n'aurait rien changé, n'est-ce pas ? » Il se concentra et vit remonter de ce souvenir deux garçonnets pas assez mûrs pour appréhender pleinement tout ce chagrin.

Braumann laissa s'écouler quelques minutes avant d'entreprendre la descente de l'échelle. Lui aussi était fatigué. Il murmura d'une voix douce : « Ça y est, c'est fini, on rentre. » Bompard jeta un dernier coup d'œil au grenier en murmurant pour lui : « Je ne pourrai jamais lui faire de mal, c'est mon petit frère. » Mais c'était sans compter sur l'écoute très professionnelle et l'ouïe hors du commun de Braumann qui enchaîna :

— Vous savez bien que vous n'avez pas le choix. Vous savez que vous devez mettre un terme à sa folie. D'ailleurs, qui vous dit qu'il ne compte pas sur vous ?

L'escalier avait lâché son secret, la mémoire était sortie de sa cage. Sous les toits mansardés, les deux enfants s'étaient créé un domaine dont ils étaient les rois, le domaine Cric-Crac, le mot lui revenait comme s'il l'avait prononcé la veille. Et peut-être par peur de le voir repartir, disparaître à nouveau, il le répéta plusieurs fois pour qu'il se fixât à jamais dans sa mémoire. Il dévala l'escalier en maudissant la vie qui avait abîmé le roi Clément au visage si doux.

Quand il tira la porte de l'immeuble, il la trouva moins lourde. Derrière lui, Braumann, qui lui emboîtait le pas, le trouvait rajeuni.

Il raccompagna son guide à sa 2 CV fuchsia. En observant Braumann, une chaussure dans la poche de son pardessus froissé, l'autre au pied, claudiquer sur le bitume, Bompard ne put réprimer un « Ça, c'est de la chaussure italienne ! C'est une expression en principe difficile à caser, ajouta-t-il. Au singulier, c'est pas évident ! Pour un unijambiste peut-être. »

Braumann répliqua d'un geste enfantin et lui envoya la chaussure éventrée qu'il avait à portée de la main.

50

Pas de taxi ! Les yeux du commissaire suivirent un instant la silhouette d'un jeune sur une trottinette. Il envia sa liberté de mouvement avant de s'engouffrer dans le métro. La rame était quasiment déserte : il était encore tôt. Il observait son reflet brouillé, que lui renvoyait la porte vitrée qui vibrait. C'était bien lui et pourtant il se sentait différent. C'était déjà l'île de la Cité. Il descendit. Il allait retrouver son équipe et se demandait si ses lieutenants allaient remarquer quelque chose.

Alors qu'il sortait de la station, son portable sonna. C'était Grenelle.

— Ah ! Vous êtes où ? Je viens de vous laisser un message !

— Je sors du métro, ça devait pas capter.

— On a notre homme, enfin je veux dire, son nom, annonça le lieutenant victorieux.

— Clément Lakanal, répondit le commissaire, sans parvenir à gommer sa tristesse que Grenelle, tout à son excitation, ne releva pas.

— Mais oui, Clément Lakanal ! Comment vous avez fait ?

— Je vais t'expliquer. J'arrive !

Il n'expliqua rien aux lieutenants qui l'attendaient. Il les laissa parler. Grenelle en vint tout de suite à ce qui était pour lui l'essentiel, la lettre, dont il tendit la traduction au commissaire.

Très cher Lui,

J'ai cru longtemps que j'aurais la force d'oublier ; il n'en est rien, mon cher neveu. La vie a manqué de courage et la vision des chères têtes de mes deux enfants dans la cuvette des toilettes m'est restée comme une aiguille plantée dans le cœur. Même après toutes ces années, je n'ai pas accepté leur mort et je n'ai égoïstement pas accepté ma souffrance, même si j'ai pardonné à leur mère sa folie meurtrière. Tu sais Lui, il ne faut pas juger ta tante, nous avons vécu au Cambodge de telles atrocités… Mon tort a été de nous croire libérés de notre passé une fois sur le sol français. Je n'ai pas compris qu'il fallait sortir tout ça de sa tête, de son corps, de son cœur et de son âme. J'ai été inconsistant.

À la naissance de Chinda et de Daravy, j'ai voulu croire qu'une nouvelle vie serait possible ; j'ai beaucoup travaillé, tes cousines étaient belles et fortes. La vie était de nouveau de notre côté. Mais ta tante pleurait beaucoup et je ne voulais pas le voir. Et puis le drame a éclaté et ça m'a terrassé alors que ça grondait en souterrain depuis longtemps, mais mes oreilles et mon cœur restaient sourds. J'ai appris depuis, par le docteur Clément Lakanal que je vais voir régulièrement, que ça s'appelle le déni. Mais savoir que l'attitude que j'ai eue pendant des années porte un nom ne la rend pas excusable à mes yeux.

Le docteur parle de mes fantômes, la mort de tes cousines, la folie de leur mère bien sûr, mais aussi mon pays ensanglanté par la folie meurtrière d'un homme. Je sais aujourd'hui que mes fantômes sont plus forts que moi et que Pol Pot, même s'il est mort, aura le dernier mot.

Quant à toi, mon cher neveu, je voulais m'excuser de la vie que je t'ai fait mener depuis que nous partageons le même toit. Toutes ces disputes ont épuisé l'amour qu'il y avait entre nous. Et moi qui voulais te rendre service en t'hébergeant, je n'ai fait que gâcher ta jeunesse. Je regrette d'avoir fouillé dans tes affaires, mais je voudrais que tu comprennes que lorsque j'ai su qu'une bande de voyous faisait appel à toi pour décapiter la capitale, ça m'a rendu fou. J'en ai beaucoup parlé au docteur Lakanal et j'ai maintenant retrouvé mon calme.

J'ai longtemps appelé la mort mais, juste retour des choses, elle aussi reste sourde. J'ai donc décidé, même si ça ne correspond pas à l'idée que je me fais de l'existence, de mettre fin à mes jours. Je voulais juste préciser, mon cher Lui, que le poids de cette décision ne doit en aucun cas reposer sur tes épaules. Ce n'est pas là une négation du karma qui nous lie tous, mais plutôt la foi en ta phénoménale énergie qui continuera, je l'espère, à te faire avancer.

Sois heureux, cher neveu, et ne m'en veux pas.

Ton oncle Ming.

« Lakanal aura au moins posé un acte utile dans toute cette tuerie, il aura évité à Ming d'avoir recours au suicide », se dit Bompard en reposant la lettre sur son bureau. Il se leva.

— Bon, j'imagine qu'on a l'adresse.

— 1, rue du Petit-Pont.

— Je sais pas où ça se trouve, mais si c'est un point d'observation de Notre-Dame, je dois connaître par cœur la plus petite des fissures de l'immeuble.

— Regardez, patron !

En deux clics, Machnel fit apparaître l'immeuble sur son écran. Bompard s'approcha, comme pour mieux cerner Lakanal.

— C'est dommage qu'on puisse pas voir son petit nid douillet. Y a pas moyen ?

— Ah non ! La technique ne va pas jusque-là

Bompard, les yeux toujours rivés sur l'écran, s'éloigna de l'ordinateur. Il pensa à Mathilde et à Clément, tous deux prisonniers de ces murs, se dit qu'il ne pourrait pas sauver les deux et qu'il devait avoir la compassion sélective s'il voulait en sauver un. Il pensa à Mathilde et s'efforça de tenir son enfance en joue. Il se sentit en pleine possession de ses moyens et en profita pour communiquer son plan à son équipe.

— Grenelle, tu demandes aux hommes de se tenir prêts à intervenir.

— Des tireurs d'élite ?

— J'espère qu'on n'en arrivera pas là. Qu'ils soient discrets, pas de fourgon visible du 1. Au fait, vous avez eu l'adresse comment ? Internet ?

— Non. Enfin oui, mais pas seulement.

— Ce qui veut dire ? interrogea Bompard.

— La secrétaire, lâcha Machnel dans un demi-sourire.

— La secrétaire ?

— Du conseil de l'ordre, précisa le jeune lieutenant.

— À cette heure-ci ?! s'étonna Bompard en regardant sa montre.

— Elle est folle de moi, exulta Machnel.

— Déjà ! Vous vous êtes rencontrés quand ?

— Ah, mais… on se connaît pas. On doit dîner dès que l'enquête sera finie.

— Ah, c'est pour ça !

Il lança au jeune lieutenant une feuille de papier froissée pour souligner la plaisanterie, se leva et enfila son blouson.

— Bon, nous trois on part en voiture.

— Pas de moto ? interrogea Machnel.

— C'est pas la peine ! Je pense pas qu'il va essayer de s'enfuir : y aura pas de course-poursuite. Non, ce qu'il veut, c'est un duel.

— Un duel ? s'étonnèrent en chœur les deux lieutenants.

— Oui ! un duel, comme dans les films de cape et d'épée, ou les westerns si vous préférez. Je sais pas, un truc de môme, quoi ! Il veut jouer aux gendarmes et aux voleurs. Ah ! à propos…

Il se dirigea vers son bureau, il semblait avoir oublié quelque chose.

« C'est quand même pas son Sig Sauer », pensa Grenelle, inquiet.

— C'est quand même pas son Sig Sauer ! s'exclama Machnel qui était beaucoup plus extraverti que son collègue.

Le temps d'un haussement d'épaules de Grenelle, et le commissaire était en face d'eux.

Grenelle observait Bompard et se disait qu'il était sans âge, qu'il y avait chez lui, ce jour-là particulièrement, une juxtaposition de vivacité et de grande fatigue, de jeunesse et de vieillesse.

Bompard disait souvent : « Parfois j'ai l'impression d'avoir dix mille ans, et à d'autres moments de sortir du ventre de ma mère. »

Et en le suivant du regard sur le trottoir, Grenelle voyait très bien ce que le commissaire voulait dire : il avait devant les yeux un homme qui passait brusquement du vieillard leste et vif à l'adolescent lourd de maturité. Rien n'était à sa place chez le commissaire, comme d'habitude.

Il pleuvait dru. Bompard regardait le ciel qui, lui aussi, restait sombre. Un couvercle pesait sur la capitale, qu'il aurait bien aimé soulever. Il ouvrit la vitre. Il inspira profondément en se demandant si c'était un jour à se faire tuer.

Dans la voiture conduite par Machnel, les trois hommes étaient silencieux. Bompard, assis à côté de son jeune lieutenant, mit son arme dans sa poche gauche. Il avait remarqué, il y a bien longtemps, qu'il dégainait plus rapidement que si elle était du côté droit. Il la sortit de sa poche avec une vivacité qui laissa ses deux lieutenants envieux. Sur la banquette arrière, Grenelle, stupéfait, l'observait. Des essais ? C'était la première fois qu'il voyait Bompard répéter avant d'entrer en scène. Il faut dire qu'il sortait le plus souvent sans arme et qu'il avait peut-être besoin de se chauffer, pensa Grenelle. Il n'était pas au bout de ses surprises. Bompard fit sortir comme par magie d'une autre poche le plus petit revolver au monde, qui avait fait l'admiration de tout le commissariat. Les deux lieutenants l'avaient trouvé lors d'une perquisition dans l'appartement du dénommé Raphaël et avaient appris de la bouche de ce dernier, après quelques heures de « conversation acharnée », que c'était un cadeau d'un parrain sicilien pour service rendu. Les policiers n'obtinrent pas de détails sur la qualité du service, qu'ils imaginèrent de taille vu le prix de l'arme fabriquée en Suisse, une fortune.

Et le commissaire l'avait subtilisée. Il glissa l'arme dans sa chaussette en pensant à l'affrontement de deux gamins dans les rues de Montmartre. Le quartier devenait alors les grands espaces de leurs jeux d'enfants. Ils y chevauchaient leur bicyclette librement, se faufilaient entre les voitures, se dissimulaient sous les porches. Ils pouvaient à loisir s'affronter, s'entretuer, ressusciter. Et cette fois-là, justement, prisonnier de Clément qui n'allait pas hésiter à se débarrasser de lui, le jeune Chrétien se sortit d'affaire *in extremis* en utilisant une arme qu'il avait dissimulée dans sa chaussette.

— C'est un emprunt. Je la remettrai en place dès demain ou l'un de vous le fera : tout va dépendre de l'issue de la rencontre.

Le commissaire rebaissa son pantalon sur sa jambe. Les souvenirs déferlaient, il déplora l'ironie du sort qui l'empêchait d'y goûter.

Les jeux, les fous rires, les serments, les secrets, les cachotteries, les surprises, les déguisements, les courses, les escalades, les parties de cache-cache s'abattaient sur lui, et une question le taraudait : allait-il avoir la force de lui tirer dessus ?

Quand la sonnerie du portable de Machnel retentit, personne ne parlait ; tout le monde sembla pourtant dérangé par cette intrusion.

— Comme si c'était le moment ! maugréa Machnel en fouillant dans la poche de son blouson.

— Laisse tomber ! lâcha Grenelle, tendu à l'extrême.

— Jette quand même un coup d'œil ! conseilla Bompard.

— Tiens ! C'est Piotr… s'étonna le jeune lieutenant qui avait presque oublié son indic.

— Tu vois, finalement, c'est toujours le moment. Réponds et mets-toi sur haut-parleur, ordonna le commissaire.

C'était la première fois que Bompard entendait la voix de l'indicateur de son jeune lieutenant et il n'était pas mécontent de s'immiscer dans cette liaison dont il connaissait le potentiel de dangerosité.

Au bout du fil, le débit était rapide.

— Tout le monde était sur les dents. On s'attendait à un gros coup, un gros requin qui aurait voulu se payer la France, certains pensaient même à un réseau terroriste, un décompte… trois statues, deux statues, une statue et… tout pète. Il y a même des mecs qui ont ouvert un site de paris en ligne.

— Et j'imagine que c'est rien de tout ça.

— Bravo, lieutenant ! Et je vous le donne en mille.

— Si tu pouvais la faire courte, ce serait bien.

— Thibert et Bleusch ! s'exclama Piotr.

— Thibert et Bleusch ? bredouilla Machnel qui perdait pied.

— Les laboratoires, souffla Bompard qui venait à sa rescousse.

— C'est drôle, la vie, hein, lieutenant ? poursuivit Piotr. Je suis pas très surpris : je savais qu'un jour je pourrais me venger.

— C'est pas ce labo qui t'a bousillé les reins !

— Ce sont tous les mêmes salopards. Pas vrai ?

— Je sais pas…

— En tout cas, si je peux envoyer ce fils à papa de merde derrière les barreaux, ça me fait kiffer.

— C'est lui qui est derrière tout ça.

— Il hait son père… C'est un truc de riche, ça ! Pas vrai ? Encore faut-il avoir un père…

Il expliqua, avant de raccrocher, que le grand patron des laboratoires était amateur d'art et que son fils, qui lui vouait une haine tenace, avait décidé de lui nuire en orchestrant cette opération de décapitation et en dissimulant les têtes des statues dans la cave du milliardaire. Il ignorait alors qu'il ne ferait qu'écorner l'image de son père et ternirait sérieusement son avenir plus ou moins proche, surtout si l'on considérait que les deux affaires étaient liées.

— On va s'occuper du fiston ! conclut Bompard en pensant à autre chose.

Ils étaient maintenant à deux pas de la rue du Petit-Pont. Il fit taire son questionnement. Il pensa à Braumann qui lui avait dit : « Vous n'avez pas le choix. » Il s'attarda sur des décisions qu'il avait dû prendre et qui l'avaient mis mal à l'aise. Il s'en était toujours sorti en se disant « je n'ai pas le choix » et, assis dans cette voiture avec ses deux hommes, il se disait soudain que c'était un leurre. Il avait bien sûr le choix de se laisser tuer.

Ils étaient maintenant en face du numéro 1.

Un homme sortait les poubelles ; Grenelle se précipita pour parler au gardien. Bompard le suivit du regard pendant que Machnel attaquait un créneau.

— Si je devais écrire l'histoire de ce type, ça s'appellerait un truc du genre « Et puis soudain, il devint fou ».

Machnel eut le sentiment que Bompard soliloquait, mais comme il était dans le même espace que lui, il se sentit obligé de répondre.

— Ah ouais, dit-il en esquissant une marche arrière.

— Ouais. Parce que, tu vois, on dit… souffrir à en devenir fou. Tu connais ? C'est une expression… Tu connais cette expression ?

— Peut-être, et alors ? répondit le lieutenant en se demandant ce que son collègue pouvait bien avoir à raconter au gardien.

— Et alors, dans son cas, ce n'est pas souffrir à en devenir fou, mais plutôt devenir fou pour ne plus souffrir. Tu me suis ?

— J'essaie, patron, j'essaie…

— Une façon de s'échapper, en quelque sorte. Tu vois où je veux en venir ? Tu me suis ?

— Je fais de mon mieux, patron.

Quand Grenelle sortit de l'immeuble en courant, Machnel fut soulagé. Suivre les raisonnements du commissaire lui demandait toujours beaucoup d'énergie, mais ce matin-là, c'était le summum.

Ils entrèrent dans l'immeuble. Le gardien, à qui Grenelle avait expliqué succinctement l'affaire, avait laissé la porte de l'immeuble ouverte et, comme le lieutenant le lui avait recommandé, s'était claquemuré dans sa loge.

— C'est au quatrième, porte droite.

Pour toute réponse, Bompard appela l'ascenseur, qu'il bloqua au rez-de-chaussée.

— Allez, on y va, lança-t-il en s'accrochant à la rampe.

Il n'était que sur la première marche quand il demanda à Grenelle s'il avait pensé à poster deux hommes dans la cour et bien sûr dans la rue, au cas où Lakanal serait d'humeur agile.

— C'est fait.

— Et au quatrième étage de l'immeuble sur cour ?

— Ah non ! OK, j'y vais ; j'en ai pour deux minutes, je vous retrouve au quatrième.

— Eh ! Tu leur demandes de se mettre juste en face de ses fenêtres à lui, mais dis-leur bien que personne ne tire sans ordre de moi.

— Oui, oui…

— C'est clair ?

— Mais oui…

— Attends ! Ne dis pas « mais oui » comme ça, l'air agacé. Je vais t'expliquer un truc, c'est très sérieux.

— On a le temps ?

— On va le prendre.

« Tu vois, ce type, là-haut, ce Lakanal, Clément Lakanal – c'est joli Clément comme prénom, tu trouves pas ?

— Patron, je vois pas où…

— Moi je trouve ça très doux, Clément. Tu sais prier ?

— Non, patron, je suis désolé.

— Ah, toi non plus, tu ne sais pas prier… On est vraiment dans la merde ! Je t'avais dit que j'étais lié à ce type qu'on va dégommer, enfin peut-être… Tu te souviens ?

Grenelle se souvenait parfaitement de leur beuverie dans un bistrot non loin du Palais-Royal. Redoutant le pire, il était tétanisé. Le pire arriva.

— C'est mon petit frère.

— Comment ça, votre petit frère ? murmura Grenelle qui avait pourtant envie de hurler.

— Clément, le petit Clément, un ami, un frère, chuchotait le commissaire en regardant ses mains. Et même l'expression « unis comme les cinq doigts d'une main » n'est pas juste, ou alors une main qui n'aurait que deux doigts. Il n'y avait pas de place pour les autres. On était seuls et on était forts parce qu'on était deux. On avait huit ans et en face de nous il y avait une ordure, son père. À voir le résultat, il a gagné.

Grenelle pesait lourd, le poids de l'accablement. Il aurait voulu l'aider, mais comment réconforter un homme auprès duquel il se sentait si petit ? Il fallait donc se résoudre à dire une banalité pour rompre cet endolorissement qui s'était abattu sur eux trois.

— Qu'est-ce qu'on fait, patron ?

— On y va ! Il paraît qu'on n'a pas le choix.

Des cris d'enfants accompagnèrent les quatre étages qu'ils avaient à grimper. Ils avaient passé tellement de temps dans la cage d'escalier de la rue Ballu ! Il touchait la rampe et les voyait descendre à califourchon ; la lumière s'éteignit et il entendit une voix enfantine moqueuse l'accuser d'avoir peur du noir, jusqu'à l'aboiement derrière la porte droite du deuxième étage qui provoqua des éclats de rire. Son enfance déferlait en force, rivalisant de puissance avec le trou de mémoire dans lequel elle était tombée toutes ces années.

Ils arrivaient au quatrième et Bompard pensa au déni de grossesse et au fœtus qui tout à coup, après des mois de négation, se met à occuper sa juste place. Tout était calme sur le palier. Il y avait, aux dires du gardien, trois occupants à cet étage. D'un rapide coup d'œil il évalua la situation, considérant les deux portes lourdes, blindées, à gauche et à droite de l'escalier, comme menant à de grands appartements. Celui de gauche occupé par un couple de retraités absents de Paris, celui de droite par Lakanal. Bompard fit signe à ses hommes de rester en retrait dans l'escalier. Il se glissa jusqu'à la porte blindée à gauche du palier ; il y colla le dos. Il réfléchissait. Il y avait en face de lui une porte plus modeste qui était, si Grenelle avait bien suivi les indications du gardien, celle d'un petit deux-pièces occupé par un jeune qui travaillait la nuit et n'était pas encore rentré. Il y avait donc quatre portes et trois occupants, se dit Bompard en examinant la quatrième porte, en face de l'appartement de Lakanal, qui était elle aussi blindée. Si cette pièce est reliée à l'appartement de Lakanal, se dit Bompard, il n'est pas impossible qu'il voie une partie de mon corps collé à la porte. Il ne sut pourquoi l'évocation de cette hypothèse déclencha chez lui une furieuse envie de rire, qu'il réprima en se concentrant sur sa respiration. Un renvoi enfantin, pensa-t-il en avançant dans la pénombre. La minuterie venait de s'éteindre.

— Docteur Lakanal, c'est le gardien, vous avez reçu un paquet, cria Grenelle s'essayant à l'art de l'imitation.

Bompard n'attendait pas de réponse et il n'y en eut pas, si ce n'est un bruit lointain, dans le fond de l'appartement, comme un meuble que l'on déplace. Il pensa très vite à un corps que l'on traîne et d'un geste de main devant son visage, chassa cette pensée. Et puis soudain, au-dessus de leurs têtes, comme un frôlement, que Bompard fut le seul à percevoir. « Les combles », pensa-t-il. Il fit signe à ses lieutenants de lui laisser cinq minutes avant de crier « Police ! Ouvrez ! » Il gravit le dernier étage, agile comme un chat, et se trouva très rapidement face à une porte cadenassée. Grenelle, qui avait anticipé, se tenait derrière lui avec le matériel adapté.

Il n'eut pas grand-chose à faire pour prouver son efficacité en matière d'effraction, et très vite les deux hommes se retrouvèrent dans les combles du 1, rue du Petit-Pont. « Bienvenue au palais Cric-Crac », pensa Bompard en avançant prudemment dans la pénombre.

51

Ils s'étaient tellement amusés dans le grenier de la rue Ballu ! Aujourd'hui, dans les combles de la rue du Petit-Pont, ses souvenirs sentaient le renfermé. Il étudia les lieux. Il était évident que Lakanal devait les connaître parfaitement. « Il a donc un avantage sur moi », se dit Bompard en jetant un coup d'œil circulaire sur la soupente qu'il devinait vaste. Il y avait sûrement là de nombreuses possibilités de caches. Tout de suite sur la gauche se dressait une sorte de cube en béton. Bompard pensa ausitôt à une extension de l'appartement de Lakanal. Ce dernier s'était construit des passerelles vers son enfance alors que Chrétien, lui, avait érigé des murs. L'un ne pouvait pas tourner la page, l'autre avait refermé le livre.

Le cube bouchait l'horizon et transformait la grande pièce, réduisant les possibilités d'allées et venues du visiteur qui était contraint, pour atteindre l'autre partie du grenier, d'emprunter une sorte de couloir. Bompard observa le haut du cube, envisagea un instant de l'escalader et y renonça, se disant que Lakanal avait peut-être eu la même idée. Un vieil escabeau lui permit de vérifier ses intuitions qui s'avérèrent n'être que des craintes : le haut du cube était vide. Bompard fit signe à Grenelle d'y grimper. Lui passerait par le couloir. Le lieutenant, pensant que ça lui permettrait de couvrir son supérieur, trouva l'idée intéressante. Il était en train de se hisser sur son perchoir quand, derrière lui, un léger grincement se fit entendre. Avant même que Grenelle ait eu le temps d'envisager une réaction, Bompard avait dégainé. Le lieutenant fut stupéfait par la rapidité du geste. Le commissaire remit aussitôt son arme dans sa poche gauche : ce n'était que Machnel qui s'était fait remplacer à son poste et venait prêter main-forte à son commissaire. Bompard fit signe à ses hommes de ne rien tenter et s'engagea dans l'étroit couloir. Machnel le laissa prendre une légère avance et choisit le passage, encore plus étroit, qui séparait l'autre côté du cube du mur d'en face. Il se glissa à son tour dans la crevasse.

Bompard avait décidé de laisser son arme dans la poche de sa veste et arriva dans la vaste soupente les mains nues. Sur la droite, un échafaudage avait été installé pour des travaux qui étaient devenus hypothétiques et l'assemblage, s'étant couvert progressivement de poussière et de toiles d'araignée, prenait des airs de vieux rafiot échoué. L'image étonna le commissaire : il sentait frémir son imaginaire enfantin. Quelque chose s'était ouvert dans sa tête et dans son cœur et malgré l'immense richesse du phénomène, il voyait là, présentement, son principal ennemi. La nostalgie menaçait, il devait s'en méfier. Toute émotion jusqu'alors inconnue devenait un risque, voire un piège. Elle pouvait le faire chuter. Alors il prit le temps de se parler – de Mathilde, bien sûr, qu'il devait absolument sauver, de son métier de flic, de ses collaborateurs, de toutes ces femmes qui étaient mortes, de Richard, de Ming, de Lui son neveu, mais aussi de lui, Clément. Il pensa à leur amitié. Et sa pensée était profonde comme un regard que l'on porte sur l'être aimé quand on sait que c'est la dernière fois qu'on le voit. Sa pensée était large : elle enveloppait leurs huit premières années de vie. Il referma le baluchon avec précaution et le posa de côté. Il le reprendrait en partant, si, bien sûr, il parvenait à s'extraire de cette nasse.

Bompard, une main sur l'arête du mur en béton, n'avançait pas. Il savait qu'il pouvait se perdre dans ce décor qui ressemblait à celui d'une enfance en chantier. Il aurait juré que Lakanal avait disposé des accessoires pour reproduire le cadre de leur amitié. Les flammes ayant dévasté son enfance ou, du moins, ce qu'il en restait après les souffrances imposées par son père ; il s'en était reconstruit une, où il venait se réfugier quand, dehors, la vie était trop dure. Bompard balaya rapidement du regard le vélo, les marionnettes, le ballon, les quilles, mais refusa de se laisser atteindre par cette reconstruction. La mémoire était revenue avec le poids de l'amour fraternel qu'il avait pour Clément. Il ne devait ni ne pouvait le prendre en compte. Plus tard, se disait-il.

Dans l'immédiat, il fallait absolument entrer dans la danse. Il inspira profondément.

— Alors, Lakanal, on n'a plus l'âge de jouer à cache-cache. Alors, tu te montres ? À moins que tu aies peur ?

Mais comme l'autre ne se manifestait toujours pas, il continua :

— Mais là, tu vois, on perd du temps. Mes hommes ont encerclé l'immeuble. C'est fini, Lakanal. Alors si tu veux me voir, c'est maintenant ou jamais... C'est ça que tu voulais, non ? C'est moi que tu veux. Alors écoute, je vais me montrer, je vais poser mon arme par terre, et toi tu laisses sortir Mathilde.

— Tu l'aimes tant que ça ? s'étonna la voix qui résonnait aux quatre coins de la mansarde.

Il avait donc prévu notre rencontre dans ce lieu, se dit le commissaire en cherchant des yeux les fils des haut-parleurs disséminés sous les toits.

— Qu'est-ce que tu croyais ? Que guidé par ta voix j'allais tirer dans toutes les directions en essayant de t'atteindre ? Tu aurais pu faire ça avec des miroirs. Ton image se serait démultipliée... Ça s'est beaucoup fait au cinéma.

— Je ne vais plus au cinéma depuis longtemps.

Sa voix sèche et agacée ricochait sur les murs qui finissaient par arrêter son écho. Elle semblait cerner le commissaire qui se concentrait sur sa respiration et sur son raisonnement, qui lui donnerait, se répétait-il pour s'en persuader, la force de combattre son petit frère. « Ce Lakanal n'est plus mon petit frère, c'est devenu un monstre. » Il s'accrochait à ces mots qu'il répéta plusieurs fois, le dos appuyé contre le mur de béton du cube. Ses forces revenaient, jusqu'au moment où lui vint à l'esprit qu'un monstre n'était jamais qu'un humain qui n'a pu supporter la souffrance et s'est alors détaché de sa condition d'humain. Il se sentait sombrer dans une mélancolie épaisse.

— Tu cherches l'inspiration, inspecteur Crétin. Sa voix à lui le ramenait au présent.

Il vit alors avec une grande précision la collection de petits carnets bleus qu'il noircissait, enfant, et qu'il avait intitulée *L'inspecteur Chrétien mène l'enquête.* Il fit un mouvement de tête pour chasser ses souvenirs et se précipita dans l'arène.

— Voilà, je suis là.

Il sortit l'arme de la poche de sa veste et lentement la posa par terre. Puis il enleva sa veste et fit un tour sur lui-même en soulevant son pull-over.

Sur le sommet du cube, Grenelle était à l'affût.

— Tu vois. Je suis là devant toi sans arme, tu pourrais même tirer, mais je crois qu'avant d'en arriver là, tu as des choses à me dire. C'est ça ! Hein ? Tu as des choses à me dire…

— Assieds-toi par terre les jambes écartées, les genoux légèrement remontés.

Bompard s'exécuta.

— C'est ça, lança Lakanal qui semblait apprécier le pouvoir qu'il prenait sur le commissaire.

Ils restèrent de longues minutes en silence. La silhouette de Lakanal qui s'était réfugié sur un deuxième cube, moins haut que le premier, se détacha enfin de la pénombre. Machnel qui était sorti de sa crevasse le voyait de dos à quelques mètres de lui. Grenelle, lui, tapi dans l'ombre, le tenait à portée de son Sig Sauer. Lakanal avançait, fragile et menaçant. Il ânonnait des mots souvent incompréhensibles, parfois terriblement percutants. Il parlait d'abandon, de trahison, de violence, d'enfer, et tout à coup s'enfermait dans un verbiage dont il avait perdu la clé. Il fit encore quelques pas et apparut dans la lumière oblique qui venait de la rue. Sa morne silhouette, douchée par l'éclairage urbain, apparaissait décharnée, et ses traits plastifiés encore plus figés. Bompard essayait de retrouver derrière cet homme qui n'était que souffrance les traits du petit garçon qu'il avait connu. Mais la vie les avait gommés. Il avançait péniblement vers le commissaire et disparut tout à coup du champ de vision de Grenelle qui, se déplaçant, fit rouler une poulie dont il avait ignoré la présence. L'objet glissa bruyamment sur une poutre en fer pour aller s'écraser sur le sol. Bompard eut l'impression que la poulie rebondissait en prenant tout son temps alors que Lakanal, se questionnant sur l'origine du bruit, levait la tête vers le haut du cube. Le temps s'était étiré pour permettre à Bompard de retrouver le regard de son petit frère. Il était soudain meurtri de reconnaître l'humain enfoui dans le monstre.

— Clément, lâcha Bompard dans un soupir.

Lakanal, qui fixait le haut du cube, se retourna brusquement vers le commissaire.

— Allez, Chrétien, on compte jusqu'à trois et on dégaine.

Il avait retrouvé l'énergie de l'enfance, sa voix était presque rieuse et même si tricher n'est pas jouer, il compta seulement jusqu'à un. Une seule détonation, le corps s'effondra et l'enfance revint, douce, avec ses rires, ses jeux et ses secrets.

Épilogue

Bompard avait retrouvé Mathilde, bâillonnée, ligotée et endormie sur un lit. Rapide, il avait pris son pouls. Rassuré, il avait entrepris de la libérer de ses liens. Son corps souple n'avait pas réagi. Elle avait été puissamment droguée. Il l'avait serrée dans ses bras et avait senti le rythme calme de son cœur. Il l'avait confiée aux brancardiers et lui avait juré, même si elle n'était pas en mesure de l'entendre – c'était très important pour lui – qu'il serait à ses côtés pour son réveil.

Clément Lakanal avait feint d'utiliser son arme, pour en finir. Elle n'était pas chargée. Quand il l'apprit, Bompard ne fut pas surpris, « forcément, on ne tire pas sur son grand frère, même s'il vous a abandonné ». Le fidèle Grenelle, qui avait tiré pour protéger son commissaire, avait été instrumentalisé. Cette idée le tourmentait : Bompard le remercia de lui avoir épargné d'avoir à poser un acte difficile.

La perquisition de l'appartement de Clément Lakanal fut un moment pénible. Ils passèrent de longues heures à interroger le lieu pour reconstituer les faits. Bompard était surpris par la fluidité que permettait l'appartement, qui était vaste, très peu meublé, clair. Ils cherchaient des traces de sang, des objets ayant appartenu aux victimes, l'arme du crime ; ils ne trouvèrent qu'une sorte de book où Lakanal avait réuni, au fil des ans, tous les articles concernant le commissaire, parmi lesquels figuraient même quelques échos qui relataient l'absence prolongée et énigmatique du commissaire qui s'était mis en congé de la PJ suite à la mort d'un enfant de cinq ans lors d'un braquage qui avait mal tourné. Bompard referma le classeur sur son passé. Seuls un miroir sectionné et une paire de jumelles près de la fenêtre pouvaient laisser penser qu'ils ne s'étaient pas trompés de personne. Bompard songea tout de suite à un autre lieu, mais comment en trouver la trace ? Debout devant la fenêtre, les jumelles au bout du nez, il contemplait Notre-Dame avec une certaine rancœur. Braumann aurait sans doute à dire sur ce déplacement d'objet : il verrait ça plus tard…

Alors que Machnel, penché sur le portable de Lakanal, essayait d'en déverrouiller l'accès, Grenelle, lui, ne lâchait pas des yeux son commissaire pour trouver une explication au « pardon » qu'il pensait l'avoir vu murmurer alors que Lakanal mourait dans ses bras.

Bompard, partant du principe qu'on voit des choses qu'on ignore avoir vues, le nez toujours collé à la fenêtre, ferma les yeux, le temps de laisser son cerveau faire le point. Après quelques longues minutes de silence, il se retourna brusquement et considéra l'épaisseur du plateau du bureau de Lakanal, qu'il trouva importante. Il se dirigea vers le meuble pour l'examiner de plus près. Les doigts de la main droite collés sous le plateau, il entreprit d'en faire le tour. Il était à mi-chemin quand ses doigts rencontrèrent une petite manette qu'ils actionnèrent comme un levier et qui débloqua un tiroir jusqu'alors escamoté. Bompard vit tout de suite le trousseau de clés à côté d'un paquet de lettres, et Machnel, qui venait de forcer les résistances du portable de Lakanal, avait déjà une adresse à proposer : Orgelet, dans le Jura, à plus de quatre cents kilomètres de la capitale. Ils feraient l'aller-retour.

Les lettres mirent en lumière les blessures, les humiliations, les abus subis par le jeune Clément. Sur les enveloppes, l'écriture était enfantine. Elles étaient toutes adressées à un dénommé Chrétien Bompard et elles apprirent au commissaire qu'enfant, il demeurait 17 bis, rue de Calais, à deux pas du domicile de son ami. Il irait y traîner pour voir ce que la rue avait à lui raconter. Les enveloppes étaient toutes cachetées, timbrées, mais elles n'avaient jamais été envoyées. Sans doute le père aura-t-il failli à la mission de messager qui lui avait été confiée. De toute façon, elles ne lui seraient jamais parvenues. Bompard venait de comprendre le départ soudain de sa famille en Nouvelle-Calédonie, juste après le drame.

La vieille maison isolée dans le Jura fut plus bavarde que l'appartement parisien. Le lieu était vétuste, sale et sinistre. Des rongeurs de tout poil y avaient élu domicile. Une odeur putride envahissait l'espace. L'ancienne ferme avait appartenu jadis à un couple d'éleveurs et disposait dans les sous-sols d'une chambre froide qui ne remplissait plus ses fonctions. Un mouchoir sur le nez, les trois hommes descendirent à la cave et découvrirent les quatre têtes manquantes et le cadavre en décomposition d'un vieillard ligoté sur une chaise.

Dans la voiture, sur le chemin du retour, les trois hommes se taisaient. Pour éviter de faire un point avec ses deux lieutenants, Bompard ferma les yeux. Il espérait dormir.

Sur la banquette arrière, Grenelle, qui l'observait, savait qu'il ne dormait pas.

Des jours d'enquête allaient être nécessaires et cette perspective l'accablait. Il appréhendait le chemin obligé qui mènerait à la clôture de l'affaire. Alors il inspira profondément et se visualisa, très vieux, dans les archives de la PJ en train de consulter le dossier Lakanal. Ses doigts tremblotants tournent les pages d'un dossier qui n'est pas très épais. Quelques formules administratives pour résumer la vie d'un homme que la souffrance a transformé, de manière irréversible, en monstre.

Nom : Clément Lakanal. Sexe : masculin. Âge : 44 ans. Profession : neuropsychiatre. Les faits reprochés : enlèvement, séquestration de cinq jeunes femmes, assassinat de quatre d'entre elles et mutilation *post mortem* sur les cadavres (décapitation), ainsi que l'assassinat de quatre hommes parmi lesquels un vieillard, le père de Lakanal.

N.B. 1° : Clément Lakanal ne connaissait pas ses victimes féminines, mais les lieux dans lesquels il exposait leur cadavre étaient pour lui très significatifs. Le premier corps dans un chantier qui avait été quelques décennies plus tôt une caserne de pompiers. Le deuxième corps fut trouvé au dernier étage d'un immeuble où Lakanal avait passé sa prime enfance. Le troisième corps dans un immeuble où se situait, trente-cinq ans plus tôt, l'école primaire de C. Lakanal. Quant à la quatrième victime, qui vivait à l'adresse de la nourrice de Lakanal, il déposa son cadavre au Palais-Royal où il avait passé, pendant ses premières années, les jeudis après-midi.

Les victimes masculines ne firent, elles, l'objet d'aucune mise en scène et ne furent tuées que pour répondre à une logique paranoïaque de Lakanal.

N.B. 2° : Clément Lakanal était l'ami d'enfance d'un commissaire alors en poste à la PJ, Chrétien Bompard.

La sonnerie du portable de Bompard le sortit du sommeil qui avait fini par l'avoir. C'était l'hôpital. Le réveil de Mathilde était imminent.

— J'arrive ! s'exclama Bompard avant de raccrocher.

FIN

Achevé d'imprimer en février 2014
sur les presses de l'imprimerie Pulsio
pour le compte des éditions de l'Aube
rue Amédée-Giniès, F-84240 La Tour-d'Aigues

Numéro d'édition : 929
Dépôt légal : février 2014
N° d'impression :

Imprimé en Europe